¿QUÉ LE PASÓ A RUTHY RAMÍREZ?

¿QUÉ LE PASÓ A RUTHY RAMÍREZ?

Claire Jiménez

Traducción de Natalia Bird

HarperCollins *Español*

¿QUÉ LE PASO A RUTHY RAMÍREZ? Copyright © 2024 de Claire Jiménez. Todos los derechos reservados. Impreso en los Estados Unidos de América. Ninguna sección de este libro podrá ser utilizada ni reproducida bajo ningún concepto sin autorización previa y por escrito, salvo citas breves para artículos y reseñas en revistas. Para más información, póngase en contacto con HarperCollins Publishers, 195 Broadway, New York, NY 10007.

Los libros de HarperCollins Español pueden ser adquiridos con fines educativos, empresariales o promocionales. Para más información, envíe un correo electrónico a SPsales@harpercollins.com.

Título original: *What Happened to Ruthy Ramirez*

Publicado en inglés por Grand Central Publishing en los Estados Unidos de América en 2023

PRIMERA EDICIÓN EN ESPAÑOL

Traducción: Natalia Bird

Este libro ha sido debidamente catalogado en la Biblioteca del Congreso de los Estados Unidos.

ISBN 978-0-06-328047-2

24 25 26 27 28 LBC 5 4 3 2 1

Para mis hermanas

¿Cómo habré de llamarme cuando solo me quede
recordarme, en la roca de una isla desierta?

—*Julia de Burgos, «Poema para mi muerte»*

Prefacio

*Si dibujaras un mapa de la historia de nuestra familia, podrías co-*menzarlo con mi padre, el joven, gordo y guapo Eddie Ramírez, de dieciocho años, conspirando para conseguir a mi madre, que era morena, pequeña y pecosa, de pelo negro largo y rizado. Recién cumplía los diecisiete. Su nombre es Dolores. Y probablemente puede comenzar en Brooklyn. Canarsie. Dibuja un bulto debajo del vestido de novia de mi madre: esa es Jessica. Poco después, en 1981, puedes hacer de Jessica una persona aparte, furiosa y colorada, de piel pálida como mi padre, gritando en brazos de mi madre. Dos años después, dibuja a Ruthy a lápiz, con ligereza, porque vas a tener que borrarla en un par de minutos. Ahora, dibuja el Verrazano, el agua, la isla, el vertedero. Dibuja a mi orgullosa familia, puertorriqueña y bulliciosa, cruzando el puente y una casita rosa en West Brighton. Yo soy la que nació en 1986, en Staten Island. Me pusicron Nina. Para parecer más mona. Nosotros cinco parecemos normales durante un tiempo, hasta que Ruthy cumple trece años y desaparece. Ahora puedes borrar su cuerpo de la página. Dibuja a mi madre sesenta y dos libras después. Dale diabetes. Mata a mi padre. Haz un agujero en medio de la línea del tiempo. Elimina el lienzo. Destruye cualquier tipo de lógica. Ya no existe nada parecido a un mapa.

Llamemos a ese agujero negro, a su espacio negativo, la increíble desaparición de Ruthy Ramírez.

CAPÍTULO 1

Nina

Después, a veces, de adolescente, permanecía en la parada de autobús donde desapareció mi hermana, y me concentraba en el deli que estaba al final de la cuadra, en cómo la palabra *Abierto* titilaba en el letrero de su puerta principal. Te cuento que me quedaba tanto tiempo con los ojos entrecerrados que a veces se paraba un autobús y me confundía con alguien que estaba esperando. Traté de imaginármelo, en 1996: Ruthy, de trece años, parada allí después de la práctica de atletismo, a las cinco en punto, sola, con su mochila pintada con marcadores Sharpie, su cabello rojo recogido en un moño. En mi cabeza, representaba todos los escenarios: nuestra familia, temblorosamente representada en una pantalla dividida en tres, montada en la pared de mi cerebro.

Mientras Ruthy temblaba en la parada del autobús esperando el S48, como hacía siempre después de la práctica de atletismo, yo, Jess y mamá ya estaríamos en casa, con los materiales para mis tareas de cuarto grado regados sobre la mesa y mamá echando en una sartén caliente los últimos pedazos húmedos de cebolla que se habían pegado a sus dedos. Aquella noche, Jess se había llevado el teléfono de la cocina al pequeño baño de la planta baja para poder susurrar por el auricular en privado algún secreto de colegiala que de todos modos a nadie le importaba; aun así, ella bajó la voz. Al otro lado de la isla, cerca del centro comercial, mi padre, gerente de una ferretería, estaría a mitad de turno, ayudando al equipo que recibía a descargar un camión de neveras, mientras se pinchaba el dedo entre la estantería de veinte pies y un carro de mano, y maldecía al hijo de puta que de refilón lo chocó con un carro de la compra del centro comercial: «Puñeta».

La alarma no sonó sino hasta las siete, cuando ma se puso de puntillas para sacar una pila de platos del armario y servir el pollo guisado.

Ruthy debería haber llegado a casa a las seis.

A las seis y cuarto como muy tarde.

De pronto, consciente de la hora, ma se limpió las manos en el dorso de sus ajustados jeans y parpadeó, luego inclinó la cabeza hacia un lado y me miró fijamente, como si tuviera una visión de otro mundo.

—Nina, ¿dónde está tu hermana? —me preguntó desde la estufa. Como si yo pudiera responder.

Todavía estaba intentando recordar cómo sumar dos fracciones con denominadores diferentes. Una serie de signos de multiplicación flotaban en mi cuaderno. El papel se desintegraba allí donde me esforzaba demasiado por borrar mis errores.

Ruthy no me preocupaba. Durante las Navidades había golpeado sin ayuda de nadie a un primo que pesaba treinta libras más por llamarla fea: «Oh, ¿vas a llorar? Mira quién mierda es feo ahora», le había dicho, mientras él lloriqueaba en el suelo del sótano e intentaba ocultar su cara.

En mi mente de cuarto grado, Ruthy era invencible. A sus trece años era la reina de la respuesta rápida, los pendientes de aro y la vaselina, la santa patrona del puño y la llamada nocturna del director a casa. ¿Quién en el mundo podría tocar a mi hermana?

Nadie.

Mi madre, ahora más agitada, se dirigió rápidamente al cuarto de baño y gritó a través de la puerta:

—Jessica, deja ya el maldito teléfono, por Dios.

En cuanto mamá tuvo el auricular en sus manos, llamó a la escuela, pero nadie contestaba. Luego llamó a mi padre al trabajo y comenzó a gritar. Eran casi las siete y media y Ruthy no estaba en casa. Ninguna llamada. Nada de nada. (Aunque Jess había ocupado la línea durante Dios sabe cuánto tiempo).

—Y te lo digo ahora mismo, Eddie. No estoy jugando. Si la encuentro sentada afuera, disfrutando con sus amiguitos...

Pero el tono de voz de mi madre se suavizó y se entrecortó, delatando el miedo inconfundible que a veces afloraba en la caja registradora después de que rechazaran su tarjeta de crédito y me enviara de vuelta a devolver la caja de cereal de marca que le había suplicado poner en el carrito. Ruthy nunca llegaba tarde a casa de las prácticas de atletismo. Ni una sola vez, que yo recuerde. Después de correr, Ruthy siempre llegaba puntual, a las seis de la tarde para cenar, hambrienta y deseosa de reponer cualquier energía que hubiera perdido.

Afuera hacía dos grados bajo cero esa noche.

Ma nos hizo ponernos un abrigo a Jess y a mí y nos metió en el carro para ir a la IS 61. Luego nos dijo que bajáramos las ventanillas y llamáramos a Ruthy:

—Alto, chicas, para que las oiga. —Pero nuestras voces solo resonaron al otro lado de la calle contra las paredes de ladrillo del edificio vacío de la escuela.

—¿Por cuánto tiempo? —pregunté a la decimocuarta vuelta alrededor de la escuela.

—Hasta que te diga que no lo hagas más —dijo ma.

Cuando ma se cansó de dar vueltas alrededor de Castleton, tomó la avenida Forest y giró a la izquierda en el bulevar Victory, condujo por esa larga colina hacia el agua, donde podíamos ver el horizonte de la ciudad que titilaba por delante, con los autobuses que nos pasaban alejándose del *ferry*. Las largas líneas grises de electricidad suspendidas entre un tramo de cruces de madera erigidas a lo largo del bulevar Victory, como las imágenes que había visto del Calvario en nuestro libro de texto de la escuela dominical.

A veces se siente como si las tres siguiéramos atrapadas en ese carro.

Gritando el nombre de Ruthy en la oscuridad y sin respuesta.

Durante un mes, la policía subió y bajó por la cuadra preguntando a todo el mundo lo mismo: si Ruthy tenía o no un novio. «¿O quizá alguno de ustedes la vio después de la escuela cuando volvía a casa esa noche? ¿Una niña delgadita?».

Cinco pies y una pulgada. Pelirroja de cabello largo. Un lunar debajo del ojo izquierdo.

Mira, una foto de Ruthy en un autobús en un viaje de séptimo grado a Six Flags, probablemente se preparaba para discutir sobre algo que dijo de alguien que escupía a sus espaldas. Probablemente a punto de arremangarse la sudadera de la FUBU para enseñarte el lugar de su barriga donde se había hecho un piercing con un imperdible. Nuestra Ruthy había sido una jodona a su manera. Se tomaba más libertades que cualquiera de nosotras; una vez incluso se escapó por la noche y volvió a casa a las dos de la madrugada, inspirada por un reto y sin miedo a la tremenda paliza que le daría mi madre, sentada en el sofá de la sala, mientras esperaba a oscuras su regreso. Aunque solo tenía trece años, llevaba practicando la desaparición desde los doce.

Pero la gente no hablaba de eso. No en el servicio de adoración y alabanza en Nuestra Señora de la Esperanza, donde encendieron velas después y el párroco cantó: «Que Ruthy Ramírez regrese sana y salva». Y mucho menos en casa de los Ramírez, donde habíamos pegado su foto de octavo grado en la pared, encima del tocador de mamá, y rodeamos la imagen con velas y rosarios como si fuera una pequeña deidad.

Pero yo lo sabía.

Durante años discutí con Jessica sobre si Ruthy se había escapado o si alguien se la había llevado. Para mí estaba claro que Ruthy simplemente se había marchado. La mañana que desapareció, mamá le había gritado por decimoquinta vez por no haber limpiado bien el fondo del caldero cuando le tocaba fregar los platos, y Ruthy había sacudido la cabeza y murmurado en voz baja: «Me muero por largarme de aquí».

«Mira, hasta su camiseta favorita ha desaparecido», decía yo. A lo que Jessica susurraba: «No digas semejante barbaridad delante de mamá, Nina. ¿Me oyes? Porque te daré una paliza».

No había pistas en el diario que Ruthy dejó.

Solo su letra con forma de burbuja en la que describía cómo se lo pasaba con su mejor amiga Yesenia, varias páginas en las que humillaba a los maestros que odiaba y un par de momentos de peleas internas con el grupo de chicas con las que andaba en la escuela. Un poema. Unos cuantos raps que sonaban sospechosamente como la parte de Left Eye en «Waterfalls». Una breve ruptura con Yesenia, en la que Ruthy la llamó «una falsa zorra cursi», y luego numerosos fragmentos en los que se burlaba de mí y de Jessica. «Pobre Nina, no tiene ritmo. Es como si la nena fuera adoptada». O: «Jessica tiene que dejar de depilarse las cejas tan finas. Hace que su frente parezca extragrande». Había descripciones de nuestras peleas infantiles, a veces listados de las reglas: si te caes de la cama mientras peleas y no te levantas, pierdes; si parpadeas en un concurso de miradas (aunque sea porque tenías que estornudar), pierdes; si lloras mientras una de tus hermanas te ridiculiza, entonces,

¡oh, Señor, estabas acabada! Llorar era un pecado mortal en casa de los Ramírez. La máxima señal de debilidad.

En el diario de Ruthy no había novios sospechosos ni hombres adultos depredadores. Ni mentores amables con intenciones ocultas. Solo páginas en las que anotaba lo rápido que había corrido ese día durante los entrenamientos de pista y campo o descripciones de la hamburguesa verde pálido que se obligaba a comer durante el almuerzo.

Nuestro padre esperó en la comisaría, después del trabajo, todos los días durante un mes, con su abrigo de cuero abultado doblado entre las manos sobre su regazo, no en busca de buenas noticias (mi padre era un pesimista), sino para asegurarse de que los policías no se olvidaran de nosotros.

«Tienen que saber que estamos vigilando. Y que la gente se preocupa por ella», decía, con la cabeza inclinada hacia el plato mientras se metía arroz en la boca a altas horas de la noche, mucho después de que todas nosotras ya hubiéramos comido.

Al principio, la policía sospechó de él. Papá sabía que lo miraban como si fuera un desgraciado, hasta que llamaron a su jefe, quien confirmó que había estado trabajando horas extras, un turno de noche, la noche en que Ruthy desapareció.

Aun así, eso le rompió el corazón a mi padre.

Que alguien pudiera pensar eso de él, y ese tipo de rumores nunca se desvanecen.

Nuestra madre, en shock, pasaba horas pegada a la mesa de la cocina. Y si la gente de afuera o alguien de la familia extendida se ponía inquieto o se movía por la casa para limpiar o cocinar, o si la gente quería llevarla a cenar o al cine para animarla, mi madre le decía a quien fuera: «¿Por qué no te quedas quieto de una maldita vez?».

«¡Pues entonces quédate quieta!», comenzaba a decir la gente, sobre todo los de la iglesia —que siempre la habían menospreciado por tener treinta y dos años y tres hijas, por haber tenido a la primera cuando solo tenía diecisiete—, y la dejaron sola. Incluso después de que los chismes y la aflicción acabaran con mi padre cinco años más tarde, esa gente seguía murmurando. «Por otro lado, solo puedes mostrar simpatía por la pérdida de otra persona durante un tiempo antes de que se te acaben las cosas alentadoras que decir». Así que mi madre se quedó quieta.

Durante muchos años. Sola.

De modo que se infló como un globo, de once tallas diferentes.

¿Y qué hice yo?

¿Esa pequeña alumna de cuarto grado sentada en la mesa de la cocina con mínimas habilidades matemáticas y sin ritmo, rodeada de sus cuadernos dispersos, entrecerrando los ojos a través de unas gafas de botella de Coca-Cola?

Pues... En la primera oportunidad que tuve de recibir fondos para estudiantes prometedores de minorías (de primera generación o no), también me escapé de casa. Pasé la mayor parte de la universidad inventando excusas para no volver en Navidad. No porque no quisiera a mi familia o me avergonzara, sino porque me dolía demasiado ver de cerca lo que nos había pasado a lo largo de los años. Y a veces, durante esas escasas visitas navideñas, la gravedad de nuestra situación era tan fuerte que me sentía como empujada a un agujero negro. Durante los veranos, evitaba ver a mamá y me quedaba en el campus al norte del estado para trabajar como ayudante de investigación de uno de mis profesores de Biología. Y a veces, cuando Jess llamaba, no lo cogía porque me preocupaba que, si lo hacía, me presentara alguna razón urgente para conseguir el próximo billete de autobús a casa. No volví a Nueva York, ni siquiera cuando Jess tuvo a la bebé.

En general, esta estrategia funcionó.

Hasta que me gradué, y Jessica se puso firme.

—¡Déjate de pendejadas, Nina! Ahora es tu turno de cuidar a mamá.

Jessica lo había hecho durante años.

Llevaba a mamá a sus citas.

Se aseguraba de que tomara las medicinas necesarias.

Cuatro veces por semana iba a cenar a casa de mamá, la ayudaba a fregar los platos y luego volvía a casa de su novio a dormir... pero ahora tenía a la pequeña Julie y un trabajo a jornada completa en el hospital y solo cinco horas para cerrar los ojos por la noche.

—Y eso si tengo suerte —dijo—. Necesito tu ayuda.

Lo cual era algo que Jess rara vez admitía.

—Muy bien, te entiendo.

Después de la graduación, volé de regreso a Nueva York, y en el aeropuerto, cuando las tres nos encontramos para recoger el equipaje, por una fracción de segundo no nos reconocimos. Hacía casi dos años que no veía a Jessica ni a mamá. Las mejillas de Jessica habían crecido como las de una ardilla. Sus brazos y hombros se habían redondeado hasta parecer los de un jugador de fútbol americano, y se le habían formado arrugas oscuras alrededor del cuello como un lazo. Aun así, era más bonita que yo. Incluso después de tener una hija. Su delineador de ojos y su rímel que se corrían alrededor de los párpados me recordaban a la Jessica adolescente que una década de chicos habían adorado y amado, año tras año. Un arco de pedrería adornaba su cuello, y me di cuenta de que se había arreglado para recibirme en el aeropuerto, porque su largo pelo negro aún estaba mojado.

Mamá también había cambiado. Había adelgazado desde la última vez que la vi, en segundo año, y la carne de sus brazos se había desinflado. Y, por su maquillaje, se notaba que estaba de buen humor; tenía ese afilado delineador al estilo Rocío Jurado y el párpado oscuro, al estilo de los setenta.

«Estuvo durmiendo mucho el mes pasado, pero ahora está mejor. Ya no va a la Iglesia católica porque dice que son una partida de farsantes. Pero tiene un nuevo trabajo en la Iglesia pentecostal dando clases de crianza», me había dicho Jessica por teléfono mientras yo recogía mi dormitorio, desechando viejas carpetas y notas. «Cuando llegues, tienes que sacarla de esa cama. Mantenla en movimiento».

Sin embargo, en el aeropuerto ma estaba llena de energía.

—Mamita, mira qué guapa estás —me dijo. No paraba de abrazarme, luego se apartaba para sonreír y alzarme la barbilla para mirarme, y luego volvía a abrazarme.

Pero en el espejo del baño del aeropuerto LaGuardia ya había visto cómo mis espesos rizos negros se habían encrespado y encogido en el compartimento sin aire del avión, cómo la piel morena de mi cara se había amarilleado y se había vuelto verdosa debajo de los ojos: demasiada cafeína, demasiada noche en vela, terminando los exámenes finales, dando a luz feos trabajos de investigación, cuyos argumentos en decadencia reflejaban el consumo nocturno de caramelos y cigarrillos de setenta y cinco centavos de las máquinas expendedoras.

Aquí, en la terminal, me sentía demasiado consciente del cuerpo del que me había olvidado mientras estudiaba a altas horas de la noche. Mis brazos y muslos habían crecido torpemente en los últimos años por estar encorvada frente a la computadora. Y cuando Jess vino a abrazarme, me pregunté si notaría la suave pendiente que había desarrollado entre los hombros de tanto inclinarme sobre los libros de texto a todas horas.

—Te ves bien, hermanita —dijo en voz alta mientras me abrazaba.

Allí, en sus brazos, me di cuenta, para mi sorpresa, de que me sentía tímida. Delante de mi propia hermana. De mi madre.

El carrusel de equipajes emitió un pitido y la cinta transportadora avanzó dando bandazos y suspiros mientras hacía girar las maletas.

—Mamita, ¿cuál de estas es la tuya? —preguntó mi madre, mirando con urgencia las maletas que caían sobre el carrusel.

—Déjame a mí, mamá —dijo Jess.

Pero mamá insistió, no solo en sacar la maleta de la cinta transportadora, sino también en hacerla rodar por la luminosa terminal hasta el estacionamiento, donde tenía una última sorpresa escondida en el carro. «¡Solo un detallito!».

Sacó del asiento delantero un ramo de girasoles.

Entre las flores había un oso de peluche con un birrete de graduación en miniatura, con una pequeña borla amarilla.

—Y también te hemos traído un bizcocho a casa —dijo Jess.

—De Valencia —susurró mi madre, antes de pellizcarme la mejilla. El oso sostenía una tarjetita con mi nombre.

—Adelante —dijo mamá—. Ábrela.

En el sobre, doblados, había tres billetes nuevos de veinte dólares, y pensé: «Señor, ¡cuánto lo siento!».

No había en el mundo una persona más imbécil que yo.

En el auto traté de reivindicarme. Me senté en el asiento delantero con las indicaciones que Jessica había copiado de Mapquest en una servilleta con crayones, mientras al mismo tiempo doblaba y desplegaba un mapa de Queens, todo esto mientras Jessica seguía equivocándose una y otra vez. Más tarde, sobre el agua, de camino de vuelta a la isla, Jessica nos contó historias sobre el crecimiento de los dientes de la bebé. Y yo contaba historias sobre la universidad, imitando los gestos y tics verbales de mis profesores.

Nuestra madre permaneció en silencio en el asiento de atrás.

CAPÍTULO 2

Nina

En julio, dos meses después de aterrizar en Nueva York, conseguí un trabajo como vendedora de prendas íntimas en el Staten Island Mall, idea de Jessica. Fue ella quien me llevó a la entrevista en Mariposa's, porque una de sus amigas trabajaba allí por las noches y me dijo que necesitaban una dependienta; era temporada de trajes de baño. Y Mariposa's acababa de sacar toda una línea de trajes de baño.

—Asegúrate de llamarlos, Nina —exigió Jess—. Mañana a primera hora.

Intenté zafarme, pero no había muchas más opciones. A pesar de mis esfuerzos, no había entrado en la escuela de Medicina. Y aunque recién graduada de una de las mejores universidades, estaba sin dinero y con la brillante suerte de la recesión de 2008; todos los periódicos de aquel año decían que la economía no había estado tan arruinada desde 1929. Además, nadie quería contratarme porque decían que ninguna de mis habilidades era realmente comercializable. Y si tienes a un chico que ha trabajado cinco años en Dunkin' Donuts, y ya sabe cómo manejar la caja registradora, y puedes pagarle ocho dólares la hora, y no va a ir a ninguna parte, y no se va a quejar porque igual no tiene un título, ¿quién necesita un bachillerato en Biología de todos modos?

«Además, tendríamos que formarte», dijeron. «Es decir, ¿qué has hecho tú realmente?».

A las pocas semanas del verano, después de una mala entrevista tras otra, me rendí.

—Bien. Vale, solicitaré trabajo en Mariposa's —dije.

Y Jessica me respondió:

—No actúes como si me estuvieras haciendo un favor. Yo tengo un trabajo.

A Jessica le encantaba decir que trabajaba en el hospital St. Lucy, aunque solo era auxiliar de enfermería.

En la solicitud, puse un montón de cosas irrelevantes que había hecho en la universidad, incluso mi promedio de notas, aunque era mediocre. Añadí que había trabajado en la oficina de los exalumnos durante los maratones telefónicos en los que llamábamos a antiguos alumnos para que donaran dinero. («Francamente, creo que deberían reembolsarme la matrícula», me dijo un muchacho, porque llevaba ocho meses sin trabajo).

En Mariposa's, la encargada arqueó una ceja, cuya falsedad era apenas perceptible. El kit de cejas que utilizaba debía de ser caro.

—Tienes cero experiencia en ventas, cariño.

En su identificación rosa y dorada se leía Savarino.

—Es verdad. —Me ajusté las gafas—. Pero creo que descubrirá que soy una excelente incorporación al equipo de ventas. En primer lugar, déjeme decirle que soy entusiasta. —Saqué un pulgar—. Y soy muy trabajadora —dije—. Soy detallista, una persona que trabaja en equipo. —O sea, ¿cuántas otras cosas repulsivas podía decir?

—No lo sé. —Savarino miró el currículum. Sacudió la cabeza. Y se notaba que me estaba valorando, probablemente pensando que no era lo bastante guapa, preguntándose si las clientas le comprarían sujetadores a una chica de aspecto tan bobo.

Savarino tendría unos cincuenta años, pero se había conservado bien y parecía de treinta y cinco. Tenía el pelo rojo oscuro y liso, que probablemente había quemado con una plancha durante los últimos diecisiete años. Y era una mujer vanidosa, el tipo de mujer, se notaba, que había menospreciado a aquellos menos atractivos que ella toda su vida. Imagínate a la reina malvada de *Blancanieves*, pero con un brutal acento anticuado de Brooklyn.

Lo único que me consolaba era que fumaba. Y podía olerlo, el esmalte quemado de sus dientes. Cuando hablaba, jadeaba un poco. E incluso cuando dejaba de hablar, su aliento crujía como un pedazo de aire que se cuela por una ventana abierta. Cada vez que me angustiaba, miraba la delgada y escandalosa grieta entre sus dientes.

Se encogió de hombros y volvió a ordenar una pila de currículums.

—Me gustaría mucho hacer algo por ti, pero...

La zorra se detuvo.

Y yo pensaba: «Vale, de acuerdo, ya está. Me rindo. Nadie me contratará nunca. Estoy acabada. Déjame arrastrar a mi pobre ser de vuelta a casa de mamá y cuidar a la hija de Jessica para siempre». Y de repente, una idea pareció eclipsar la duda en el rostro de Savarino. El aire acondicionado de su despacho tosió y volvió a la vida.

—¿Hablas español?

—Por supuesto —mierda, mentí. Luego la miré y sonreí.

—Tu inglés también es bastante bueno, ¿eh? Ese acento ni siquiera es tan malo.

Lo que me hizo pensar: «Un momento, ¿quién es la del acento?». Intenté no parecer demasiado sorprendida.

Después de todo, aquí había una oportunidad.

—¿Sabe? —le dije a Savarino—, aprendí inglés muy joven.

Como era nueva en Mariposa's, las dependientas con más experiencia (que tenían dieciséis años y aún no habían terminado la secundaria) me hacían trabajar las horas más horribles. De seis a once de la noche todos los fines de semana. Durante el cierre, me pasaba veinticinco minutos desenredando cajones de tangas de hilo que se atascaban unas con otras en los brillantitos y las etiquetas de seguridad. Si tenía suerte, a veces mis jefas adolescentes me ponían en el probador, donde era posible sentarse a escondidas sin que Savarino susurrara enérgicamente por los auriculares que me levantara de una puta vez. Literalmente: «Levántate de una puta vez, Ramírez. ¿Qué te crees que es esto?».

Lo malo de trabajar en el probador era que a veces te tocaba medir a las clientas para conseguir nuevos sujetadores. Al ver a estas desconocidas desvestirse, me costaba encontrar la forma correcta de mirar sus cuerpos: una barriga, una axila, un lunar. Una vez entró una mujer, tiró despreocupadamente su sudadera al suelo y se quedó de pie, con los brazos en alto. Me di cuenta de que era madre por lo poco que le importaba su cuerpo mientras se quitaba la ropa. A los lados de los pechos tenía estrías que se extendían desde los pezones como estrellas. Y la piel alrededor de su estómago estaba arrugada donde alguien la había abierto para sacarle algo.

Debió haber visto mi mirada en el espejo mientras rodeaba la parte inferior de sus pechos con la cinta métrica porque me dijo:

—Si no quieres verte así, cariño, aléjate del alcohol. No fumes. No tengas hijos. Bebe agua.

Luego me miró y se rio.

Con ese cheque de $7,50 la hora en Mariposa's ayudaba a mi madre a pagar el alquiler. Me ocupaba de la mitad de la compra y de al menos una factura de servicios. Antes de que yo volviera a Staten Island, sobrevivía con los cheques del Seguro Social suplementario y con las labores de ganchillo que había acumulado de

las señoras de la iglesia: fundas para el inodoro, mantas para bebés, bordes intrincados y borlas para las toallas y alfombras de
otras mujeres. A veces yo incluso ayudaba a Jessica a cuidar a Julie,
pero lo que realmente quería era entrar en la facultad de Medicina y, cuando no lo conseguí, el rechazo me hizo sentir como si me
hubieran lacerado las entrañas y las hubieran metido en una li-
cuadora. Al menos tres veces a la semana, después del trabajo,
compraba un paquete de seis cervezas Coors Light y unos
Newport en la tienda frente al edificio de apartamentos de mi
madre, y cada vez tenía que decirle al mismo tipo de la caja registradora que se me insinuaba que sí, que tenía novio.

Aunque no lo tuviera.

Luego subía por la cuadra hasta donde vivía y me fumaba la
mayoría de los cigarrillos yo sola en mi habitación. No había podido escribirles a los profesores que me habían recomendado para
decirles que no me habían aceptado en la facultad, y durante varios meses me negué a actualizar mi estado en Facebook, hasta
que Matt, uno de mis amigos de la universidad, se dio cuenta de
mi ausencia en Internet y me sugirió que fuera a terapia.

Inmediatamente, dejé de ser su amiga en redes sociales.

Sobre todo porque estaba orgullosa de mi depresión. Había leído en algún sitio de Internet que era un signo de inteligencia extre-
ma, y había empezado a considerar la depresión como una especie
de visión de rayos X con la que podía ver el mundo con claridad de
formas que los demás no podían, es decir, no solo la piel, sino también el esqueleto.

Así fue durante un tiempo. Las cosas siguieron igual para mí,
incluso cuando la bolsa se desplomó y Lehman Brothers quebró.
No cambió gran cosa. La familia Ramírez estaba arruinada antes
de la quiebra de Wall Street y siguió arruinada después. «Como

era en un principio», nos reíamos Jess y yo, «así es ahora y así será siempre, por los siglos de los siglos. Amén».

Entonces una noche, a principios de noviembre, Jessica me llamó diciendo:

—Apúrate, Nina, canal seis.

Escuché de fondo, a través del teléfono, el llanto de la bebé que pedía atención. Era medianoche, y probablemente Jessica, acampada frente al televisor, aplastaba su pezón en la boca furiosa de la bebé.

—No molestes —dije, irritada, porque ella había perturbado un importante sueño mío. En él me pagaban más de $7,50 la hora.

—Enciende la maldita tele, ¿sí?

—Está bien —dije.

Pero no había más que un noticiario nocturno tras otro; todos los presentadores hablaban de cómo Obama le había dado una paliza a John McCain: el primer presidente negro. Un signo de esperanza. Pero en Staten Island informaban que tres chicos de Rosebank habían atacado con bates a un adolescente negro en respuesta a la victoria de Obama.

—Malditos perdedores —dije.

—¿Lo estás haciendo? —preguntó Jess.

—Sí.

Seguí pasando los canales hasta que ¡zas!: había una mujer que era exactamente igual a Ruthy, solo que diez años mayor, con el mismo lunar marrón bajo el ojo izquierdo.

—No puede ser. —La sangre bajo mi piel empezó a picarme, y por un segundo pensé que iba a vomitar.

—¿Lo ves?

Subí el volumen y me quedé mirando a la nueva Ruthy, que más que Ruthy era una parodia de Ruthy. Era un reality nocturno, y la versión televisiva de nuestra hermana parecía haberse pintado el pelo de rojo con Kool-Aid. Llevaba el tipo de aros de los noventa con el nombre suspendido en el centro, excepto que estos pendientes deletreaban *Ruby* en ese tipo de letra de burbuja que solíamos usar en las cartas de amor de sexto grado. Ruthy, Ruby o quienquiera que fuese se había dibujado las cejas más allá de las comisuras de los párpados y se había pintado los labios de púrpura.

—Esa no es Ruthy —dije—. Esa chica parece un maldito Muppet.

—No, Nina. Es ella.

El programa de televisión parpadeó a un ritmo parecido al sonido de bloques de Tetris aterrizando unos sobre otros antes de aumentar la velocidad. En la pantalla aparecieron diferentes tomas de Boston. El Prudential Center. Copley Square. Y allí estaba Ruthy de nuevo, sonriendo y arrastrando las maletas escaleras arriba hasta un apartamento de dos pisos mientras el nombre del programa aparecía sobre su cabeza en letras rojas brillantes: *Catfight*.

—¿Qué es esto? —le pregunté.

—Es esa mierda en la que todas esas chicas están siempre peleándose y enseñando el culo —dijo Jessica.

En la televisión, Ruthy/Ruby volvió a salir en bikini, metiéndose un dedo en la boca y deslizando el labio hacia abajo. Luego introdujo lentamente una uña azul brillante por la parte superior de su escote.

—Jesús —dije.

Varias caras destellaron en la pantalla del televisor: una rubia blanca de una sororidad de Jersey, una muchacha negra del Bronx y una chica punk indonesia de Florida.

Un tipo invisible habló: «Existen reglas», mientras la cámara volvía a enfocar el rostro distorsionado de Ruthy/Ruby. Ella se echó hacia atrás, con los codos sobre la cama, y luego habló a la cámara: «Siempre hay que venir con una imagen correcta».

Entonces apareció un nuevo plano de la chica punk, pequeña y con un toque de niño, con la mitad de la cabeza rapada y el pelo negro y liso peinado hacia un lado de la cara. «Debes de ser la última de todas las zorras en pie».

Más música. Una escena que avanza rápidamente hasta una pelea más adelante en la temporada, con dos de las chicas intentando ahogarse mutuamente en una piscina mientras una botella de vino vacía se hunde entre sus puños. Más música. Una toma de la chica de la sororidad asintiendo con la cabeza. Luego: «Nunca te disculpes», dijo, con la partidura de su cabello lacio rubio en medio de la cabeza.

—Escucha, Nina —dijo Jessica—. ¿Me estás escuchando?

—Sí, estoy aquí —le dije, a pesar de que la cabeza me zumbaba por dentro.

—No puedes decírselo a mamá.

Apagué el televisor. Pensé: «Es muy probable que la Ruby de la televisión no sea nuestra Ruthy de la vida real». Es cierto que tenía un parecido y el lunar en la cara, pero había montones de puertorriqueñas llamativas, pelirrojas y pecosas, miles de ellas solo en West Brighton.

Lo más probable era que nuestra Ruthy estuviera muerta.

Después de todo, ¿cuántos años habíamos pasado buscándola?

Fui a la sala a buscar a mi madre, que se había quedado dormida en el sofá con la ventana abierta. Una brisa se colaba por las rejas de hierro negras levantando la cortina del marco. En la oscuridad, casi me choco con el chinero. Mi madre roncaba y jadeó cuando la desperté, como si saliera a tomar aire después de nadar demasiado tiempo.

—Me quedé dormida —dijo.

—Sí, te dormiste.

Mientras la acompañaba al dormitorio, pasó un camión de bomberos haciendo girar la luz y el ruido a nuestro alrededor, y cada vez la luz captaba un ángulo nuevo y más sombrío del rostro de mi madre: la parte inferior de su suave barbilla, que desaparecía. La piel azul bajo sus ojos.

Al día siguiente, después del trabajo, tomé el autobús para ir directamente a casa de Jessica. Si en verdad era nuestra hermana, íbamos a encontrarla, dijo Jess. Íbamos a traerla de vuelta a casa.

Cuando llamé al timbre, Jess abrió con las piernas gordas de la pequeña Julie agarradas a su cintura. La niña se aferraba posesivamente a la teta derecha de Jessica.

—Hola, bebita —dije, con la cara exageradamente sorprendida. Alargué la mano para pellizcarle la mejilla.

Ella hundió un lado de su cara en el pecho de Jessica y me miró de reojo con su cabecita de un año de edad.

—Esa beba tiene un problema de actitud, ¿lo sabes? —le dije.

—Oh, sí, ella es la de la actitud.

Y cuando Jess se dio la vuelta para entrar en la casa, juraría que Julie me lanzó una mirada fulminante por encima de su hombro. En la cocina, Jessica abrió su computadora portátil, y esperamos cuatro minutos a que su polvoriento motor zumbara, pitara, sonara y parpadeara.

—Esa mierda suena como si fuera a incendiarse —dije.

Jessica puso los ojos en blanco.

—Bueno, dale. Cómprame una nueva, entonces.

Intentamos encontrar a Ruthy en Internet buscando en Google su supuesto alias. ¿Tal vez una dirección de correo electrónico?

¿Un número de teléfono? Pero no había ninguna Ruthy Ramírez en Facebook, y tampoco había ninguna Ruby que se pareciera en lo más mínimo a nuestra hermana.

—Creo que se cambió el apellido —dijo Jessica.

Se desplazó por el sitio web de *Catfight* en busca de la temporada más reciente, y cerraba la ventana por accidente una y otra vez, porque cuando se trataba de tecnología, Jessica era un desastre. Todavía hacía cosas como enviar correos enteros innecesariamente en mayúsculas.

—Déjame hacerlo —le dije, intentando apartar con fuerza la computadora portátil.

Pero ella volvió a agarrar la computadora y se aseguró de recalcar que estábamos en su casa, y estábamos en su cocina, y esta era su computadora portátil.

—Relájate —le dije—. Rayos. No es tan grave. —Di un paso atrás y me subí a la encimera.

Durante un rato no nos dijimos nada, y observé la cocina que Jessica había creado —su papel de empapelar azul floreado, la placa de «Dios bendiga nuestro hogar» que había clavado encima de la puerta corredera del patio— hasta que golpeó con una mano sobre la mesa.

—Lo encontré.

En la pantalla se veía la cara de Ruthy/Ruby. Un corazón de metal punteaba su labio superior como si fuese un lunar. Era un retrato de su rostro. Y debajo de la foto se leía su biografía en letras de burbuja rosadas:

MI LEMA PERSONAL: SI NO EMPIEZAS NADA, SERÁS DEL MONTÓN. SI NO, TE RETO. SOY CINCO PIES SEXIS DE DIVERSIÓN.

A continuación, en una fuente más oficial:

¿Te interesa escribirle a Ruby? Deja un comentario. (Los comentarios sexuales inapropiados serán eliminados por el *webmaster*).

—*Montón. Diversión* —dije—. Qué juego de palabras. Nuestra hermana se ha convertido en poeta.

La luz de la pantalla destelló en la cara de Jessica mientras deslizaba hacia abajo.

—¿En qué estás pensando? ¿Deberíamos dejar un comentario? Alcanzó distraídamente mi paquete de Newport.

—¿Y decir qué? —pregunté arrebatándole el paquete.

No porque me importara, sino porque siempre me estaba fastidiando con lo de fumar: *¿Sabes cómo deben estar tus pulmones ahora, Nina? ¿Eh? Te diré qué aspecto tienen, nena: parecen una de las hamburguesas quemadas del tío Ralphy del cuatro de julio. ¿Quieres morir con un tubo en el cuello a los cuarenta y cinco? ¿Sin la mitad de los dientes? ¿Eh, Nina? Créeme, lo vemos todo el tiempo en el hospital. Todo el tiempo.*

Jessica siempre nos contaba lo que veía en el hospital... todo el tiempo.

—¿Pensé que ya no fumabas? —le dije, antes de pasarle uno. Muy generosamente, añadiría.

—Estoy pasando un momento muy estresante ahora mismo, Nina. Además, ni siquiera fumo tanto como tú —respondió.

—Da igual, no quiero que tengas pulmones de hamburguesa, eso es todo.

Jess agitó una mano en el aire y me ignoró. Luego comenzó a leer en voz alta el mensaje que estaba redactando:

—Querida Ruthy: Soy Jessica, tu hermana. Por favor, ponte en contacto con nosotros en... —Puso su voz oficial de negocios mientras leía. Como si fuera una locutora del medio oeste en CNN.

—No pongas tu mierda personal ahí. Esa mierda es pública. Todo el mundo va a ver lo que has escrito —le dije.

Ella exhaló y sopló el humo en mi dirección, pienso que a propósito.

—Entonces, ¿cómo va a respondernos?

—No sé, pero vas a tener un montón de malditos imbéciles enviándote correos electrónicos si pones tu información de contacto. No seas estúpida.

Empezó de nuevo.

—Querida Ruthy, soy Jessica. —Su voz había alcanzado nuevas inflexiones de blancura.

—Y Nina —dije.

—Por Dios. —Golpeó la tecla de retroceso varias veces con un dedo, echando las cenizas sobre el teclado—. Somos Jessica y Nina... Por favor contáctanos. —Jessica arrugó la cara en señal de pregunta y luego asintió como si hubiera encontrado la respuesta—: Nina está en Facebook.

—No le des mi mierda tampoco. ¿Qué diablos te pasa?

Mi hermana... una chica guapa. Pero no demasiado lista.

Aparté el teclado y fingí escribir:

—Querida Ruthy, somos Nina y Jessica. Después de todos estos años, te hemos encontrado, hermana perdida, que nos abandonaste a propósito.

—¡Ya, basta!

—¿Crees que es tan fácil escapar, mi querida desaparecida? ¡Yo misma he intentado escapar de esta familia durante muchos años!

—Ya —dijo Jessica—. Habla en serio.

—Hablo en serio.

Jessica volvió a acercar el teclado hacia ella y escribió:

Querida Ruthy. Somos Jessica y Nina. (Tus hermanas). Que te quieren y te echan mucho de menos. Si quieres hablar con nosotras, solo tienes que decirlo y ya veremos qué hacer.

Triunfante, Jessica pulsó *enviar*.

—Ya está. Ya está. Hecho.

Luego se levantó e hizo un gran espectáculo al limpiar un poco de ceniza... que yo había dejado caer en la encimera de la cocina.

CAPÍTULO 3

Jessica

Puertas cerradas, cocina limpia, ropa en la secadora y la bebé por fin se ha *fucking* dormido. Así es, todo antes de la una de la mañana.

Cuando se fue Nina, entré a mi cuarto con la computadora portátil, prendí la luz y miré a Lou, que se había arropado con todas las frazadas y fingía roncar. Toda la habitación olía a pastillas para la tos porque se había metido medio pote de Vicks en la nariz para vencer su apnea del sueño. Pobrecito. Me senté en su lado de la cama y le empujé el hombro.

—Definitivamente al cien por cien —le dije—, sin ninguna duda. Te digo que era la puñetera Ruthy. Y sé que estás despierto porque roncas mucho más fuerte que en la vida real. No engañas a nadie.

Lou se tapó la cabeza con la almohada de manera dramática y dijo:

—Pero, Jess, ¿por qué gritas? Son como las doce de la noche.

—No estoy gritando.

Lou escondió un poco más la cara en la almohada.

—Usa tu voz interior, nena —murmuró—. Tu voz interior.

—Esta es mi VOZ INTERIOR —susurré con fuerza.

Eso hizo que se quitara la almohada de la cara, muy rápido. Se incorporó en la cama.

—Vas a despertar a la bebé, Jess. Te das cuenta, ¿verdad?

—¿Y a ti qué te importa? Soy yo quien la ha dormido, señor ciudadano preocupado. Y si se despierta, soy yo quien va a acabar consiguiendo que se vuelva a dormir de una puñetera vez, mientras tú te quedas ahí tirado roncando de verdad.

Volvió a apoyar la cabeza en la almohada y cerró los ojos. Cada día las venitas rojas de sus párpados se hacían más largas.

—Algunos nos despertamos a las cinco y media de la mañana —dijo.

—Y algunos no nos despertamos nunca, porque ni siquiera tenemos la oportunidad de dormir.

Me senté en la cama y subí un videoclip de *Catfight* a la pantalla de mi computadora portátil.

—Mira.

—Ya es medianoche. —Lou apoyó la cabeza en la almohada—. Tengo que levantarme dentro de cinco horas, cariño.

—Y yo tengo que levantarme en seis. —Le puse la pantalla delante de la cara—. Solo un minuto, cariño, por favor. Mira, Lou. Necesito una perspectiva externa.

Gruñó, pero finalmente abrió los ojos.

—Gracias, bubu. —Pasé la sección del vídeo en la que Ruthy/Ruby se deslizaba por un tubo de striptease instalado en la encimera de la cocina que brillaba con electrodomésticos plateados; hasta la tostadora parecía haber sido adornada con diamantes de imitación. Luego me detuve a los cuatro minutos del episodio en la parte en la que estaba sentada en el confesionario. Ruthy comenzó a fingir el llanto en un sillón de terciopelo púrpura. Una lágrima se posó en una de sus pestañas sintéticas. «De lo que no se dan cuenta estas zorras es de que tengo clase».

Tenía un rasguño rojo en el cuello donde alguien la había arañado durante una pelea en el bar, después de que ella besara al novio de alguien.

—¿Lo ves? —le dije—. Mira el lunar.

Puse el vídeo en pausa y acerqué la pantalla a la cara de Lou.

—No puedo ver el vídeo si pones la computadora tan cerca de mi cara —dijo.

Así que lo alejé un poco.

—¿Ahora lo ves?

Entrecerró los ojos.

—No lo sé, Jess. Ha pasado mucho tiempo. Ya no recuerdo muy bien su cara. —Eso me sacó todo el aire del pecho y me levanté para salir de la habitación—. Ay, cariño. Lo siento. No quise hacerte llorar. —Lou se sentó y extendió los brazos—. No era mi intención, Jess. Vuelve.

A mí también me costaba recordar las particularidades de la cara de Ruthy.

Tenía el pelo rojo, por supuesto, y el lunar. Y siempre podía mirar las viejas fotos que colgaban de las paredes en casa de mamá. Aquellas en las que Ruthy, de ocho años, fingía una sonrisa malvada la mañana de Navidad mientras chocaba entre sí sus nuevos muñecos de acción. O las de mi padre y mi madre sonriendo en el hospital el día que ella nació. La corta barba de mi padre tocando la barbilla de Ruthy mientras se inclinaba para besar su frente arrugada. Había fotos nuestras de Pascua de principios de los noventa con faldas de cuadros azules a juego de Caldor, todos con aspecto de pertenecer a algún culto súper religioso.

Imágenes fijas. Expresiones congeladas. Eso era todo lo que me quedaba.

Lo que había olvidado era cómo se movía naturalmente la cara de Ruthy.

En todas esas fotos alguien le había pedido que se pusiera derecha, que separara los hombros de las orejas, que levantara la barbilla.

Y deja de fruncir el ceño, nena, por Dios.

Alguien le había pedido que sonriera.

—No estoy llorando —le dije a Lou, y luego apagué la luz.

Ya totalmente despierto, Lou alargó los brazos para coger la computadora portátil.

—¿Quieres enseñármelo otra vez? Ven aquí, cariño. No te vayas.

—No, está bien. Vete a la cama. Tienes que levantarte pronto.

—En la oscuridad, extendí las manos delante de mí para buscar el pijama.

—Tú sólo mira. Nina y yo vamos a encontrarla —le dije antes de cerrar la puerta del cuarto.

Luego entré en el baño con la computadora portátil para esconderme de la bebé, para que la pequeña dictadora no me oliera y se despertara exigiéndome alimentarla.

Sentada en el suelo del baño, me extraje 120 ml de leche y vi el vídeo de *Catfight* de nuevo, una y otra vez durante otra media hora.

Al día siguiente, estaba tan cansada que sentía como si tuviera los ojos llenos de jabón. Peor aún, mi espalda se estaba portando mal. Un dolor debajo del hombro izquierdo nunca desapareció del todo después del nacimiento de Julie. De hecho, durante el último año, consiguió extenderse porque me agachaba constantemente para darle de comer, y me vibraba cada vez que lloraba. Me desperté tarde y tuve que ir a casa de mi madre en autobús con la bebé, y luego arrastrar el cochecito hasta su apartamento, subiendo tres pisos por las escaleras.

—Por eso te dije que siguieras usando la faja —dijo mamá sacudiendo la cabeza mientras me recibía en la puerta con Tylenol y una taza de café—. Si le hubieras hecho caso a tu inteligentísima madre, ahora no te dolería tanto la espalda.

Se refería a la faja abdominal que me dieron en el hospital y que boté en cuanto me enviaron a casa, porque después de diez horas de trabajo de parto y una cesárea de emergencia, pensé que no era necesaria ninguna tortura adicional.

Pero para cuando regresé al trabajo, me arrepentí de no haberme quedado con la faja. El dolor latía con fuerza, incluso después de dos Tylenol, y yo intentaba respirar profundamente hacia su centro, para estirar cualquier fuerza que se hubiera anudado con avidez en mi espalda.

Cuando por fin se calmó el dolor, saqué el celular para enviarle un mensaje a Nina para ver si había averiguado algo más sobre Ruthy, pero entonces mi jefa me agarró y me envió con la vieja señora Ruben para sacarle sangre. Intenté ser rápida, pero me tomó cinco minutos solo encontrar una vena. Su piel era tan vieja y resbaladiza que tuve que estirarla una y otra vez. Entonces la señora Ruben se puso tan nerviosa que levantó los brazos y casi me arranca la maldita aguja de mariposa de la mano.

Quería abofetearla.

Lo admito.

No voy a mentir, cuando una aguja se acerca tanto a tu frente, tu reacción automática es sobrevivir. Pero, en lugar de eso, le sujeté la muñeca con suavidad, puse mi cara junto a la suya y le dije en voz muy baja:

—Señora Ruben. Tiene que relajarse.

—Oh, al diablo con eso. No puedes encontrar una, ¿verdad? —Sacudió la cabeza con su pequeño moñito estilo juez y siguió moviendo la boca como si estuviera mascando algo invisible—. Déjenme morir.

Además del cáncer de pulmón, la señora Ruben tenía demencia, así que a las cinco de la tarde se ponía a escupir a los otros PCT, llamándolos ladrones y violadores: «Pandilleros», gruñía; por la noche, disfrutaba volverse más difícil, lo cual costaba imaginar, teniendo en cuenta que se había pasado toda la vida jugando a ser la dura, encontrando formas creativas de disciplinar a décadas de niños «en riesgo», según la nueva tendencia educativa que fuera popular ese año.

Conocía a la señora Ruben desde hacía mucho tiempo. Había sido la directora de la Escuela Superior Curtis cuando yo estudié allí en los años noventa, y ahora era igual de práctica con la muerte como lo era entonces a la hora de castigarnos después de clase en la única aula sin aire acondicionado del sótano. Le encantaba sermonear a nuestros padres sobre estar «en forma». Chismorrear sobre ellos a sus espaldas en las reuniones de personal, especialmente sobre las madres, de las que disfrutaba burlarse: sus acentos, sus uñas largas y su perfume barato, sus maridos ausentes.

Sé todo esto porque cuando era adolescente me metía con frecuencia en líos, lo que significaba que iba mucho a esa oficina, y cuando la gente piensa que no eres nadie, dicen todo tipo de estupideces delante de ti como si no estuvieras allí.

—Nadie quiere que muera, señora Ruben —le dije—. ¿Lo intentamos de nuevo? ¿Está lista?

Las arrugas alrededor de sus ojos por fin se habían relajado y volvió a extender su delgado brazo hacia mí. Con mucho cuidado, encontré la vena y acerqué la aguja a su piel.

—Eso es. Ya casi está.

Fue entonces cuando me sentí mucho más tierna con la señora Ruben, esa mujer que había gobernado nuestras vidas durante años, que había humillado a nuestros padres. Aquí solo era una anciana con miedo a morir. Y me acariciaba el brazo, agradecida, cuando la aguja no le dolía.

Pero entonces unos niños que estaban fuera, esperando a que los dejaran entrar en la escuela, comenzaron a gritar de la nada.

Podíamos oírlos claramente desde el segundo piso a través de la ventana. Fingían pelearse, se azotaban con sus mochilas, como los adolescentes que inventan excusas para tocarse porque no pueden admitir: «Me gustas de verdad. Me gustaría que me agarraras de la mano».

La señora Ruben se volvió loca. Era como si sufriera de estrés postraumático de su tiempo en la Escuela Superior Curtis. Se levantó, abrió la ventana y gritó:

—¿Quieren callarse de una maldita vez?

Los chicos detuvieron su pelea, de modo que solo se oía el ruido del tráfico y un pájaro persiguiendo a otro en el árbol de afuera.

—Por fin —dijo la señora Ruben.

En este nuevo silencio, le tomé la mano ampollada una vez más.

—Muy bien, intentémoslo de nuevo.

Ahora estaba tranquila y ya había elegido algún tema nuevo del que quejarse: una enfermera, a la que había acusado de intentar entrar en su habitación y esconderse en su armario para verla desnuda.

Entonces uno de los adolescentes tiró un vaso a la malla de la ventana, que irrumpió en la habitación y nos roció a las dos con refresco de naranja.

Tardé al menos otros quince minutos en limpiar los rastros de Fanta de la cara de la señora Ruben. Gritó a través de la ventana a los chicos que huían del guardia de seguridad del hospital hasta que, por fin, calmé a la viejita de nuevo y volví a encontrar la vena.

—No, no. Aquí está. Fuerte y verde —susurré.

La señora Ruben tenía esa sangre obstinada, lenta y espesa, pero al final llenó el tubo en mis dedos.

Después, le di unas palmaditas en la mano y ella me miró y dijo:

—Me acuerdo de ti.

Tenía la cara contraída por la desconfianza, pero me sentí honrada.

Me preguntaba si alguna de nuestras vidas se habría quedado con ella, de la misma manera que yo recordaba a ciertos pacientes y lo que el dolor les hacía, cómo cambiaba la forma de sus cuerpos. Cómo podía cambiar el rostro de alguien para siempre. La señora Ruben y yo habíamos tenido una larga historia, muchas tardes de mirarnos fijamente en la oficina de la directora, después de que los niños disciplinados se hubieran ido. Por aquel entonces, todos los niños la habían apodado Pingüino, porque se parecía a la versión sin aliento de Danny DeVito en *Batman regresa*. Piel pálida y pelo canoso lastrado por la grasa. Bolsas rosadas que se extendían por debajo y alrededor de sus ojos. Pero hasta ese día no estaba segura de que se acordara de mí.

—¿En serio? —le pregunté.

La señora Ruben se concentró en la chapa con mi nombre y asintió en señal de reconocimiento.

—Sí, me acuerdo de ti, Ramírez. Siempre andabas con ese niño Dominick y sus primos y ese desgraciado de Louis Amato. —Luego se fijó en mi cara—. Eras una niña rápida, ¿no?

No pude evitarlo: allí mismo, delante de su cara, solté una carcajada. *Rápida.*

Al sacudir la cabeza, la señora Ruben puso los ojos en blanco y miró hacia otro lado, luego juntó las manos como si fuera yo quien la hubiera ofendido.

—Es muy amable de su parte que se acuerde —le dije. Me moría de ganas de contárselo a Lou.

Siempre le encantaban las historias de la señora Ruben.

Cuando iba a la escuela superior, después de que Ruthy desapareciera, la señora Ruben había sido una de esas adultas entrometidas; me citaba en el despacho para que me sentara delante de su polvoriento pote de caramelos de menta mientras me interrogaba en busca de información, del mismo modo que la gente blanca habla de los desastres que les ocurren a los negros y morenos para entretenerse y aplaudir. Me la imaginaba al reconocer a mi hermana en la tele y reírse, quizá girarse hacia su marido y decirle: «Mira, siempre dije que esa chica se había escapado. Qué familia más rara». Antes de tomar más palomitas de maíz de su tazón crujiente.

Sellé el Vacutainer y la vendé mientras afuera un grupo de chicos comenzaba a cantar una canción de Soulja Boy.

—Cada año están peor —dijo. No a mí, sino a un público invisible que vivía dentro de ella. Cien mil señoras Rubens anidadas dentro de su cuerpo como una muñeca rusa.

—Nos vemos —dije despidiéndome con la mano.

La señora Ruben respondió con un gruñido, que ignoré porque «no vas a herir mis sentimientos, viejita». En lugar de eso, me dirigí a la recepción, sonriendo, porque me había vuelto mejor en sacar sangre que cualquiera de los otros PCT de primer año.

A veces se acuerda de ti gente que no tendría por qué acordarse.

Hace unos años, me topé con una antigua maestra de Matemáticas de la escuela intermedia a quien llamábamos Wagner, que estaba en el centro comercial Staten Island Mall comprando una colección de jerseys de cuello alto en tres tipos diferentes de verde. Wagner había sido una de mis favoritas porque en sexto grado me había defendido en una reunión de padres después de que mi madre estuviera dispuesta a darme una paliza por no aprobar otro examen de Matemáticas ese año por cuarta vez.

—Dígame la verdad. ¿No presta atención en clase? ¿Se la pasa hablando en clase? —preguntó mamá.

La maestra Wagner estudió nuestras caras, calculando la importancia de su respuesta, antes de decir:

—Jessica es una alumna maravillosa que se esfuerza de verdad. Señora Ramírez, es solo una clase de Matemáticas difícil. Pero va mejorando cada semana.

Al día siguiente, cuando Iván Maldonado intentó imitar a la maestra en plena clase, le di tal patada en el respaldo de la silla que sus amigos se echaron a reír.

—Cierra el pico, Iván. Algunos de nosotros estamos intentando no pasar seis años graduándonos de la escuela intermedia como tú.

«Una alumna maravillosa».

Nunca nadie había dicho eso de mí.

Pero en Lerner's, cuando la versión veinteañera de mí se acercó a ella en la cola y le dijo, «Hola, maestra Wagner. ¿Cómo le va?», por la forma en que levantó sus finas cejas, me di cuenta de que no me reconocía. Se puso roja y empezó a sonreír frenéticamente.

Sin embargo, nunca se lo reproché. Sabía lo fácil que era para los maestros olvidarse de todos aquellos alumnos, cientos de ellos, a veces miles.

En lugar de eso, le di una salida fácil de la conversación y le dije: «Muy bien, maestra Wagner, que tenga un buen día».

Me despedí con la mano como si no me hubiera dado cuenta de que ella no sabía quién era yo. Luego dejé el vestido rojo que había estado mirando y salí de la tienda.

Coloqué el Vacutainer sobre el mostrador. Entonces una de las enfermeras, Karen, se acercó a mí y me susurró rápida pero suavemente:

—Jessica, la habitación dos cuarenta y cuatro ha fallecido.

—Que era como solíamos referirnos a los pacientes: por sus números de habitación, a efectos de confidencialidad y porque era sencillo y eficaz—. Necesito que entres allí.

Karen ya había enviado a Allen y a Carlos, unos chicos de veintiuno y veintidós años, que a veces llegaban a sus turnos oliendo todavía a lo que se habían fumado esa mañana. Buenos muchachos en la vida real, pero en el trabajo se la pasaban jodiendo. Un PCT tras otro comenzó a notar que sus mediciones de los signos vitales no eran correctas, hasta que se acabó. Un día, Karen llevó a Allen y a Carlos a la sala de descanso para un momento de conversión, en el que su acento jamaicano eclipsó al de Brooklyn. Golpeó el dorso de una mano contra la palma de la otra diciendo: «Es la última vez que se lo digo. Lo digo muy en serio. No estoy jugando más con ustedes. ¿Lo entienden?».

El resto de nosotros mirábamos a través de las ventanas de cristal riéndonos... Pobres Allen y Carlos. Los chicos tenían los días contados, y lo sabían, así que ya habían comenzado a solicitar trabajo en Foot Locker y FedEx. El otro día me habían preguntado si podían ponerme como referencia y si podía fingir que era su jefa, a lo que yo dije: «Oh, sí, eso no va a pasar, coño. ¿Me creen tonta?».

Karen no lo dijo, pero yo sabía que me enviaba allí para supervisarlos. Yo no era mucho mayor que los chicos, solo tenía veintisiete años, y acababa de empezar en el hospital St. Lucy hacía unos meses. Pero la cosa era (y Karen también lo sabía) que podías enviarme a cualquier habitación y confiar y saber que me aseguraría de que el trabajo se hiciera bien, porque cuando se trataba de mi dinero, yo no jugaba. De ninguna manera. Yo era el tipo de persona a la que le gustaba hacer las cosas bien a la primera. Porque cuando no lo haces así, terminas trabajando el doble para arreglar el error original que cometiste por intentar salir del trabajo a tiempo para tomar el autobús.

Algunas de las otras fulanas que trabajaban en ese hospital eran unas auténticas vagas. No limpiaban bien a los pacientes cuando los llevaban al baño o desaparecían durante veinte minutos cuando había que vaciar una bacinilla. Entonces se daban la vuelta y decían: «Oh, no sabía que era mi turno». Maldita sea, por favor. Todo el mundo sabía que era su turno.

Aunque a veces se salían con la suya.

Lo cual está bien porque, te diré una cosa, puedes ser capaz de engañar al jefe, pero el karma es elegante, y Dios todo lo ve.

Y ten por seguro que no lo olvida.

—Asegúrate de que los chicos no cometan ninguna estupidez, ¿de acuerdo? —dijo Karen. La piel debajo de sus ojos se había amoratado en el último mes. Probablemente estaba en la décima hora de su turno, tenía treinta y tres años y estaba tan avanzada en su embarazo que no podía agacharse a recoger nada.

Yo quería a Karen porque me había regalado un viejo libro de farmacología, a pesar de que yo nunca había completado más de doce créditos en la universidad. Cuando me estaba recuperando de dar a luz a Julie en el hospital, aturdida por las constantes vueltas que me daban en la cama —control del pulso y la temperatura, inspección de la incisión, observación y seguimiento de la pérdida de sangre («Por si tienes una hemorragia»), empujones en el vientre para comprobar si mi útero descendía—, mi cuerpo se sentía irremediablemente jodido. Hinchado. Desnudado y cortado. Le había contado a Karen que una enfermera me había sorprendido llorando en mitad de la noche porque no conseguía que Julie por fin se *fucking* pegara al pecho y me pidió permiso para tocarme el pecho mientras me enseñaba con amabilidad cómo meterlo rápidamente en la boca de la bebé antes de que Julie pudiera sujetar el pezón. «No seas tan delicada», me dijo. «Puedes ser un poco brusca. Los bebés son mucho más fuertes de lo que crees». Cuando por fin Julie se pegó sin que mi espalda se contrajera de dolor, fue como una jodida revelación. Le conté a Karen lo que le dije a la enfermera después: «Normalmente no soy así», y su respuesta fue: «Chica, no tienes que sentirte de ninguna manera. Muchas mujeres lloraron en esta sala intentando alimentar a sus hijos». Sentí como si hubiera entrado en un reino invisible de la maternidad (me gustara o no). Ahora, por fin entendía lo que era ser madre, un universo que antes no me importaba. Las largas noches. El dolor íntimo. Santo Dios, yo era una pequeña descarada de niña. Y ahora tal vez Dios me estaba castigando con 422 días sin dormir.

Me llevé el viejo libro de Karen a casa y lo estudiaba a veces por la noche, mientras Lou y la bebé roncaban en el dormitorio. Detrás de la portada, Karen había deslizado un folleto del programa de enfermería del College of Staten Island con una nota garabateada junto a la foto de una enfermera que sostenía la mano de un niño agonizante. «Esta eres tú», había escrito al lado del cabello castaño rizado de la enfermera.

Una noche le enseñé el folleto a Lou y se rio.

—Eso es deprimente con cojones.

—¿Verdad? —le dije.

No le había dicho que había llamado para obtener más información.

Karen se acercó a la recepción y levantó el auricular del teléfono.

—Ve, Jess. Llamaré a la morgue.

El pasillo que conducía a la habitación 244 parecía haber sido decorado en 1986 por las mujeres de *The Golden Girls*: suaves tonos azules y rosados con vetas de blanco y dorado, cuadros de hace veinticinco años de océanos y árboles salpicados de polvo. Había una mujer blanca de mediana edad con un impermeable largo y una bufanda susurrando al teléfono:

—¿Por qué soy yo la que tiene que ocuparse de todo? ¿Eh?

—Me miró bruscamente al pasar y yo fingí no escucharla—. Eres tan puñeteramente maceta. Ni siquiera puedes pagar un billete de avión para asistir al funeral de tu propia madre. Ridículo.

Cuando entré en la habitación 244, Carlos estaba sentado en una silla en la esquina enviando mensajes de texto a alguien, mientras Allen contaba una historia con todo lujo de detalles sobre una pobre chica de West Brighton a la que se tiraba y de quien planeaba desaparecer el próximo fin de semana.

—Ustedes me quieren joder, ¿verdad? —los golpeé en la nuca.

Allen levantó las manos y dijo:

—Karen nos dijo que todo lo que teníamos que hacer era venir a la habitación y esperarte. Nos dijo: «No toquen nada hasta que llegue Jessica».

—Vale, pero estoy bastante segura de que esa que está afuera de la habitación ahora mismo es la hija. Y nadie quiere oír hablar del asunto de esta chica. Si esa fuera tu madre, ¿querrías que alguien hablara así delante de su cadáver?

Entonces Carlos intentó imitarme moviendo la cabeza de un lado a otro y luego chillando con voz de Minnie Mouse:

—Hola, me llamo Jessica y soy puñeteramente pesada.

Pero después se quedó tranquilo y retiró suavemente la manta de la cama. Por un momento, todos nos quedamos inmóviles mirando el cadáver de la 244. Luego cerramos sus ojos.

Le lavamos los brazos y las piernas.

La etiquetamos.

La envolvimos.

Y los chicos movieron el cuerpo de la 244 con tanto cuidado como si aún estuviera viva. Fui al baño y me pasé quince minutos frotándome las manos. No era tanto la muerte del cuerpo, sino su repentino peso, vaciado de su aliento.

Desaparecido.

En un momento podías estornudar o reír o gritar de dolor para que te dieran más medicamentos y, un segundo después, ¿cómo era posible que todo lo que llevabas dentro desapareciera sin más?

Karen asomó la cabeza en el baño mientras me lavaba las manos.

—Gracias por ocuparte de eso, Jessica. Te prometo que no lo olvidaré.

Luego se fue a ver al siguiente paciente que más la necesitara.

Todo el resto del día fue así, una pequeña crisis tras otra, hasta que me quedaban unos diez minutos para cambiarme el uniforme por los pantalones y ponerme un poco de delineador en los ojos antes de que Lou viniera a recogerme. Y todo el tiempo Nina me estaba llenando el teléfono de mensajes...

¿Te ha contestado ya la falsa Ruthy?

La Ruthy falsa no puede ser la Ruthy real. Acabo de ver una foto de su cara de cerca y se ve como de 42 bajo el maquillaje.

¿POR QUÉ NUNCA ME CONTESTAS?

¿Es porque ya no ME QUIERES?

—Jesucristo —le dije por teléfono—. No me extraña que las chicas de Mariposa's te odien. Te la pasas ahí sentada mandando mensajes.

Aunque, tenía que admitirlo, ahora que el turno había terminado —el drama había terminado por hoy, los chicos se habían ido a casa, la tarjeta de asistencia estaba marcada— lo único que quería era volver a la computadora para ver si Ruthy/Ruby había respondido a nuestra nota en el tablón de mensajes. Me apresuré a ir a la sala de personal e intenté recoger mis cosas tan rápido que, cuando saqué el bolso del casillero, la correa se enganchó en la puerta y todo el maldito bolso se desbarató. Tuve que sostener el bolso bajo el brazo como si fuera una bola de fútbol.

Mi teléfono volvió a sonar y escribí una respuesta:

Ahora no, Nina, te llamaré más tarde. Acabo de salir del trabajo.

Para cuando tomé el ascensor y me despedí del personal de recepción de las Naciones Unidas —tres damas: una puertorriqueña, una rusa y una china— ya eran las ocho de la noche, y Carlos y Allen estaban fumando en los bancos a oscuras junto al estacionamiento.

Allen estaba sentado en el respaldo del banco con los tenis en el asiento. Era un irlandés bajito que parecía puertorriqueño porque tenía el pelo oscuro, largo y rizado, y lo llevaba peinado hacia atrás y recogido. Se había criado en los barrios de South Beach y estaba hablando con Carlos sobre un chico que acababa de morir tiroteado en New Brighton.

—Mierda, ¿te imaginas que estás caminando? Metiéndote en lo tuyo, coño. Bam, se acabó. Estaría tenso.

—Hijo de puta, no estarías nada —dijo Carlos, riendo—, porque estarías muerto.

Carlos se movió en el banco para que yo pudiera sentarme a su lado a fumar. Piso tras piso de luces blancas del hospital brillaban alrededor de ellos, mientras imaginaban trabajos mejores que este. A alguien le pagaban doce dólares la hora por trabajar con el inventario en el nuevo Best Buy. Alguien cobraba más en el desempleo que cuando trabajaba. Un trabajo sindical, eso era lo que necesitaban.

—Hombre, yo podría hacer mucho con doce dólares la hora —dijo Carlos.

Mientras yo encendía el cigarrillo, Lou se detuvo delante del hospital. Durante un segundo, me quedé sentada en silencio mientras él se asomaba por la ventanilla, porque me gustaba ver cómo me buscaba. El ángulo de luz del farol de la calle caía sobre su auto, de modo que se veía claramente que Lou era blanco. De inmediato, Carlos y Allen dejaron de hablar entre ellos y lo miraron, tan entrometidos.

—¿Ese es tu hombre? —preguntó Allen.

—Muy bien, ya te veo, Jessica. Así te gustan, eh —dijo Carlos, sonriendo. Luego se volvió hacia Allen y le dijo—: Mira, puede que tengas una oportunidad.

Cuando Lou me vio en la oscuridad riendo con los chicos, gritó irritado con la ventanilla abajo:

—Jess, vamos...

—Está bien, está bien. —Le di un golpecito a Carlos en la nuca y me acerqué a Lou—. Ya voy. ¡Caramba!

Cuando entré en el auto, me dio un beso rápido en la mejilla y luego giró el volante para arrancar. Julie se arrullaba en el asiento trasero y movía los brazos.

—Hola, nena. —Pasé la mano por detrás del asiento y le acaricié la mejilla.

—Odio que trabajes tantas horas.

No dije nada.

Llevaba una semana enfadada con Lou porque el nombre de su ex no dejaba de aparecer en su teléfono, y yo aún no había decidido qué quería hacer con su imbécil trasero. Me limité a mirarlo, la arruga que se había curvado silenciosamente sobre su labio durante los últimos tres años, contra una cara que en su mayor parte había permanecido igual desde la escuela superior.

Pero entonces no pude resistirme.

—¿Sabes lo que hizo hoy la señora Ruben?

Lou negó con la cabeza.

—No puedo creer que esa vieja siga viva.

—Bueno, termino de sacarle sangre, ¿verdad? Entonces me mira, Lou. Y dice, «Me acuerdo de ti». Y yo muevo la cabeza como «Ay, qué dulce, señora Ruben». Entonces me dice: «Tú eres la que solía andar con Dominick y su pandilla y esa mierdita de Lou».

—Maldición, ¿dijo todo eso? No he pensado en Dominick desde hace mucho. ¿Qué le pasó a ese chico?

—No lo sé. Probablemente esté muerto en algún sitio. —Bajé la ventanilla y dejé que el aire fresco y negro entrara en el coche—. Pero escucha, entonces la vieja se da la vuelta y me llama perra.

—¡No! —Todo el cuerpo de Lou se estremeció de risa.

—Sí, ella estaba como: «Oh, eras un culo rápido».

Lou se chupó los dientes.

—Ella no dijo eso, Jessica. ¿Por qué estás mintiendo?

—Sí, lo dijo.

—Ella no te llamó «culo rápido», Jessica. Eso no forma parte del vocabulario de la señora Ruben.

—De acuerdo. Pero me llamó «rápida». Eso es lo que dijo: «Eras rápida». Literalmente.

—Ay, nena, ni siquiera eras tan mala. Solo eras un poco insoportable, siempre ahí hablando tanta mierda, en el espejo pegándote esos ricitos a un lado de la cara.

Él imitó una versión mía de trece años deslizándome gel por las orillas.

Iba a golpearle el brazo, pero me tomó la mano y la mantuvo entre nosotros todo el camino de vuelta a casa.

Más tarde, en la cama, le hablé sobre la 244 mientras miraba una huella que había dejado en el techo tras matar una araña con mi tenis.

—Una señora blanca. Fue muy raro, Lou. Los latinos, ya sabes, es como si fuéramos muy, muy emocionales. No me importa si eso suena racista porque es verdad. Cuando perdimos a Ruthy, podías oírnos a todos llorar a la vez unos sobre otros dentro de la habitación. Cuando alguien muere en una familia blanca, todos empiezan a hablar de dinero. Yo iba corriendo a la habitación y me topé con una de las hijas de la mujer, en plan de negocios, discutiendo sobre quién iba a pagar qué.

—¿Por qué siempre tienes que ser tan mala con los blancos? Déjanos en paz. Eres tan blanca como yo.

Que conste que no lo soy... Solo soy la de piel más clara en mi familia.

Entonces Lou intentó levantar su brazo para comparar.

Pero Lou era super inequívocamente blanco. Pelo rubio. Ojos azules. Parecía que pertenecía a la película *La novicia rebelde*, el Sr. Lou Amato von Trapp cantando sobre lo vivas que estaban las colinas. Me volví hacia él muy seriamente y le dije:

—No soy blanca. No me insultes así, carajo.

Se levantó sobre un codo.

—¿Qué demonios sabes tú de Puerto Rico? Fuiste una vez cuando tenías cinco años.

—En realidad, fui dos veces. Y la segunda vez tenía ocho años.

Pero nunca debí haberle dicho esa mierda para empezar. Llevaba cinco años guardando esa información en su arsenal secreto contra mí, y de vez en cuando, cuando perdía una discusión, le gustaba soltármela.

—Suenas más de Staten Island que yo.

—Personalmente, me gusta pensar que es de Brooklyn —le dije—, mi acento.

—Mieeeeeerda... —dijo—. Brooklyn, un carajo. Suenas como Olive Oyl trabajando en el Piercing Pagoda del centro comercial de Staten Island.

Me levanté de la cama.

—Voy a olvidar que has dicho eso y voy a salir a fumar.

—Al diablo, solo abre la ventana y fuma en la cocina —dijo—. Pero sabes, Jess. Lo odio. Realmente lo *fucking* odio. Se te pega, el olor. Y no es bueno para ti.

Lo dice un hombre que se toma una botella de Coca-Cola de dos litros por la mañana para desayunar y que aún compra agua color violeta y azul en la tienda de la esquina como si estuviera en sexto grado.

—¿En seeeeerio? Bueno, ¿sabes lo que no soporto? Que el nombre de tu ex siga apareciendo en tu teléfono y tú le respondas, como si yo fuera idiota y no me diera cuenta. ¿Entonces?

—Por Dios, Jess. Es amiga de mi madre. Ya te lo dije. Creció con mis hermanas. Es amiga de la familia. —Y cuando eso no funcionó—: Jessica, está rehaciendo el apartamento de arriba, así que necesitaba que alguien le echara un vistazo. Le estaba dando el número de uno de los chicos, ¿de acuerdo? ¿Vale? Mi madre le dijo que me llamara.

Estaba sentado en la cama, moviendo los brazos en la oscuridad para darle énfasis, como si eso fuera a cambiar algo.

—Tu madre también puede irse a la mierda —le dije.

—¿Por qué tienes que hablar así, Jess? Venga ya. ¿Hablo así de tu madre?

—En primer lugar, mejor que no hables así de mi madre. Segundo, mi madre te adora. Como a su propio hijo. Como a su propia sangre. Y tercero, tu madre es una maldita racista. No me gusta nada. ¿Esa mierda que dijo el otro día sobre Obama?

Lou se quedó callado.

—Sí, pensaste que no había oído esa mierda, ¿verdad? Y sé que está apoyando a tu ex. —Alcé un cigarrillo para enfatizar mi punto y dije—: Ella le está metiendo ideas en la cabeza, Lou. Te lo digo. Y no me gusta.

Encendió la luz. Todo su pelo sobresalía por un lado, como una ola, y sonreía.

—Mírate. Estás celosa.

—Cállate.

—Sí, lo estás. Anda, vete —dijo rápidamente, haciéndome un gesto con la mano—. Fúmate ese cigarrillo y luego vuelve a meter tu hermoso trasero en la cama, antes de que vaya a llamarla. Pero primero lávate los dientes.

—No me jodas, Lou, cállate —le dije mientras salía del dormitorio.

Pero incluso desde la ventana de la cocina, por encima del ruido de los coches que pasaban por la calle, pude escucharlo reírse.

* * *

Después de que Lou se durmiera, fui a mi armario y saqué un viejo álbum de fotos. Había una página del diario de Ruthy que yo había arrancado en 1996, antes de entregar el diario a los detectives. Había doblado esa página y la había escondido durante años.

Ruthy y mi madre siempre discutían por tonterías, por si podía o no ir a una fiesta de pijamas o al centro comercial o al otro lado de la calle, a casa de Yesenia o a la pizzería después del entrenamiento de atletismo. Ruthy siempre intentaba ir a otro sitio en vez de ir a casa, un pensamiento que me hacía estremecer.

Al día siguiente de su desaparición, los detectives nos habían hecho algunas preguntas. «Piénsenlo bien», nos dijeron. «¿Quién podría hacerle daño?». E inmediatamente, un nombre surgió en mi pecho, y luego se apretó contra mi lengua. Pero no podía soportar nombrarlo. No podía hacerlo. Y ahora el remordimiento se cuajaba en mi pecho como leche cortada.

Si se lo hubiera contado a ellos, a esos detectives, ¿las cosas serían diferentes?

¿Estaría Ruthy aquí?

No podía, ni siquiera por Ruthy, decir el nombre que posiblemente podría haberla salvado. Y ese pensamiento me hizo odiarme, hasta que recordé que era imposible que él le hubiera hecho daño. Ya se había ido, había abandonado la ciudad, llevaba años perdido antes de que Ruthy desapareciera en 1996. Tal vez estaba muerto en alguna parte, el muy cabrón, gracias a Dios.

En grandes letras azul eléctrico, Ruthy había titulado la página: «Cosas que nunca le diría a mi madre».

1. Papá hace mejor arroz guisado que tú.
2. Nunca boté esa camisa que odiabas. La guardo en mi casillero.
3. Sé cuándo estás triste. Solo finjo no verlo.
4. Te amo. (Solo que nunca lo diría).
5. Extraño estar en cuarto grado y que me lleves al zoológico.

Siempre escribía cosas así en el diario, poemas melodramáticos o raps. Su escritura era inofensiva, nada que pudiera ayudar a la policía a localizarla, y me pareció apropiado que los secretos de Ruthy siguieran siendo suyos, aunque estuviera desaparecida. Nadie necesita saberlo todo sobre la vida de alguien más. Además, probablemente lo que escribió solo habría herido los sentimientos de mi madre.

Recorrí con el dedo las hendiduras que el bolígrafo de Ruthy había hecho hacía más de una década, sintiendo el relieve en la página donde había levantado la mano y la tinta azul donde había presionado con rabia.

CAPÍTULO 4

Ruthy

En primer lugar, si realmente quieres saber lo que le pasó a Ruthy Ramírez, entonces tienes que entender lo que pasó ese día en la escuela. Pero tal vez la gente no quiere saber lo que pasó ese día. Puede que a la gente no le importe. La mayoría de los adultos ya tienen sus propias ideas sobre el tipo de chica que es Ruthy, porque todo el mundo siempre habla de ella. Y la gente así está más interesada en el tipo de niña que un día va en bicicleta por su cuadra en los suburbios y desaparece, solo para aparecer más tarde interpretada por alguna actriz de segunda en *Misterios sin resolver*. O miran ávidamente las noticias, obsesionados, mientras adivinan quién mató a JonBenét Ramsey.

¿Y qué? De todos modos, la mayoría de las personas son seguidores. No saben cómo formular sus propias opiniones, pero de alguna manera siguen pensando que son como especiales. Que son mejores que yo. Dentro de su cabeza, creen que lo tienen todo resuelto, sobre quién soy y qué pasó.

¡Da igual! ¿A quién le importa?

A mí no, te lo aseguro.

Hasta ahí te diré.

Que sigan jugando ellos solitos.

Puedo contar mi propia maldita historia.

Empecemos la historia así: Hay una chica. Su nombre es Ruthy Ramírez.

Tú eres esa chica.

Tienes dos hermanas. Vives en el extremo norte de Staten Island con tu loca madre, tus hermanas y tu padre en una casita rosada. Y después de cumplir trece años, nadie puede controlarte.

Todo el día, desde el *homeroom*, Yesenia (tu falsa ex mejor amiga) se pasea por la escuela como si nunca te hubiera pedido prestado el brillo de labios después del entrenamiento de atletismo, como si no fuera la única chica de octavo grado a la que aún no le ha venido la regla y como si tú no la hubieras ayudado a mentirle a todo el mundo para fingir que sí. Te dices a ti misma: «Está bien. A ver qué pasa. A ver si me importa. Mantenlo así», mientras ella actúa como si las dos no se hubieran sentado juntas todos los días durante el almuerzo en sexto grado, leyendo la sección «Di lo que quieras» de *YM* y contemplando las diversas cuestiones filosóficas del mundo de las niñas de sexto grado: ¿Preferirías cagarte encima delante de un chico que te gusta o sangrar inesperadamente a través de tu falda blanca durante Estudios Sociales?

¿Qué es peor?:

¿tirarte un pedo por accidente mientras te ríes de un chiste

o

sonarte los mocos de la nariz?

Luego, durante el almuerzo en la cafetería, Yesenia, sin ninguna razón en absoluto, le dice a esta chica, Ángela Cruz (que por cierto ni siquiera está en octavo grado), alguna mierda ingeniosa como «Oh, mira la camisa de Ruthy». Aun así, Yesenia es estúpida y trata de impresionarla. ¿Para qué?

¿Qué tiene de especial Ángela Cruz? Ni siquiera puede saltar la cuica doble sin que la cuerda le pegue en la frente. La comida se le pega a las gomas de los frenillos cuando dice idioteces. Y ni siquiera es tan linda. Quiero decir, tal vez un poco en los ojos. Pero no realmente.

De hecho, deberías saber que Ángela no tiene nada de especial, en absoluto. Es decir, si de vedad quieres saber mi opinión sobre ella.

Pero este es el problema con Yesenia: siempre está copiando sus tareas o su peinado o sus opiniones de otras chicas, el tipo de persona que la señorita Ellen en Destrezas para la Vida llama «seguidora». Alguien demasiado asustada para tomar sus propias decisiones.

«Tienes que ser una líder», dice siempre con mucha propiedad la señorita Ellen mientras reparte las galletas en el círculo durante Girl Talk y hace referencias a los distintos personajes marginados convertidos en héroes de *Los campeones,* mientras los chicos en el rincón rompen a cantar «We Are the Champions» como los auténticos perdedores que son.

Ahora, en la cafetería, te das la vuelta y miras directamente a Yesenia, la forma en que su pelo largo la hace parecerse un poco a la Sirenita.

Tu hermana Jessica te dijo una vez: «Si estás peleando, nunca dejes que ninguna perra te haga apartar la mirada. ¿Me entiendes?».

Así que gritas en dirección a la mesa donde está Yesenia:

—Bueno, entonces no pasa nada. De todas formas, nadie quiere ser tu amiga. Estúpida. —Pero eso suena muy de niña saliendo de tu boca, así que imitas a tu madre y añades—: Pendeja —por si acaso.

Pero, por desgracia, la clase 802 entra en la cafetería antes de tiempo para comer y la combinación de sus voces y cuerpos chocando entre sí —sus LA Lights deslizándose en el suelo resbaladizo por los restos de leche derramada, sus payasadas colectivas sobre el chico con la melena desordenada— te corta la voz, lo que te lleva a la siguiente pregunta: si una niña de trece años grita en medio de una cafetería, pero nadie la oye, ¿realmente importa un carajo?

La camiseta en cuestión, ante la que Yesenia puso los ojos en blanco, es una camiseta sin mangas, casi idéntica a la que llevaba T-Boz cuando bailaba sobre el océano en el vídeo de «Waterfalls», que es por mucho tu canción favorita de *CrazySexyCool* (o sea, obviamente). Te compraste la camisa tú misma, en la estantería de tres dólares de G+G, mientras tu mamá buscaba en Payless zapatos planos anchos de la talla 8 para el trabajo. Por supuesto jamás admitirías en voz alta que tú y tu familia compran en Payless, pero, de todos modos, eso no viene al caso. Volviendo a la historia, verás: tu madre, con sus rosarios, sus jerseys de cuello alto y sus estatuas ilimitadas de santos y *orishas*, probablemente te mataría si te viera con ese top corto, incluso debajo del mameluco, cuyos tirantes dejas colgar para mostrar tu perfecto vientre de trece años.

Uf, tu madre te quiere, pero ella es como... Dios... DEMASIADO.

Por ninguna razón en absoluto.

¿Ni siquiera se da cuenta de que hay chicas literalmente mamando y fumando en las escaleras? Solo porque alguna estúpida chica mayor las desafió, y ellas tenían demasiado miedo como para decir que no.

Seguidoras. Todas, como dice la señorita Ellen.

Y todo lo que hacen es ir a la pista después de la escuela y meterse en peleas algunas veces, lo que realmente significa que solo se estaban defendiendo. Esa es la verdadera y desafortunada tragedia de todo. En realidad, eres la chica buena, y nadie lo sabe.

Pero eso tampoco viene al caso.

Esa mañana escondiste la camiseta en tu mochila antes de salir corriendo de casa con tu sudadera de atletismo. Pero una vez que aterrizaste en el 61, fuiste directamente al baño durante el desayuno y te cambiaste, porque eres así de lista, ya ves.

Obvio.

Todo el baño huele a mierda. Hay un olor a excremento pegado a las paredes, en cada cabina amarilla. Los espejos emborronados son tan pequeños que tienes que pararte sobre tu mochila y una pila de libros de texto de Regents para inspeccionarte el ombligo, que se ha puesto rojo y ha empezado a pelarse donde te perforaste una noche con un imperdible que limpiaste con el encendedor de tu madre mientras todos dormían. Muchas de las otras chicas han intentado perforarse antes, pero siempre se acobardan en cuanto la aguja empieza a romper la piel, porque, al fin y al cabo, todas son verdadera y sinceramente débiles.

Pero tú no.

Sabes que el truco con el dolor es no reconocerlo.

Después de encontrar un sitio para sentarte en la cafetería, en el camino de vuelta a la fila del almuerzo ves a Yesenia con su largo y lacio pelo castaño claro mirando desde una bandeja gris de brócoli que hace girar sobre de la mesa. ¿Con qué?

¿Qué es esa estúpida mirada de Yesenia? ¿Está celosa?

Pues muy bien.

Te clava sus ojos negros y no pestañea.

Y, últimamente, te cuesta más entender qué pasa por la cabeza de Yesenia. Ahora tiene un nuevo novio, que está en la escuela superior, llamado Iván Maldonado. Pero en secreto te gusta llamarlo Igor. Y ahora Yesenia se cree mejor que todo el mundo, solo por un estúpido chico.

No es que esto importe mucho. Yesenia con sus Fila de imitación y sus camisetas de caras sonrientes de la tienda de noventa y nueve centavos. («Todo el mundo sabe que esa mierda no la has sacado de Wet Seal, Yesenia. Deja de mentir», le dijo Jennifer Martínez el año pasado. Y como tú eras la mejor amiga de Yesenia, le diste un puñetazo a Jenny en un lado de la frente y le dijiste: «Cállate. Wet Seal también es cursi, zorra». Por eso te suspendieron una semana). Y este es el agradecimiento que recibes.

Estás a punto de acercarte a Yesenia y decirle algo al respecto también, pero justo cuando pasas por delante de la mesa, te das cuenta de que hoy sirven sándwich de queso a la plancha, lo cual es como un milagro en octavo grado.

¡Dios mío, sándwich de queso a la plancha! Si tienes que comerte otra hamburguesa mojada de cafetería, vas a vomitar por todas partes, lo juras por Dios. Saludas al nuevo grupo con el que te sientas ahora, unas chicas que viven en tu manzana, mientras te desplazas a lo largo del mostrador metálico. Hoy, las señoras de la comida se toman su tiempo y tú frotas con hambre tu ticket de almuerzo gratis mientras esperas, agradecida también por el dólar en el bolsillo que Jessica te dio esa mañana para un AriZona Iced Tea.

Y ahí es done sucede todo el lío. Mientras estás ahí de pie, inocente, pensando en tus cosas, de la nada, alguien te toca la nuca. Te das la vuelta y ves que es Ángela, que parece una Ninja Turtle, acercándose sigilosamente por detrás. Es más grande que tú, más ancha y más alta. Puedes ver las gomas azules que unen los frenillos de su mandíbula inferior y superior cuando sonríe. ¿De qué?

—¿Te ríes de mí? —le preguntas.

Pero ella responde:

—No, es que me gusta tu pelo.

El corazón ya te late como cuando sabes que vas a tener que pelear. Te llevas la mano a la parte posterior de la cabeza, donde Ángela te ha tocado, y notas que está pegajoso pero firme. Ya sabes que el chicle permanecerá enredado en tus revoltosos rizos rojos durante mucho, mucho tiempo. Y de inmediato, tu primera reacción es levantar la bandeja y estrellarla contra la maldita cara de Ángela. Pero ella te la quita de la mano de un puñetazo y las habichuelas tiernas salen volando.

Las empleadas del comedor se ajustan las redecillas del pelo y comienzan a decir a gritos:

—¡Para, para! ¡Para ya! Por Dios. ¡Maestro Callahan!

Este pálido trío de mujeres te recuerda a los cuervos negros que se posan en el cable entre los postes de la calle, graznando en la lejanía gris de la mañana.

Mientras los alumnos de séptimo y octavo grado hacen un círculo alrededor de la pelea, formando una barrera entre sus cuerpos y los del maestro Callahan, tú agarras la taza de fruta de alguien y la arrojas contra la frente de Ángela de forma que pequeños trozos de melocotón se deslizan por sus pecas. Luego agarras el pelo de Ángela y alzas el puño, planeando dejarlo caer contra su sien. Pero entonces Callahan, el maestro de Estudios Sociales, un tipo regordete, bajito y normalmente amable, te alcanza primero, te agarra del brazo, casi levantándote del suelo por el codo, y grita:

—¿Qué carajos estás haciendo? —Le das un puñetazo en la cara sin querer.

Inmediatamente (incluso se podría decir que convenientemente) Ángela Cruz se convierte en otra persona. Se agarra la cara con inocencia y saca un trozo de melocotón del escote de sus pechos 34B, forzando una lágrima por su mejilla hasta que se detiene un segundo y tiembla por el lóbulo de su oreja.

Pausa. Pero quizá no seas el tipo de ser humano que habría intentado golpear violentamente a Ángela Cruz en la cara con una bandeja. Tal vez eres el tipo de persona que se habría ido llorando, lo cual está muy bien, de acuerdo. Sin juicio. Todos somos diferentes. No pasa nada. Quizá eres de las que habría tirado del brazo del maestro Callahan y señalado a Ángela como una soplona. O quizá hubieras preferido quedarte callada y fingir que no te habías dado cuenta de que Ángela había sido la primera en pegarte un chicle en el pelo. Me parece justo. A fin de cuentas, no podemos decidir quiénes somos ni en qué personas nos convertimos.

Quizá ni siquiera seas puertorriqueña. Quizá ni siquiera seas una chica.

En cualquier caso, lo más probable es que no seas como Ruthy Ramírez.

Lo cual está bien. No pasa nada. No todo el mundo puede ser como Ruthy.

Así que, intentémoslo de nuevo:

Hay una chica.

Se llama Ruthy Ramírez.

Vive en Staten Island con su padre, su madre y sus dos hermanas. Tú no eres esa chica.

Ruthy Ramírez está en octavo grado y le gusta pelear. (Eso no tiene nada de malo, ¿vale? A veces hay que pelear. Así que supéralo).

Durante el almuerzo, Ruthy se pelea con la estúpida y fea Ángela Cruz por culpa de su falsa ex mejor amiga, Yesenia. Después, los de seguridad arrastran a Ruthy por los pasillos marrones y verdes hasta la oficina de abajo, donde la espera el decano, el señor Delvecchio.

Y todo el tiempo Ruthy grita:

—¿Por qué no llevas a Ángela a la oficina del director? Llévala. Ella es la que ha empezado. —Así que todos los adultos y niños del pasillo se paran a mirar a Ruthy, lo que la hace sonreír. Una audiencia. Si pudiera, agitaría la mano y les lanzaría un beso como Mariah Carey.

En la oficina, Ruthy repite su pregunta a Delvecchio mientras este se mete un chicle azul en la boca y responde:

—Intentaste agredir a Ángela con una bandeja, Ramírez.

Delvecchio es un expolicía, así es como habla, ya sabes... algo estúpido.

—¡No fue así! —dice Ruthy, y luego se avergüenza, decepcionada de cómo suena su voz en ese momento, como si fuera una niñita estúpida, cuando ella no es solo una niñita estúpida, ¿entiendes?

Es mucho más que una niñita.

Entonces ese terrible peso en la garganta de Ruthy empieza a empujar toda su voz hacia el pecho. Sigue negando con la cabeza y levantando las manos para explicar:

—Ni siquiera ocurrió así.

Entonces Delvecchio, que siempre le dice a la gente que no ponga los ojos en blanco, pone los ojos en blanco.

—Ya basta.

Ese es el problema: los maestros siempre piensan que es culpa de Ruthy. Antes de que pueda siquiera defenderse, siempre asumen que es ella la que está equivocada. Y al final del día, ella solo puede esperar que no llamen a su madre.

Delvecchio tiene un olor, una combinación de CK One y Hamburger Helper. Su despacho es de un beige apagado, con afiches de D.A.R.E. pegados en las paredes. Los trofeos de baloncesto del equipo que dirige están alineados en una estantería sobre su cabeza.

—No sé a quién le estás gritando, jovencita. Baja la voz —le dice, aunque en cualquier momento de la vida cotidiana en la escuela, Delvecchio puede ser sorprendido gritándole a algún niño pequeño que no lo merecía, al que otros han convertido en chivo expiatorio por hablar.

La luz que brilla a través de la única ventana cerrada de la oficina es tan fuerte que ilumina toda la habitación. Bien, piensa Ruthy. No hará frío después de clase cuando corra.

Si es que corre. Ahora Delvecchio amenaza con hablar con la entrenadora de atletismo y, si el comportamiento de Ruthy continúa:

—Se acabó el equipo de atletismo para ti, jovencita. Nada de actividades extracurriculares. —Luego se ríe de ella y le repite— Nada.

Todo el cuerpo de Ruthy se tensa mientras se obliga a mirar más allá de la estúpida boca de Delvecchio, a través de la ventana, a las ondulantes ramas anaranjadas de un árbol afuera.

Sí, quizá haga calor después de clase. Es una posibilidad. Ojalá.

El caso es que el frío hace que a Ruthy le duela el pecho, que le molesten los pulmones y, a veces, después de alrededor de una milla, el dolor se le arquea en la garganta, como si bostezara. A veces, también, le da un dolor de cabeza muy raro cuando corre, y el sabor a amoniaco le oprime la parte posterior de la lengua como si hubiera tragado accidentalmente demasiada agua de la piscina.

«Es porque respiras mal, Ramírez», le explica la entrenadora.

«Inhala por la nariz, exhala por la boca», le dice paseándose de un lado a otro con su jersey blanco de cuello alto y su chaleco verde peludito, un silbato colgado del cuello: el uniforme de la entrenadora. (Una vez, en una entrega de premios, todo el equipo femenino de atletismo se quedó sin aliento cuando vio a la entrenadora llegar al auditorio con tacones y la pollina hacia un lado para mostrar unas cejas recién depiladas. Hasta ese momento, nunca le habían visto la frente a la entrenadora). «Tienes que aprender a respirar, Ramírez».

Pero el problema es que Ruthy tiene asma. Y a veces la sorprende de la nada: una mano invisible aprieta dentro de su pecho y mantiene todo su cuerpo como rehén. Pero Ruthy ha estado trabajando en ello, lentamente, enseñándose a sí misma a controlar sus pulmones. Si tan solo...

—¿Me estás escuchando? —Delvecchio alza ahora la voz—. Si te encuentro haciendo una cosa más. ¡Solo una cosa más este año, Ramírez! —Levanta un dedo y golpea el aire en su dirección.

Idiota.

Morón.

Pendejo.

—¿Pero eres tan idiota que no ves el chicle en mi pelo? —grita Ruthy.

Quiere que la pregunta suene mezquina y contundente, pero en lugar de eso se le quiebra la voz, y ahora hay lágrimas, Dios. ¡Lágrimas! ¿Por qué tiene que llorar Ruthy delante del estúpido de Delvecchio? ¿Por qué? Se mira la camisa recortada y el pequeño rollo de carne que sobresale por encima de la cintura del mameluco.

Estúpido.

—Vale, vale, vale, Ruthy —dice él—. No pasa nada.

Saca un pañuelo de papel de una caja de flores rosas de su radiador y se lo extiende. Ruthy mira el pañuelo en su mano y se debate entre aceptarlo o no, porque Ruthy sabe a ciencia cierta que no le cae bien a Delvecchio.

Lo que da igual, a ella tampoco le gusta un carajo Delvecchio.

Una vez lo oyó decirle a un ayudante, mientras la señalaba: «Esa, es como si ya tuviera cuarenta y tres años, cinco hijos y hubiera estado en la cárcel».

Así que este tipo de simpatía Ruthy la encuentra puñeteramente rara, sentarse allí en la maloliente oficina de este viejo tonto. Pero también se le caen los mocos por el labio, así que acepta los Kleenex que Delvecchio le ofrece por lástima.

Y ahora Ruthy tiene que llorar delante de él.

Probablemente nadie ha llorado en su despacho en mucho tiempo, porque el pañuelo tiene polvo y hace estornudar a Ruthy.

Delvecchio levanta una mano roja e hinchada y llama a una de las ayudantes del despacho:

—Kamila. ¿Puede venir un momento?

Una dominicana vieja a la que Ruthy reconoce como la Mujer del Pase Tardío entra en la oficina. Junta las manos delante de ella mientras espera a que él le hable.

—¿Podría ocuparse de esto?

Esto.

Señala a Ruthy.

Más tarde, en el baño, Kamila repite:

—Muy bien, cálmate. Quédate quieta —mientras levanta sus dedos perfumados para apartar el chicle del rizo de Ruthy. La señora es guapa, correcta y educada. Su cabello blanco recogido en un moño. Los labios pintados de rojo, como si estuviera a punto de ir a una boda. Y una fea camisa escolar color mostaza.

Ruthy hace una mueca de dolor. Hay un chicle pegado obstinadamente a un largo rizo rojo, y le duele cuando Kamila tira de él con sus largas uñas naturales. Sin puntas.

—Ay, Dios —dice—. Tengo que buscar las tijeras. Espera aquí, mi amor.

Kamila se va, con los tacones resonando en el pasillo. Ruthy se mira en el espejo, apretando los labios, tratando de convertir su cara en una piedra. Jura no perdonar nunca a Yesenia. Ni aunque Yesenia se disculpe, ni aunque le pida por favor, ni aunque Yesenia maldiga a Ángela y le diga: «Ruthy, pero en realidad tú eres mi mejor amiga».

Nunca, ¿vale? Nunca.

De hecho, hoy, después del entrenamiento de atletismo, Ruthy decide que no tomará el autobús con Yesenia. En lugar de eso, después de que la entrenadora las deje ir, Ruthy la dejará allí sin más y caminará hasta otra parada de autobús a cuatro cuadras de donde entrenan. Sentada en el marco de la ventana, junto al radiador caliente, Ruthy intenta imaginar la cara que pondrá Yesenia cuando se vaya. Tal vez la parte superior de su mejilla tiemble un poco como cuando está a punto de llorar. Tal vez acabe atrapada en la parada del autobús sentada junto al estúpido de Ricky Díaz, que intentará hablarle de los muchos detalles que se ha perdido sobre los *Mighty Morphin Power Rangers*.

Oh, entonces sí que echará de menos a Ruthy, ¿verdad?

Oh, caramba, Yesenia la extrañará.

O sea, piensa, probablemente la extrañó, ¿verdad?

CAPÍTULO 5

Dolores

¡No!

Nunca fallaba.

Dios mío, no importaba lo temprano que tomara el autobús, no importaba a qué hora del día, todo el mundo y su madre llenaban ese S48. Y yo me quedaba atrapada bajo la axila de alguien aferrándome al poste con toda mi fuerza cada vez que el conductor del autobús frenaba. Entonces, cuando llegué al Pathmark esta tarde... un desastre. Te lo digo, Santo Dios. Todos los taxistas ya estaban alineados a lo largo de la acera en el estacionamiento sosteniendo sus cigarrillos por las ventanillas, rogando para que la gente subiera a su auto: «Ey, mami, vamos. Yo te llevo». Y yo pensaba: *Ni siquiera hablas español, ¿por qué me llamas «mami»?* Luego otro bocinazo: «Taxi. Taxi».

Sí.

Sí, claro.

¿Cómo se supone que voy a saber si estos tipos son conductores legítimos o asesinos seriales cuando la mitad de sus automóviles no están identificados? El otro día, *NY1* publicó un artículo sobre una mujer del Bronx que fue secuestrada por un taxista falso a plena luz del día en Bay Plaza, cuando volvía a casa después de trabajar en JCPenney. Ella estaba en lo suyo. Trataba de ganarse la vida. Y te lo digo ahora mismo, si ella no hubiera estado estudiando taekwondo durante sus horas de almuerzo, Dios me perdone, ese enfermo hijo de puta la habría matado allí mismo en su automóvil, habría descuartizado el cuerpo, habría sellado al vacío los pedazos, y la habría guardado en su refrigerador para más tarde. Chacho. Habría convertido a esa pobre mujer en sopa.

Por eso siempre, Dios mío, siempre pido mi propio taxi a la misma compañía. También les digo lo mismo a Jessica y a Nina, aunque Dios, tú ya sabes que esas chicas no me hacen caso. Sobre todo Nina, ahora que ha vuelto de la universidad y de repente se ha creído que lo sabe todo de todo el mundo. De cualquier modo, les digo a mis hijas (aunque no sé por qué, porque no me hacen caso) que no me gustan las sorpresas. Si llamo a Angel Lakes tengo al mismo conductor: Mario Núñez. Siete años y nunca ha habido problemas. Enseguida, los encargados del despacho reconocen tanto mi nombre como mi número. Y, en menos de diez minutos, Mario se acerca en su viejo Toyota marrón y grita por la ventana: «Dolores, ¿quieres que abra el baúl?».

Siempre sale del auto, también, y coloca la bolsa con los huevos en la parte delantera para que yo pueda sostenerla en mi falda.

De acuerdo, es un poco galante. Pero respetuoso. Me dice: «Sabes, Dolores, pronto volverás a casarte y tendrás un marido que te llevará a todas partes. Ya no me necesitarás y tendré que irme a casa a llorar». Su rosario negro cuelga del retrovisor y se balancea de un lado a otro todo el rato, junto al desodorante de coche con forma de Bugs Bunny, que apesta en el asiento delantero como un pedo con olor a siempreverde.

Yo le digo: «Mario, me casé una vez. Fue el amor de mi vida. Nunca más».

No lo digo por resentimiento, ni siquiera porque sea verdad, sino para recordarle que solo somos amigos.

Siempre le doy una propina de cuatro dólares, y siempre lleva las maletas desde el baúl hasta mis escalones delanteros. Si abro la puerta del apartamento, nunca intenta entrar.

Ya no los hacen así.

¿Te acuerdas de la pobrecita Maribella el otro día, la pelirrojita de Crianza Correcta, aquella cuyo novio lleva dos años esquivando la pensión alimentaria? Esa historia de cómo su hijo de quince años llegó drogado a casa después de la «práctica de baloncesto» y la llamó «perra». Déjame preguntarte algo, querido Señor, ¿qué se supone que debemos hacer exactamente con niños así? ¿Y qué hacemos cuando los hombres desaparecen y tenemos que criarlos nosotras? Dímelo tú, querido Señor. ¿Les pegamos? Y si es así, ¿qué tan fuerte? ¿Por cuánto tiempo? ¿Y cómo podemos soportar el peso de nuestras propias manos sobre el cuerpo de nuestros hijos? ¿Y qué les digo a las jóvenes cuando la ciudad se vuelve codiciosa? ¿Cuándo abre la boca e intenta arrebatarnos a nuestros hijos? «Deberías haber puesto a tus hijos en tiempo fuera». ¡Ja!

En cualquier caso, ya lo saben, la única razón por la que fui a ese Pathmark en primer lugar fue porque el rabo de buey estaba en oferta a seis dólares la libra. Y menos mal que llegué antes de las dos, porque si no, esta bestia de mujer habría llegado antes que yo por las últimas tres libras de carne. Desde la dirección opuesta del pasillo de la carne, la vi alejándose del pan, usando su paraguas de flores verdes y rosas como muleta. Así que rodé por el pasillo con mi carro de la compra a gran velocidad hasta la nevera de la carne, me agaché y agarré el último paquete de rabo de buey, antes de que ella llegara, con el pelo todavía recogido alrededor de unos rolos verdes y violetas brillantes, con una redecilla manteniéndolos en su sitio. Se puso a mi lado, como si yo debiera asustarme, y me dijo:

—Pendeja. Estaba buscando eso.

—No buscabas nada —le dije—. Estabas allí, junto a esa torre de fruta por pie.

El carnicero, calvo, blanco y entrometido, asomó la cabeza por encima del mostrador de la carne para levantar una ceja invisible.

—Tienes suerte de que no te dé una bofetada ahora mismo —dijo ella, levantando el paraguas como si estuviera a punto de hacer algo al respecto.

Pero yo me limité a sonreír a la mujer muy educadamente, llena de amor, y le dije:

—Por eso el Señor les rompe los dientes a los malvados.

En otras palabras, no lo voy a decir, porque soy cristiana, pero, «Cuidao, perra».

—No necesito que el Señor rompa los dientes de mis enemigos. Lo haré yo misma —dijo, porque algunas personas, de ese tipo, tú sabes, no tienen ninguna clase de modales.

Pero, Dios, estarías orgulloso de mí. En lugar de enojarme, me concentré en permanecer bendita e imaginé el olor a rabo que llenaba la cocina, la forma en que el aire empieza a oler a mantequilla cuando la banda de grasa alrededor del rabo de buey finalmente se deshace, cómo la sopa se espesa a la tercera hora en la olla. Si empezaba a cocinar a las tres, todo estaría hecho para cuando Nina llegara a casa del trabajo.

Podría ver mis programas hasta las diez y luego dormir unas buenas siete horas antes de despertarme para ir de nuevo a la iglesia. Por el contrario, me imaginaba a esa otra mujer deshaciendo sus rolos en el espejo mientras un pollo guisado de los de trasero gris burbujeaba en su estufa. Imaginé que sus plátanos maduros sabían a ceniza porque los había pelado y frito demasiado pronto. Y vi con claridad cristalina, como si me hubieras dado una visión, el interior marrón del aguacate que decidió abrir demasiado tarde.

Lo que me satisfizo lo suficiente como para ignorar tanto a la fulana como al carnicero.

—Que tengas una agradable tarde —le dije. Luego, muy amablemente, me dirigí a la caja registradora para llamar a Mario y que me recogiera.

Tuve la suerte de que la fila fuera corta. La cajera era un genio. Podía pasar un carro lleno de comida en menos de cuatro minutos. Entonces, mientras esperaba, me fijé en un DVD de *Mujeres cristianas guerreras* para defensa personal que colgaba de la estantería de ventas encima de la cinta transportadora. Cuatro mujeres estaban en cuclillas sobre la portada con los puños en alto y un crucifijo colgando a sus espaldas. Alguien había pegado una etiqueta naranja con un descuento de $2,99 junto a la cabeza de Jesús.

Al principio, lo admito, pensé: ¿Qué clase de tontería es esta? Esta gente, siempre tratando de sacar dinero de Dios con sus retiros de adoración cristiana de miles de dólares y su parafernalia de Jesús. Porque ya sabes, no caigo en falsos ídolos. Pero en mi cabeza podía oír a mi médico quejándose de lo mucho que yo pesaba, y me acordé de haber visto un video de Richard Simmons de *Party Off the Pounds* con mi buena amiga Irene. Y si Dios quiere hacerme una rebaja, ¿quién soy yo para discrepar? Puse el DVD en el mostrador y lo compré.

Afuera esperé pacientemente a que Mario se detuviera frente al Pathmark.

—Dolores, ¿quieres que abra el baúl? —Comenzó a salir del automóvil.

—No, no, no. Esto es suficiente. Puedo llevar las bolsas en la parte delantera.

Hacía un calor inusual para ser noviembre. Quería tener el rabo de buey en mi falda, justo delante del aire acondicionado.

—Muy bien, entra.

En el carro, saqué el DVD y usé la llave para arrancar el plástico.

Mario, entrometido como de costumbre, se asomó y me preguntó:

—¿Qué haces con esa mierda, mujer?

—Si alguno de esos locos intenta venir tras de mí, voy a aprender a darle un puñetazo en la garganta.

Aquel viejo fue y se rio de mí como si yo estuviera bromeando.

—Hablo en serio —le dije—. En el nombre del Señor Jesucristo. —Y entonces le guiñé un ojo—. Pa' que tú lo sepas.

—Dolores, no vas a poder aprender a defenderte con un vídeo. —Bajó la ventanilla, sacó dos cigarrillos del paquete blando de Newport que tenía en el portavasos y me ofreció uno—. Pero si quieres, te enseño. Yo boxeaba en mi época. Mierda, no podías decirme nada.

Luego dejó que su dedo se detuviera demasiado tiempo en el interior de mi muñeca cuando acepté el cigarrillo.

—No, estoy bien. Yo puedo sola —le dije. Guardé el Newport en el bolso—. Entonces, ¿también tenías nombre de boxeador?

—Oh, tuve muchos nombres —dijo, girando hacia la avenida Castleton—. Fui Mario el Loco, Mario el Magnífico, Mario la Máquina. Por Bushwick me llamaban «La Mano».

—Oh —dije sarcásticamente, burlándome de él—. Mira eso.

—Mierda, ¿crees que estoy vacilando?

—No —le dije—. Me lo imagino: el joven Mario corriendo por las calles de Brooklyn.

—Si no estás tan convencida, podría enseñártelo. —Se volvió para mirarme, sonriendo.

—Vuelve a poner los ojos en la carretera, ¿sí?

—Hablo en serio, D. Te lo digo. —Se tomó un par de segundos adicionales para sonreírme en el semáforo en rojo.

—Vuelva a poner los ojos en la carretera, Señor —volví a decir.

Luego me quedé sentada intentando pensar algo para cambiar de tema. Si hubiese sido honesta, le habría dicho que necesitaba el vídeo para ponerme en forma. Había pasado la última década a dieta. Estuve esas dos semanas con Jenny Craig antes de darme cuenta de que iba a ser demasiado costosa. Luego ese año que comí tortas de arroz para desayunar y almorzar todos los días, hasta que sentí que el interior de mi boca quedaría para siempre cubierto de polvo. Luego SlimFast porque estaba de oferta en el A&P ese mes, hasta que me bebí un par de latas que habían expirado y me provocaron gastritis. Y la Dieta South Beach y la Atkins, y luego durante un tiempo estuve haciendo lo que en la tele Oprah nos recomendaba que hiciéramos.

Todo el tiempo me mantuve aproximadamente en 240 libras. A veces 235. Pasara lo que pasara, mi cuerpo quería ese peso. Me acostumbré a él. Durante un tiempo, sinceramente, no podía lograr que me importara. Solo que, cada vez en la consulta del médico era Dolores, esto. Dolores, aquello. «Dolores, necesitamos tener una conversación seria. Tu corazón no puede soportar tantas libras. Dolores, déjame conseguirte una cita con el nutricionista».

Y finalmente:

—¿Quieres morir? ¿Es eso lo que quieres?

El Dr. Kastellanos levantó las manos y, por primera vez, vi que estaba enfadado. La luz se reflejaba en la parte superior de su cabeza, que en los últimos años había empezado a quedarse calva, y su cara estaba de un rojo intenso.

—Bueno, fíjate —le dije. Me reí de él y me encogí de hombros.

No fue hasta que empecé a asistir a la iglesia que el peso comenzó a desaparecer. Primero ayudaba a preparar la misa, luego era voluntaria en la preescolar de los sábados, corriendo detrás de los niños, llevándolos al parque, limpiando las mesas al final del día. Luego, los domingos, para ahorrar algo de dinero, en lugar de tomar el autobús, iba andando a la iglesia. Hace unos años, conocí a mi buena amiga Irene en Mujeres de Cristo, y fue todo un éxito. Nos hicimos socias de un Lucille Roberts con un cupón que encontramos en el *Advance*; entonces, zas, cuarenta libras más tarde, el Dr. Kastellanos prácticamente me estaba besando, estaba tan orgulloso.

Cuando llegamos a la casa, saqué el dinero para el viaje de Mario y puse mi mano sobre la suya.

—Gracias, amigo mío.

—¿Estás bien para subir las bolsas, Dolores? —Abrió la puerta y el auto empezó a pitar.

—Oh, yo me las arreglo. Solo son dos. Además, necesito el ejercicio. —Levanté el brazo en un puño y flexioné los bíceps.

—Para nada —dijo riendo—. Te ves muy bien, D.

Tampoco mentía. Yo tenía una bonita figura, aunque pesara treinta libras de más. Y, de todos modos, había decidido que no quería volver a ser delgaducha; lo que quería era ser fuerte.

Me despedí de mi buen amigo Mario y luego subí a oscuras hasta mi cuarto piso. Con cuidado, porque la escalera era una trampa mortal. La alfombra de uno de los escalones se había desprendido y ya me había caído dos veces al correr para tomar el autobús.

Ahora me tomaba mi tiempo. Nada merecía una caída por aquellas escaleras oscuras.

Tres pisos más tarde, abrí la puerta principal y el apartamento estaba hecho un desastre. Nina había dejado en la cocina una sartén con el aceite de los huevos fritos que había hecho esa mañana, a pesar de que le dije expresamente que lavara siempre los platos porque los de arriba trajeron cucarachas cuando se mudaron. Dejan la basura en el pasillo toda la noche en vez de bajar a sacarla. Peor aún, puedo oír a sus hijos de escuela elemental riéndose hasta bien pasada la medianoche, viendo programas de televisión inapropiados cuando sus cinco culos mugrientos deberían estar en la cama soñando con *Dora la exploradora*, no viendo *El caballero oscuro*. He pasado tres años en este apartamento sin insectos y he trabajado demasiado como para dar la bienvenida a cualquier compañía de seis patas en mi cocina, especialmente si no pagan el alquiler.

Limpié la borra de café del mostrador con mis manos. En el baño, descubrí que ni siquiera se había molestado en recoger su ropa interior del suelo de la bañera. Puerca. No me atreví a mirar dentro de su habitación.

Mejor puse la radio y comencé a picar las verduras. Doré el rabo de buey. Eché las cebollas y el ajo, vertí el caldo en el caldero y, luego, zas. El calor de las hornillas calentó toda la cocina. Y el olor salió de la olla, viajando en oleadas hacia la sala. Cuando las cebollas se ablandaron, añadí una taza de agua y dejé el caldero al fuego durante tres horas. Y tal vez fuera algún tipo de pecaminosa vanidad, pero me imaginé a los vecinos oliendo mi sopa mientras volvían a casa del trabajo. Me los imaginé, Señor, mirando con admiración la puerta de mi casa, deseando llegar a casa y encontrar mi comida.

El reloj de la cocina marcaba las cinco de la tarde, al menos dos horas antes de que Nina llegara. Así que decidí incorporar algo de ese DVD de *Mujeres cristianas guerreras* a mi rutina nocturna de quince abdominales y medio, porque a los cuarenta y cuatro hasta las fajas me fallan. Adelanté los primeros diez minutos de toda esa mierda de rezos, hasta que llegué a la imagen borrosa de una mujer blanca de pie frente a la cámara con los puños en alto. Estaba girando el brazo en dirección contraria a la cámara, imitando un codazo... ¡zas! En algún lugar un hombre invisible cayó.

Así era como funcionaba: supongamos que vas andando por la calle, que es tu derecho divino; que vienes con la compra o volviendo a casa del trabajo, o que regresas de una cena de Navidad en casa de tu primo con tu hijo agarrado de la mano, y un hombre se te acerca por detrás y quiere quitarte lo que no le corresponde. Digamos que te levanta por detrás y, de la nada, sientes la sorpresa de tus pies colgando sobre el hormigón: dale una patada hacia atrás en la ingle.

O puede que no te levante.

En vez de eso, decide arrastrarte por la cintura. Es entonces cuando le das un codazo en la garganta al hijo de puta.

Pero tienes que poner todo tu cuerpo en ello, no solo el peso de tu brazo. Concentra cada pulgada, cada libra, y dirígela hacia tu atacante. Empujé tan fuerte que en un momento me tropecé con el sofá y me caí de espaldas. Pero ya sabes que me levanté y volví a intentarlo. Y cuando Nina entró en el apartamento, yo ya había pasado a practicar los golpes en la ingle.

Dejó las llaves y entrecerró los ojos.

—¿Qué haces ahí, peleando en la oscuridad, ma?

—Tú también deberías aprender defensa personal conmigo —le recordé—. Y arreglarte la cara. No creas que no te veo poner los ojos en blanco.

—Sí, sí —dijo, dirigiéndose a la cocina.

Ya te digo. Dios mío, solía tener mucho más poder que esto. Mis hijas me respetaban.

—¿Estás de mal humor? —le pregunté.

—No, ma. No estoy de mal humor. —Dejó algo en la encimera de forma muy ruidosa para mi gusto.

—Porque parece que estás de mal humor.

—No estoy de mal humor, ma.

—Si estás de mal humor, no sé por qué te desquitas conmigo.

Solo digo que tienes que aprender a defenderte, Nina. Trabajas hasta tarde en el centro comercial y esperas el autobús a las once y media, a veces a las doce de la noche —le dije.

Pero, Dios, ya sabes cómo son estas jóvenes. El modo en que caminan por la calle pensando que nada en el mundo puede pasarles.

Obviamente, esto es culpa mía. Asumo la responsabilidad, Señor. Mi esposo y yo consentimos a nuestras hijas. Las protegimos demasiado. No las preparamos. ¿Cómo se suponía que iban a aprender? ¿Cómo iban a entender la forma en que el cuerpo de otra persona podría dominarlas? Una vez, mi propia madre me sacó desnuda de la ducha y me dio una paliza porque había mentido diciendo que mi hermana estaba en clase con la señora Alexopoulos en la biblioteca de Brooklyn, cuando en realidad estaba en casa de Deandre Rosario quitándose su camiseta. Por eso, mi madre me pegó más fuerte que a mi hermana, porque lo que intentaba enseñarme, lo que intentaba decirme cada vez que levantaba la correa, era que una mentira es una falta de respeto. Porque sabía que tenía que conseguir que le tuviera más miedo a ella que a lo que había fuera. ¿Pero yo, como madre? Nunca quise eso para mis hijas: experimentar ese tipo de violencia, porque a veces recibir golpes así te hacía pensar que no merecías ni una maldita sonrisa.

Muy bien, aquí estamos.

¿Y ahora qué?

Les di a mis hijas demasiada libertad. Esta podía ir al centro comercial. A esa la dejé ir a un viaje escolar a Washington D. C. Y a Nina, aunque me rompió el corazón, me quedé callada y la vi irse a la universidad. Y cuando me preguntó si estaría bien, no dije nada. La dejé ir. Y lo peor de todo, dejé que Ruthy tomara el autobús demasiado joven. Me equivoqué, y viviré con eso para siempre.

Por supuesto, había algunas cosas que simplemente estaban fuera de lugar. Nada de andar pavoneándose con esa porquería con medio culo al aire. Y no dejaba que mis hijas se quedaran a dormir en casa de otras personas, porque soy una dulzura, ¿vale? No una estúpida. Pero les di ciertas libertades a mis hijas. ¿Entiendes?

En la cocina Nina volvió a reírse, pero desde la sala la escuchaba servir las cucharadas de sopa en su plato, inconsciente del trabajo que había costado comprar el rabo de buey, discutir con la mujer del Pathmark, esperar pacientemente durante horas a que la grasa se deshiciera.

Y yo quería recordarle:

«Niña, yo te alimenté».

Te enseñé a hablar, a contar. De uno en uno, de dos en dos, de tres en tres. Te enseñé a decir la hora.

Cuando te cagabas encima, te limpiaba el culo. Después de darte a luz, durante meses perdí mechones de pelo en la ducha. No me mires como si fuera estúpida; yo te alimenté.

¿Pero digo algo de esto, Señor amado? No.

Luego mi hija cerró la puerta del microondas dando un portazo demasiado fuerte, vino a la sala con el plato de sopa derramándose por el borde sobre el mismo maldito piso que limpié ayer. Me quedé mirando lo que se había derramado mientras practicaba mis patadas laterales.

—Pero, ma, ¿podemos apagar esto? ¿Puedo cambiar esto? —preguntó, a lo que no respondí.

Que vea lo que se siente cuando la gente no te habla. Además, había un hombre invisible delante de mí al que tenía que golpear.

—Ma, vamos. ¿Por favor?

Mi hija se sentó y comió con los pies apoyados en el sofá. Luego salió de la casa.

¿Para ir a dónde? Quién sabe. ¿Crees que me lo diría?

Por favor.

* * *

Esa noche me bebí una cafetera entera yo sola, a pesar de que el médico siempre me dice: «Dolores, tienes que encontrar la manera de dormirte, ¿vale? Colabora conmigo, D».

Llevo bebiendo café antes de acostarme desde que tenía seis años, le digo. Antes de que nacieras. ¿De acuerdo? No es el café lo que me mantiene despierta.

Aunque tiene razón. Tengo que encontrar la manera de desconectar la mente, porque si no, me siento ahí volviéndome loca, pensando en lo mismo una y otra vez, sin parar. Una vez, Isaías, un niño con el que trabajo en el preescolar en la iglesia, me dijo que cuando no podía conciliar el sueño, se imaginaba una página en blanco. Desde entonces, ese es mi nuevo método. Imagino un papel brillante y limpio e intento que mi mente no garabatee en él.

En la cama vi tres capítulos seguidos de *La ley y el orden* porque Nina no sabe cómo llamar a casa para avisar que va a llegar tarde. Luego me senté a oscuras, solo con la televisión encendida, a tejer la manta para una de las señoras de la iglesia que está esperando un bebé. No necesitaba luz, mis dedos sabían de memoria qué puntada tenía que hacer a continuación. Tirando del hilo a través de cada nudo, sintiendo el tirón y luego la sensación de soltarse al dar la siguiente puntada. Incluso cuando los vecinos de arriba empezaron a discutir de nuevo sobre quién debía pagar cada factura.

Apareció un anuncio de una línea de ayuda psíquica y una Walter Mercado *wannabe* vestida con un blazer estampado de leopardo empezó a cantar: «¿Confundido con tu futuro? ¿Atrapado en el pasado? ¿Quieres contactar con un ser querido del MÁS ALLÁ?».

Qué gente.

Marqué el número y escuché la grabación: «Esta llamada cos-

tará cuarenta y cinco centavos por minuto. Por favor, diga sí si
acepta los cargos».

—Sí.

—American Psychic Hotline. —Era una voz de mujer. Del sur.
Y le pregunté:

—¿No te molesta fingir que puedes ayudar a la gente a contactar a sus seres queridos muertos?

—Ay, cariño.

—No me digas «Ay, cariño» —le dije, porque *En la boca de ellos
no hay sinceridad; su interior está lleno de maldad, sepulcro abierto es
su garganta, su lengua es mentirosa.*

Luego colgué antes de que la llamada costara cuatro dólares y
cambié el canal a *Caso cerrado*.

Lo único que quiero saber es cómo se supone que voy a sentarme
aquí calentita en la cama, levantar el control remoto de la mesita de
noche para apagar la televisión y luego cerrar los ojos y soñar. Despertarme por la mañana. Encender la cafetera y la hornilla. Abrir la
puerta de la nevera para buscar los huevos detrás de las sobras de
arroz y habichuelas de anoche. En el baño, ¿cómo me lavo el pelo o
abro la llave para bañarme, introduzco la MetroCard en el autobús
y viajo a la iglesia sabiendo todo el tiempo que mi hija ha desaparecido, que en otra ciudad, en otro país, puede estar hambrienta,
que alguien puede estar haciéndole daño, puede estar haciéndole
cosas terribles, cosas indecibles, que ella no puede evitar?

¿Se supone que debo olvidar que esto es una posibilidad, Señor
amado, que esto puede estar ocurriendo ahora mismo? Me dicen
que debo sonreír, pero ¿qué persona normal es capaz de mantener
un pensamiento feliz en su cabeza al saber esto?

¿Cómo se supone que debo reír? ¿O hacer cualquier cosa? Ya
no más.

Cuando entré en la iglesia, me persigné y te di las gracias, Señor, porque me despertaste esta mañana y me mantuviste aquí para este trabajo. De alguna manera, sigo viva. Luego me fui directamente a la sala de recreación para planificar las actividades de «Mamá y yo» para el taller de padres de esta semana:

> ¡Manualidades divertidas para hacer con tu hijo! Haz un cofre del tesoro: consigue una vieja caja de cigarros, pega en el interior fotos de ti y tu hijo llenas de recuerdos felices. Decórala con escarcha de noventa y nueve centavos y con calcomanías, cintas y botones. Hagan sus propias camisetas. Lleva un diario de «Mamá y yo» y escríbanse cartas uno al otro.

Me quedé así delante de la computadora por horas, hasta que se enfriaron las sobras de pollo que había pedido en el restaurante dominicano. Dividí las estrellas, los limpiapipas y la escarcha en bolsitas de plástico para cada madre. Luego esperé otro par de horas en la iglesia a que los chicos de la escuela superior terminaran de perseguirse frente a la bodega y se fueran a casa. Hoy no estaba jugando; esta vez quería conseguir un asiento en el autobús sin niños que gritaran a mi alrededor.

Más tarde, en el S48 de vuelta a casa, vi a dos adolescentes, chicas guapas, allí de pie solo con media camiseta puesta y unos pantaloncitos cortos a las ocho de la noche en el McDonald's de la calle Bay. Cuando miré más de cerca, me di cuenta de que una de las chicas era Ana, la hija de Verónica, que estaba comportándose como una insensata, persiguiendo a un chico por la calle, rociándolo con una botella de refresco, y me propuse contárselo a Verónica en el próximo taller de Crianza Correcta, en privado, por supuesto. Para no avergonzarla.

De todas las madres, Verónica era la más tímida. Trabajaba como secretaria en un centro comunitario, ingresando datos y atendiendo llamadas telefónicas. En el primer taller de crianza, Verónica se había presentado vestida con pantalones y un blazer, con las manos juntas delante de su bolso, y preguntó amablemente si necesitaba ayuda para servir el café.

—Ya no puedo controlar a Ana, —había dicho durante la clase de la semana pasada. Cuando agachó la cabeza, vi que empezaba a perder el cabello—. Si le digo que está castigada, no me hace caso. Me mira fijamente a la cara y me dice que no. Ella va y hace lo que quiere. ¿Y entonces qué se supone que debo hacer? ¿Cómo se supone que voy a pararlo?

Los servicios sociales me enviaron a Verónica después de que Ana se escapara por tercera vez.

—Si lo hace una cuarta vez —dijo Verónica—, ya no me importa, se la pueden llevar.

Estaba avergonzada mientras lo decía. Avergonzada de no poder controlar a su hija. Avergonzada de haberse rendido.

—No, no, tú no quieres que se la lleven —le había prometido.

«Créeme, no quieres eso», me repetía a mí misma en el autobús mientras pasaba por delante de esa alta serie de escalones de piedra tallados en una colina, rodeados de maleza y árboles, de modo que no había forma de saber dónde acababan las escaleras.

Un poco más tarde, subió la señora E, que enseñaba inglés como segundo idioma en la iglesia.

—¡Dolores! ¿Qué haces en este autobús tan tarde?

—Oh, ya sabes cómo es esto. Acabo de salir de la iglesia —le dije.

—No dejes que te hagan trabajar así, D. Si te ven haciendo algo bueno, se aprovecharán más de ti.

—No es muy cristiano de su parte, ¿verdad? —le dije.

—No, para nada.

El autobús se detuvo y subió un hombre, probablemente de unos treinta años. Se sentó, pensé que demasiado cerca, junto a la señora E. Y cerraba los ojos y cabeceaba junto a ella. No me gustó, lo señalé y me moví para que ella pudiera sentarse más cerca de mí.

Pero antes de que la señora E pudiera cambiar de asiento, otra mujer se levantó, apoyando la mayor parte de su peso en un bastón, y caminó temblorosamente por el pasillo hacia el conductor del autobús.

—¿Esto es Victory y Austin Place? —preguntó con lo que parecía un acento liberiano. La costa norte está llena de gente de todas partes: Liberia, Sri Lanka, México.

—Sí —respondió el conductor, cansado, y le abrió la puerta.

Entonces la anciana bajó lentamente del autobús con su bastón, hacia la noche.

Sin embargo, el conductor del autobús se equivocó. No era Austin Place.

Y cuando comenzó a alejarse de la parada, la señora E se dio cuenta y gritó:

—Detenga el autobús, esta no es Austin. Es Cebra. Tiene que parar el autobús ahora.

El conductor pisó el freno, abrió la puerta y llamó a la anciana que se había detenido en la esquina, confusa, antes de emprender el camino de vuelta hacia el 48.

Mientras tanto, aquel inútil de treinta años que cabeceaba junto a la señora E comenzó a gritarle:

—Por Dios, ¿por qué no se mete en sus malditos asuntos, señora?

La señora E se volteó con sus sesenta y dos años y dijo:

—¿Que me ocupe de mis asuntos? Eso es asunto mío. ¿Esa mujer apenas puede andar y vas a hacer que cojee con su bastón esa cuadra adicional en la oscuridad? Es una hermana. ¿Qué te pasa? Podría ser tu madre.

Lo que debió avergonzar al tipo, porque se dio la vuelta y dijo:

—Tiene razón. Tiene razón, señora.

—Meterme en mis asuntos. Será mejor que te metas en los tuyos.

Y así siguió la señora E hasta que el tipo dijo:

—He dicho que de acuerdo. Me disculpé, señora, dije, lo siento.

—¡Me estás levantando la voz! —La señora E se sentó a mi lado y puso los ojos en blanco.

Para entonces, la viejita había vuelto al autobús.

—Gracias —le dijo al conductor.

La señora E me dio una palmadita en la rodilla.

—Continúa, cariño. ¿Qué decías?

CAPÍTULO 6

Nina

Aún no era Acción de Gracias y los chicos del almacén ya habían co-
menzado a traer lazos rojos y dorados para colocar en las cajas
registradoras para Navidad, cajas de tangas con auténticas cam-
panillas colgando en el centro de la cintura que centelleaban contra sus ganchos de terciopelo negro. Alguien había rociado toda la
maldita tienda con el nuevo perfume de Acción de Gracias. Y ese
olor a canela de edición limitada flotaba en el aire tanto tiempo
que cada vez que saludabas a un cliente te parecía estar tragando
calabaza sintética. Mejor que cualquier clase de Ciencias Políticas
que pudieras tomar en la universidad, un lugar como Mariposa's
de verdad te enseñaba lo profundamente ligado que estaba el pa-
triarcado al capitalismo. Pero ¿de qué servía, en realidad, conocer
una cosa, ponerle un nombre a su fuerza invisible, si, a pesar de
todo, ibas a estar constantemente atrapada en ella?

Durante todo el turno en Mariposa's, no dejé de imaginarme
qué tipo de ropa interior compraría Ruthy. ¿Los llamativos bra-
sieres *push-up* que colgaban en la vitrina? ¿O los de seda sin vari-
llas que Savarino nos indicó que dobláramos cuidadosamente en
los cajones?

Cuando Ruthy tenía ocho años, se paró en la cocina con las
manos juntas, como si rezara, mientras mi madre golpeaba un

pollo congelado contra el mostrador. Ruthy le suplicaba a mamá que le pusiera un brasier, «Por faaaaavooooor», y su voz iba subiendo de tono con cada nueva llamada para conseguir la clemencia de mi madre.

¡Por nada del mundo!

Aquella chica tenía el pecho plano y había sido todo músculo hasta el mismo día en que desapareció.

Pero así era Ruthy, siempre poniendo de puntillas los nervios de mi madre. Escondía el maquillaje de la farmacia en sus bolsillos. Se pintaba los labios por la mañana en el baño de la escuela. Después del octavo período, se lo quitaba con papel higiénico gris áspero del Departamento de Educación.

Cuando mamá se negó a comprarle un brasier, Ruthy se hizo uno con un cinturón y se lo abrochó alrededor de su diminuto pecho. En el piso de arriba, se puso a saltar sobre la cama, simulando que era una pasarela, y se emocionó tanto que resbaló sobre el cubrecama y se cayó del colchón con un golpe estridente. Siempre tan payasa, Ruthy hizo rebotar su cuerpo al caer al suelo y luego gritó: «Estoy muerta. Por favor, hermanas, ayúdenme». Con los ojos cerrados y sonriendo, cruzó los brazos contra su flaco pecho, y Jessica y yo levantamos su rígido cuerpo muerto y lo pusimos sobre el colchón. No podíamos parar de reír, mientras nuestra madre gritaba hacia el piso de arriba que bajáramos la voz. Porque Ruthy era así de chistosa; la gente a menudo olvida lo divertida que era mi hermana.

Y ojalá lo recordaran más.

La Ruthy adulta que imaginaba en mi cabeza —la que, en un universo alterno, nunca desapareció, la que volvió a casa aquel día de 1996 y se quedó con nosotros— quizás entraría en la tienda a comprar un par de sostenes deportivos para correr y luego algo de ropa interior chistosa como broma. Sería fastidiosamente segura de sí misma, una antigua atleta universitaria. Quizá de baloncesto. O de atletismo. Intenté imaginármela como una de las chicas que jugaban en mi universidad, las que se bebían un galón de agua al día, que cuidaban su sueño, que se negaban a beber antes de un partido. Intenté yuxtaponer esta imagen de Ruthy que acababa de evocar con la que había visto en el polvoriento televisor de mamá. La versión televisiva era como una Ruthy que hubiera entrado en un parque de atracciones lleno de espejos engañosos y hubiera salido rota y distorsionada, una Ruthy dibujada con líneas exageradas.

Sabía que Jessica compraría las tonterías románticas, las sencillas de seda y encaje que vendíamos en la trastienda. De camino a la caja, se llevaría dos sostenes de lactancia, *compre uno y lleve el segundo a mitad de precio*, porque Jessica se imaginaba a sí misma como una belleza clásica y modesta, con su casita blanca y su novio, que disfrutaba de una pensión y un plan 401(k) y que ahora trabajaba para el Departamento de Sanidad, a pesar del tatuaje de rosas rosadas que le subía por el culo.

¿Yo? No podía permitirme los precios de Mariposa's. En general, me ponía lo que estaba de rebaja y solo me avergüenza un poco admitir que me sentía culpable de comprar paquetes de ropa interior en la farmacia cuando me había olvidado de lavar la ropa.

Vendíamos la ropa interior más juvenil y moderna en la parte delantera de la tienda, aunque algunos de esos pantis eran terroríficos: tangas cortadas en triángulos de escarcha y malla que no podía imaginarme a ninguna mujer poniéndose sin que le colgara un buen trozo de su toto. Estas tangas eran las más difíciles de doblar porque los hilos saltaban incluso cuando los apretabas unos contra otros.

A la hora de cerrar, las encargadas asignaban a las chicas esa sección durante la limpieza como castigo. La que llegaba tarde, la que olvidaba ponerse el blazer o la que decidía llevar zapatos planos —«¿Así que tus pies son más importantes que los míos?», ladraba Savarino— se encontraba en lo que yo había llegado a apodar la sección «sucia».

¿Y adivina al culo de quién le había tocado ahora?

Todo porque yo había llegado medio minuto tarde.

Allí estaba yo, inocentemente de pie junto a un estante de camisones verde neón, cuando Savarino se acercó sigilosamente por detrás y me susurró al oído:

—Te pago para que vendas, no para que te quedes parada, Ramírez.

Soy muy exigente con los gérmenes y me molesta que la gente no respete el aire entre nosotros, innecesariamente, con su aliento fétido. Así que me di la vuelta y la miré como diciendo: «Perra».

Y como si Savarino leyera mis pensamientos, me dijo:

—No sueñes despierta a mis expensas. Trabaja en la sala. —Y se fue de la Sección Sucia.

La sala —me gustaría recalcarlo aquí— estaba absolutamente vacía.

Miré a mi alrededor para ver a quién saludaba, pero no había clientes en mi sección. Era la una y media de la tarde de un miércoles; todo el mundo estaba trabajando. Salvo por un maniquí ligeramente vestido, el salón estaba desierto. Una banda sonora de música navideña resonaba contra los lustrosos cajones rosas, mientras Mariah Carey suplicaba *all I want for Christmas is you*, lo que me revolvió el estómago. Aquella canción siempre me recordaba el concierto navideño de quinto grado y el no poder seguir los pasos de baile del resto de la clase. Lo único que había deseado para Navidad aquel año era que mis piernas y mis brazos se confundieran con los de las demás chicas. Para entonces, ya hacía un año que Ruthy se había ido, y no podía evitar relacionar mi incapacidad para seguir el ritmo de los movimientos naturales de las otras chicas en el escenario con esa pérdida, porque sabía (con certeza) que si Ruthy no hubiera desaparecido, me habría dado clases particulares hasta que dominara todos y cada uno de esos malditos y estúpidos pasos. Y me pareció entonces, y me sigue pareciendo ahora, que podría haberme convertido en una chica completamente diferente, en una mujer completamente diferente, si Ruthy nunca se hubiera ido.

—Vale, de acuerdo, como quieras —dije.

Savarino volvió a asomar la cabeza en la habitación.

—¿Perdona?

—¡He dicho que claro! ¡No! ¡De acuerdo! —puse cara de inocente.

Entonces Savarino dejó escapar un largo *hmmm* con acento de Staten Island mientras abandonaba la Sección Sucia.

Lo más duro de trabajar en Mariposa's era esperar a que se terminara el turno. Te pasabas media hora de pie sobre los tacones y luego mirabas el reloj esperanzada, ¡solo para darte cuenta de que habían pasado apenas ocho minutos! Intentabas mantener la mente ocupada espiando lo que ocurría en el resto de la tienda, porque una pelea en la caja con una clienta podía convertirse en trece minutos de entretenimiento.

Mariposa's estaba bastante muerto hoy. Aunque vi a otra de las dependientas que conspiraba junto al probador: Alexis, diecisiete años, con el pelo negro bien peinado hacia atrás y una hilera de diamantes en la parte superior de la oreja. Estaba ayudando a una madre a encontrar sostenes para su hija de trece años, a la que se le notaba la emoción porque por fin le iban a crecer las tetas, un blanco fácil. Se podía ver cómo los engranajes giraban en la cabeza de Alexis mientras revoloteaba sobre la madre y la hija como un pterodáctilo a punto de posarse sobre su presa.

La niña seguía mirando tímidamente la mierda de encaje, mientras su madre la dirigía hacia los estantes de sostenes deportivos y copas de algodón de doble forro:

—Déjalo eso. Por aquí, mija.

Y Alexis sonreía a la niña intencionadamente y le guiñaba un ojo como si las dos compartieran algún grosero y mágico secreto femenino.

—Tengo algo perfecto para ti —le dijo a la pequeña. Luego sacó un sostén suave de entrenamiento con bordes festoneados, encaje blanco y un pequeño lazo rosa cosido entre las copas—. ¿No es precioso, cariño?

Hice una mueca.

Alexis también tenía la estúpida costumbre de llamarme cariño, pero en un tono de «jódete», como por ejemplo: *¿Por qué no doblas estos sostenes, cariño? Hoy estás en el probador, no delante, cariño. Parece que te acabas de levantar de la cama o que te han dado una descarga eléctrica o que necesitas un par de analgésicos para aliviar tu cara, cariño.*

Secretamente, esperaba que Alexis fallara. La última vez que revisé, ese sostén costaba treinta y dos dólares, y podía ver por la marca del bolso Jessica Simpson de la madre que no iba a soltar esa cantidad de dinero por las tetas talla A de su hija de trece años. Pero Alexis había encontrado una versión rebajada en la sección de liquidación por quince dólares.

Negué con la cabeza.

—Otra cosa —gritó Savarino mientras volvía a la Sección Sucia para espiarme, y me di cuenta por primera vez de que, aunque era toda una dama y muy guapa, cuando daba indicaciones adoptaba un aire atlético, como un entrenador de fútbol—. Este mes estamos intentando de verdad que la gente se afilie a estas tarjetas de crédito. Así que cada chica tiene que conseguir que al menos cuatro personas las soliciten para el final de su turno. —Luego me dio una pila de solicitudes en blanco y un bolígrafo—. La chica que consiga más clientes para Navidad recibirá un aumento.

¡Jo, jo, jo, jo!

—¡Imagínate! —dije—. Un aumento.

—No te hagas la sabelotodo, Ramírez. Hazlo realidad. —Salió de la sala, con el pavoneo ahora aún más exagerado—. Tú puedes.

Hacía poco que Savarino había empezado a asistir a esos talleres para supervisores que se suponía le enseñaban a dar más poder a sus empleados al tiempo que mejoraban su productividad. Así que giró la cabeza, el pelo rojo se tornó rosado bajo la luz de neón, y en un momento horrible sonrió, me guiñó un ojo y dijo:

—Creo en ti.

En el autobús de vuelta a casa, me esforcé por pensar a quién me recordaba Alexis. Había algo tan familiar en su cara, como si la conociera de antes, esa presunción que brillaba en sus ojos.

Yo era demasiado mayor para haber ido a la escuela con ella, así que no podía haberla conocido en Curtis. Y no tomaba el mismo autobús que yo para ir a casa, así que no vivía en West Brighton. Durante un tiempo no supe qué era, pero cuando el S61 bajaba por la avenida Bradley, por fin me di cuenta de lo que era. Por la forma en que Alexis se movía por Mariposa's y sonreía condescendientemente a todo el mundo, se parecía a una chica de Química Orgánica de primer año llamada Kelsey.

Kelsey no se parecía en nada a Alexis. Tenía el tipo de cabello rubio que yo solo había visto en las películas, tan pálido que los mechones parecían blancos: el rubio de la reina elfa de *El señor de los anillos*. El pelo de Alexis era todo lo contrario: oscuro, negro y ondulado. Pero ambas tenían la misma jodida forma de sonreírte, como si acabaran de encontrarte colgada de un estante de rebajas con una pegatina roja en la frente.

En el primer año, en los proyectos de grupo, veía cómo Kelsey rechazaba las sugerencias de todo el mundo para una presentación: «No creo que sea una buena idea». Sacudía la cabeza con cada sílaba, como si fuera la única guardiana del buen juicio. Mirando a una chica como Kelsey, se podía decir que nunca había sido derrotada en su vida. Estaba demasiado satisfecha de sí misma. No tenía nada de humildad, lo que hacía que su cara pareciera algo estúpida. Me limité a asentir y a tomar notas, y me reí un fin de semana cuando, de vuelta a mi habitación a altas horas de la noche, me encontré a Kelsey vomitando en el vestíbulo del dormitorio delante de su novio, que estaba claramente asqueado.

Para ser justos con Kelsey, Química Orgánica había sido un infierno muy particular para mí. Uno de esos malos sueños en los que entras desnuda a una habitación y todo el mundo te mira como si les debieras dinero.

Odiaba a todos esos estudiantes, no solo a Kelsey. A todos y cada uno de ellos, con sus chaquetas North Face y sus estancias de cuatro años en Exeter, y sus padres que eran directores ejecutivos, y sus madres que hacían donaciones a organizaciones benéficas para financiar becas para chicos «en riesgo» como yo. Cuando Kelsey se enteró de que yo estaba allí con una beca, se volvió hacia mí y me dijo: «¿Sabes la suerte que tienes de estar aquí? Esta es una escuela muy, muy buena».

En el laboratorio de química, estos estudiantes se movían por la sala y tomaban rápidamente cualquier frasco o embudo que requiriera el experimento, hacían girar cualquier botón de sus quemadores de gas con total aplomo. De alguna manera, ya sabían los nombres de todo —*esto es un embudo Buchner, esto es una pipeta*

Pasteur, claramente esto es la Scoopula—, mientras que mi culo de escuela pública todavía estaba tratando de entender la diferencia entre el enlace iónico y el covalente. Lo peor de todo —y esto era lo que realmente me jodía—era que si pedía ayuda a alguien en el laboratorio, me miraban como si fuera un extraterrestre de *Viaje a las estrellas* y seguían con la tarea que tuvieran entre manos.

Al principio, estúpidamente, pensaba que no habían escuchado mi pregunta. Así que la repetía, esta vez un poco más alto. Y nada. Volvían la cara hacia el instrumento de cristal que llevaban en la mano, y yo me quedaba estupefacta e invisible. Aunque la verdad más dolorosa era que yo sabía que aquellos chicos me veían. Me oyeron hacer la pregunta dos veces; simplemente no me creían merecedora de una respuesta. Un día, la ayudante de laboratorio nos retuvo después de clase para que le demostráramos de manera individual que podíamos realizar una extracción líquida, y mientras intentaba apretar la abrazadera alrededor del embudo comencé a llorar.

—Lo siento, es que... —Y después de eso no me salieron las palabras.

—No pasa nada, está bien, por favor, no —me dijo, y me hizo salir de la habitación, diciendo que no me preocupara, que había aprobado.

Unas semanas más tarde, me invitaron a un evento para chicos de minorías interesados en la ciencia y la tecnología, organizado por los Departamentos de Biología y Química. Hubo una breve conferencia para los estudiantes y después una larga mesa de aperitivos. Rodajas de salmón rosa eléctrico dobladas sobre galletas saladas y gambas blancas colgando de un bol gigante de hielo como comas. Molinillos de pan blanco envueltos en queso crema y eneldo. Llené el plato de comida y empecé a meterme una galleta tras otra en la boca para no tener que hablar con nadie.

El presidente del Departamento de Química se reía tan alto que se podía oír su voz en toda la sala, incluso por encima de la música. En un momento dado, todo el mundo levantó la vista, sobresaltado, mientras tosía un trozo de gamba que se le había quedado atascado en la garganta, y así fue como conocí al Dr. Wilkins. Estaba de pie a mi lado, mirando cómo uno de los otros profesores palmeaba el respaldo de la silla.

Wilkins me susurró:

—Qué desafortunado. El hombre es un genio, pero aún no sabe cómo comer y hablar al mismo tiempo.

El nombre Wilkins era bastante fácil de recordar, pero por alguna razón todos sus alumnos lo llamaban Dr. W o profesor W, sin reconocer que la inicial tenía más sílabas que su apellido completo. Yo siempre lo llamaba Dr. Wilkins, o con otras personas simplemente Wilkins, a sus espaldas.

El Dr. Wilkins ya rondaría los cuarenta y cinco años, pero seguía siendo el más joven de la facultad . Llevaba el pelo castaño largo, por debajo de la barbilla, y la camisa constantemente desabrochada. Con un poco de náuseas, yo sacaba un palillo de un dátil envuelto en tocineta cuando él se sentó a mi lado y extendió la mano para presentarse.

—Hola.

La tocineta me había manchado los dedos de grasa y, lo que era peor, sospechaba que había queso crema esparcido por alguna parte de mi cara.

—Nina Ramírez, ¿verdad? —Y le ofrecí los limpios dedos índice y corazón de mi mano derecha para que los estrechara—. He oído hablar tanto de usted —dijo, lo que hizo que se me revolviera el estómago.

Solo podía pensar en mis manos tanteando el embudo y en la mortificada ayudante de laboratorio que me despachó de la habitación cuando comencé a llorar. No sabía qué decirle a Wilkins, así que asentí con la cabeza y miré a una de las camareras que daba vueltas por el vestíbulo con una bandeja de pasteles de cangrejo hechos bola. Cuando ella se alejó, me vi reflejada en uno de los espejos dorados de cinco pies de la sala, con los hombros encorvados y la espalda jorobada, el pelo encrespado y los espejuelos.

¿Por qué me había presentado a este maldito y estúpido evento?

Había estado a punto de quedarme en la cama y dormir hasta el almuerzo, y ahora quería la oscuridad de mi dormitorio, que, aunque estaba construido con bloques de hormigón, me parecía infinitamente más seguro que las arañas de cristal y los largos ventanales de este bonito vestíbulo.

Pero entonces Wilkins continuó:

—¿Qué te parece Química, Nina?

Podría haber mentido y haber dicho que me encantaba, y luego haber recitado ese mantra de chica becada por ser minoría que ya había oído a tantos otros de mis compañeros: *Mi sueño es ser médico, científico, ingeniero, volver a mi ciudad, a mi pueblo, a mi barrio* (y siempre articulado con el brillante conocimiento de estudiante de minorías de cómo esas palabras aterrizarían en los oídos de blancos aparentemente progresistas); pero entonces parecería aún más patético si la ayudante de laboratorio ya le hubiera dicho la verdad a Wilkins. *Es mucho mejor ser sincera, Nina. Mucho mejor ser sincera.* Tal vez bromear sobre la clase de Química para actuar como si no me importara.

O podía irme si quería.

Podía levantarme allí mismo e irme.

Pero nadie me había enseñado a manejar y negociar las conversaciones con los blancos, a salirme, a decir que no. Así que cedí.

—Todo el mundo sabe mucho más que yo.

Wilkins echó la cabeza hacia atrás y se rio.

—Nina, eso que dices es muy inteligente.

Y una oleada de alivio expulsó cualquier resto de sarcasmo de mi cuerpo. Por primera vez desde que Jess y su novio me habían llevado al campus y me habían trasladado a la residencia hacía dos meses, había dicho lo correcto. Y ahora la validación de Wilkins me hacía sentir lo suficientemente atrevida como para ser aún más sincera.

—Sí, pero la mitad del tiempo ni siquiera sé lo que estoy haciendo. Estoy sentada allí hojeando la carpeta del laboratorio con cara de Bob Esponja. Luego le pido ayuda a uno de los otros chicos y se da la vuelta y directamente me ignora.

Esto hizo reír aún más a Wilkins.

—Bueno, eso tiene una explicación muy sencilla, Nina.

No sabía si se estaba riendo conmigo o si debía ofenderme. Así que simplemente dije:

—¿Oh?

—La razón por la que no te contestan —dijo Wilkins, levantando un dedo índice en el aire entre nosotros para dar énfasis—, es porque tampoco saben qué demonios hacen.

Esto me hizo sonreír. No había pensado en esa posibilidad.

¿Por qué había presumido automáticamente que esos chicos eran de alguna manera mejores que yo? De hecho, ahora recordaba que a veces los sorprendía mirando hacia abajo cuando la ayudante de laboratorio hacía una pregunta durante la clase. ¿Cómo no me había dado cuenta de que, al igual que yo, intentaban evitar que les preguntaran?

—Es cierto —insistió Wilkins—. Sin hacer curvas para las calificaciones, la mitad de Química Orgánica no aprobaría. Muy pocos estudiantes de primer año saben realmente qué demonios están haciendo allí. Simplemente tienen más práctica fingiendo que tú, Nina. En cualquier caso, si necesitas ayuda o estás confundida, puedes venir a mis sesiones de repaso.

Y con eso se levantó, se limpió unas migas de sus pantalones, volvió a sacar la mano y se despidió.

Las sesiones de repaso de Wilkins se llevaban a cabo los lunes por la tarde y eran concurridas por otros estudiantes, muchos de ellos becados como yo, de clase trabajadora o pobres, morenos o negros. A veces, los profesores u otros estudiantes no lograban ubicarme. Mi apellido era hispano, pero tenía el pelo grueso y rizado y la piel morena. Y las únicas imágenes que la mayoría de la gente tenía de las latinas en aquella época eran las de Salma Hayek y Jennifer López de pelo lacio. El currículo sobre diversidad aún intentaba descifrar la diferencia entre ser centroamericana y mexicana, y no se diga entre ser latina y negra.

Aprendí que uno de mis mayores retos era la ansiedad que me invadía y que me impedía entender lo que estaba pasando. Cada vez que un profesor hablaba, lo único que sentía era el hormigueo caliente de mi cuerpo mientras intentaba desesperadamente recordar un concepto. Una palabra.

Tomé mis próximas dos clases de ciencias con Wilkins. Cuando me atascaba con una unidad específica, subía los tres pisos del edificio de ciencias hasta su oficina.

A menudo me decía: «Le estás dando demasiadas vueltas».

Y de repente, con una frase o una marca en la pizarra, los conceptos encajaban como piezas de Lego. Lo entendía. En el último año, ya me sentía yo misma; en las sesiones de estudio en grupo, a veces los chicos blancos tenían que admitir a regañadientes que su respuesta a un problema era errónea y que la mía era correcta. Y algunos de los nuevos becados llamaban a mi puerta al azar, presentándose antes de pedir ayuda con sus deberes de Biología.

En el último año, el departamento celebró una fiesta en la casa de Wilkins para los estudiantes de ciencias que se graduaban. Esta vez hubo vino y champán, además de entremeses, y los profesores dejaron beber a los estudiantes de cuarto año.

Mi amigo Matt, de Biología, se alegró mucho al comprobar que el vino era mejor que las polvorientas garrafas de Carlo Rossi que guardaba debajo de su escritorio. Entró sonriente en la sala de estar de Wilkins, sosteniendo con habilidad tres copas por sus diminutos tallos sin derramar una sola gota en el suelo.

Estaba sentada con el novio de Matt, Evan, que estudiaba Cine («Un impostor, shsh…», había susurrado Matt dramáticamente en la puerta de Wilkins) y hablaba de sus sueños para el posgrado en Nueva York, que él erróneamente suponía yo ya conocía.

—No me crie en Manhattan —le dije—. Ni siquiera he ido al el Museo de Arte Moderno.

Evan se agarró el pecho y replegó la cara, consternado.

—Pero ¿cómo, Nina?

—Bueno, de todos modos, ni siquiera quiero ir. No creo que realmente me importe.

Fue como cuando en la escuela intermedia nos obligaron a visitar la Estatua de la Libertad y la señora Dudley animó a la clase agitando las manos en el aire cuando anunció el viaje, como si hubiéramos ganado un premio. Pero cuando toda la clase de sexto grado llegó allí, nos dimos cuenta de que subir las escaleras hasta la corona de la Dama de la Libertad era una lenta caminata de cuarenta y cinco minutos detrás de un turista tras otro, empapados por el calor neoyorquino de junio. ¡Imbéciles! La señora Dudley, con todas sus sonrisas amables, sus largos pendientes de piedras preciosas y sus fiestas de helados de fin de mes, nos la había jugado. Después de aquello, desconfié de todo lo turístico, especialmente de los monumentos e instituciones culturales de élite de Nueva York.

Matt se arrodilló para pasarnos una copa de vino a cada uno.

—¡Basta de hablar de la escuela graduada! Esto está muy aburrido.

Para él era fácil decirlo. Matt iba a ir a la universidad que quisiera totalmente gratis. Más tarde, nos enteraríamos de que iba a ser nombrado el alumno más destacado, un detalle que nos ocultó hasta el último momento. (De Matt aprendí que las personas de verdad inteligentes no andan por ahí insistiendo una y otra vez en su inteligencia, porque no hay nada que probar; Matt sabía que era un genio, y era un hecho que sobre todo le aburría y avergonzaba, un hecho por el que le habían pateado el culo suficientes veces cuando era niño en Newark, Nueva Jersey, como para que aprendiera a no presumir).

La noche continuó.

Con cada trago, el calor se extendía desde mi estómago hasta mi pecho, acumulándose en mi garganta, donde afloraba en mi cuello como huellas dactilares. Evan y Matt estaban a punto de comenzar a discutir y, antes de que pudieran preguntarme cuál de los dos tenía razón, inventé una excusa y me escapé a la cocina para servirme un quinto vaso de vino; me vi reflejada en la larga y oscura ventana de Wilkins que daba al principio del campus. La gran biblioteca. Su campanario. A diferencia del primer día que conocí a Wilkins, yo llevaba el pelo recogido con cuidado en un moño. Había sustituido las gafas por lentes de contacto. Y en el reflejo, mi cara parecía irreal. Pálida y pesada. Y, en ese momento, supe que me sentiría mal. Había estado tan bien, riéndome y burlándome cariñosamente de Matt con Evan, y de repente fue como si alguien me hubiera girado tres vueltas y me hubiera dado una patada en el estómago.

Tendría que volver a casa rápidamente. De algún modo.

Recordé el sonido de Kelsey vomitando en la alfombra del dormitorio y la cara de asco de su novio.

Por favor, por favor, por favor, no vomites delante de todo el mundo.

En el baño incliné la cabeza hacia la llave y bebí. Luego me senté en el inodoro y respiré. Inspiré profundamente. Muy despacio. Demasiado asustada para atreverme a ver mi aspecto. Por fin, me enfrenté al espejo. La piel de alrededor de la boca seguía enrojecida por el agua que me había salpicado cinco minutos antes, y tuve que restregarme las manchas moradas de los labios con el dedo índice. Por lo demás, no tenía mal aspecto: estaba borracha, pero no destrozada.

Cuando salí del baño, Matt me estaba esperando.

—¿Estás bien? —Se acercó con su alto cuerpo como si quisiera inspeccionarme la cara—. Estamos a punto de salir y Evan va a conducir. ¿Te llevamos?

—Tenemos que irnos —le dije.

Matt se rio.

—Estabas vomitando, ¿verdad?

Negué con la cabeza.

—Ay, Dios mío, ¿parece que estaba vomitando?

—No. Estás preciosa. Y te llevaremos antes de que alguien sospeche algo. Nos vemos afuera en el carro.

Entonces Matt señaló el dormitorio de invitados, donde todas las chaquetas de los estudiantes estaban apiladas encima de una cama.

Tardé un rato en encontrar la mía, pero allí, bajo una torre inclinada de abrigos, vi la tira de piel falsa de mi capucha. Saqué el abrigo de la cama y revisé la hora en mi teléfono. Eran casi las once y media. ¿Durante cuánto tiempo bebí? ¿Cuánto tiempo estuve allí y hablé con los profesores y otros estudiantes sin darme cuenta de que estaba borracha?

Detrás de mí alguien abrió la puerta y me di la vuelta, sorprendida al ver que era Wilkins.

—Nina, ¿ya nos dejas? —Levantó los brazos—. ¡Demasiado pronto! —Luego comenzó a burlarse de la jefa del departamento, que presionaba al profesorado para que fuera al karaoke—. Pero vamos a encender una fogata afuera —dijo—. Te perderás la fogata.

—Matt y su novio me van a llevar, así que pensé en volver con ellos.

—Muy bien, estoy muy orgulloso de ti, Nina —dijo, cogiéndome las manos y asintiendo—. Lo hiciste. Lo has conseguido. Un semestre más y te vas de aquí.

Me miraba tan directamente a la cara que me dio vergüenza y bajé la mirada.

Fue como un regalo escuchar a alguien como Wilkins decir que estaba orgulloso de mí. Durante tanto tiempo había dudado de mí misma.

—Ahora, puedes pedir lo que quieras. Créeme.

—No lo sé —dije.

Nunca supe aceptar cumplidos así. Parecía arrogante estar de acuerdo, pero también descortés contradecir a un profesor y decirle que no.

Sacudió la cabeza.

—Te digo que es verdad. —Me encogí de hombros a modo de respuesta—. No confías en mucha gente, ¿verdad, Nina?

No me consideraba alguien que no confiara en la gente, pero Wilkins me caía tan bien que quería que siempre sintiera que tenía razón. Sobre todo, quería que tuviera razón sobre lo inteligente que pensaba que yo era.

Así que le dije que sí.

—No confío en mucha gente.

—Pero confías en mí, ¿verdad? —preguntó.

Asentía con la cabeza porque ya sabía la respuesta.

Y por primera vez esa noche noté que sus mejillas estaban sonrojadas. Y me di cuenta —como todas las veces que había estado en su oficina y de repente había entendido un concepto o una idea complicada— de que él también había bebido demasiado. El olor de la bebida le había abierto los poros. Su aliento flotaba en el aire entre nosotros. Y, extrañamente, eso me reconfortó. Me hizo sentir menos estúpida.

No era la única que había celebrado en exceso, que había sobreestimado la cantidad de licor que podía aguantar.

Con los brazos delante de mí, sostenía el abrigo, y al mirar hacia abajo me sorprendí al ver que me sujetaba los codos.

¿Cuándo se había acercado para tocarme los codos? No lo sabía.

Miré sus manos como si fueran pequeños milagros.

—Sí —le dije—. Confío en usted.

Y confiaba. Él había sido la única persona que me había ayudado durante esos míseros cuatro años en medio de la nada, en el frío.

Wilkins dejó de sonreír. Y pude ver cómo observaba mi rostro.

Y entonces, con suavidad, muy despacio, se inclinó hacia delante para besarme.

Inmediatamente, aparté la boca. Y luego me quedé allí parpadeando.

—Muy bien. Muchas gracias, Dr. Wilkins —dije—. Usted es el mejor.

Porque mi primera reacción ante cualquier cosa jodida que me pasa es fingir que nunca existió.

Luego bajé corriendo las escaleras hacia el frío, donde Matt y su novio esperaban en el carro.

—¿Dónde estabas? —preguntó Matt, asomado por la ventana; reía con un cigarrillo en la mano.

Abrí la boca, pero no pude hablar.

—Te lo dije —dijo Matt—. ¡Estaba vomitando!

—Déjala en paz, *bully* —respondió Evan—. Nuestra pobre Nina.

Me quedé callada en el carro y dejé que pensaran que me había sucedido una cagada en lugar de otra.

Meses después, le enviaría un correo electrónico a Wilkins para pedirle una carta de recomendación, y él me contestaría: «Hola Nina, Mis disculpas por la tardanza en responder. Lo siento, pero en este momento no puedo recomendarte».

Si se llevaron a Ruthy, es posible que fuera alguien que ella conocía, pensé mientras apretaba la cinta amarilla para que el autobús se detuviera frente al edificio de ma. Es posible que fuera alguien a quien ella quería y en quien confiaba.

Jessica y yo seguimos de cerca el tablón de mensajes de *Catfight* durante una semana, pero Ruthy/Ruby nunca respondió. Sin embargo, varios de sus fans sí lo hicieron.

VanillaSkI escribió:

Estas bichas son unas loooocaaaaasssss.

ThikMike3 dijo:

Word Bella, yo también soy tu hermana perdida hace tiempo. ¿Quieres venir?

Pero el *webmaster* había borrado su comentario antes de que Jessica pudiera verlo, lo cual fue una suerte, porque ya estaba furiosa por lo que había escrito VanillaSkI.

Y tuve que hacer que se sentara diciéndole: «A lo mejor no es Ruthy».

Intenté señalarle a Jessica las diversas formas en que no tenía mucho sentido. ¿Cómo podía una niña de trece años desaparecer así y sobrevivir tanto tiempo sin ser detectada, para aparecer en un reality show más de una década después de su desaparición?

—Es imposible.

—¿De qué estás hablando? Se parece a ella —dijo. Estaba sacando el biberón de la olla y probando la leche en su mano para ver si no estaba demasiado caliente.

—Lo que digo es que tiene la cara hecha un asco. Tiene el pelo rojo brillante. La perra se parece a Elmo. Sabes, nunca hemos visto a esta mujer en persona. No sabemos quién es en la vida real. No creo que sea ella.

La parte superior del biberón debió de aflojarse, porque cuando Jess lo inclinó para probar la leche, la mamila se salió y la leche caliente se derramó sobre ella y sobre el suelo.

—Maldita sea. —Jessica agitó las manos en el aire y luego corrió hacia el fregadero para enfriarse los dedos bajo el agua fría—. Es Ruthy —gritó por encima del sonido de la llave. Luego se dio la vuelta y me miró—. ¿Por qué eres así? ¿Por qué siempre tienes que hacer de abogado del diablo? Es muy irritante.

Así que tuve que discutir con ella durante media hora hasta que acordamos ver algunos episodios esa noche para seguir investigando.

Jessica acostó a la bebé y bajó unas sábanas del armario. Nos envolvimos en las mantas del sofá y llamé a ma para decirle que pasaría allí la noche.

—Está bien —dijo despacio—. Diviértanse. Tengan cuidado y denle un beso a la niña de mi parte. Dile que mamá la quiere.

Y había algo desconocido en la voz de mi madre que no pude

distinguir enseguida. Sonaba alerta, como si supiera con exactitud lo que estaba ocurriendo. Me estremecí al pensar en mi madre así, al imaginarla rezando y luego tumbada en la cama, sola, con el ruido de la calefacción mientras secaba la habitación, plenamente consciente de todo lo que nos había ocurrido.

CAPÍTULO 7

Ruthy

Para poder entender realmente la historia de Ruthy (si es que aún te interesa lo suficiente como para escuchar lo que me pasó a mí), debes saber que no siempre había sido así. Es decir, entre Yesenia y Ruthy. Porque Yesenia y Ruthy solían ser muy unidas, desde tercer grado en la escuela pública PS 45. Cuando eran más pequeñas, se visitaban e inventaban juegos con monstruos complejos de los que siempre intentaban escapar. A uno lo llamaban el rey Rata, que invadía sus pueblos para robarles a sus hijos por la noche. En este juego, Ruthy y Yesenia le pedían a Jessica que escondiera una de sus muñecas bebé en la casa y luego las dos se desplazaban de habitación en habitación en busca del juguete desaparecido. Al otro monstruo lo llamaban el señor Baboso, que se deslizaba sigilosamente por sus casas inventadas para espiar. Nunca veías al señor Baboso, solo el residuo que dejaba, un rastro resbaladizo de tristeza que apestaba el aire, después de que se alejara para informar de los detalles de nuestras vidas al rey Rata. Cuando se hicieron mayores, Yesenia y Ruthy dejaron de jugar a los juegos imaginarios. En su lugar, se burlaban mutuamente de sus madres y hermanas, de sus curvas y acentos, de la forma en que mascaban el chicle. Yesenia había dominado incluso una imitación de Jessica, en la que se rellenaba el sostén con papel de baño y caminaba por el pasillo que iba al baño, sacando el pecho. Tenían un chiste recurrente sobre Jessica: «señorita Tetas Puntiagudas», susurraban a sus espaldas cada vez que intentaba darles órdenes.

Una vez, en séptimo grado, era Año Nuevo y ellas estaban sentadas en la habitación de Ruthy, aburridas. Ambas habían cumplido doce años y toda la familia de Ruthy estaba bailando junta, riendo en la casa. Alguien revisaba el pernil. Mamá estaba fumando en la cocina.

En la radio ponían esa canción de Frankie Ruiz, la que le encanta a todo el mundo, y el padre de Ruthy estaba cantando y bailando abajo, ya sabes, la que dice «Quiero cantar de nuevo y caminar».

Pero Ruthy y Yesenia estaban arriba, escondiéndose de todos.

Yesenia estaba sentada en la cama, bajándose la falda. Ruthy colgaba cosas al azar en el armario, diciendo algo como: «¿Por qué no me lo dijiste?». Aunque era cierto que de alguna manera Ruthy lo sabía desde el principio. Porque Yesenia fue la primera persona que le enseñó cómo hacerlo, y todas las demás chicas de la escuela no sabían tanto como ellas.

Así es como se hace en el agua, dijo Yesenia. Así se hace cuando él está encima de ti. Yesenia se lo había enseñado cuando tenían diez años.

Yesenia se levantó y ayudó a Ruthy a colgar la ropa, y luego dijo:

—Ana y yo solíamos escondernos de él en el dormitorio y cerrábamos la puerta con llave. Entonces él la golpeaba y nos decía que abriéramos. —Ana era su mejor amiga de tercer grado.

Esto puso celosa a Ruthy. Ana había sido amiga de Yesenia durante más tiempo. Ruthy le dijo:

—Deberías habérmelo dicho.

Pero Yesenia no confiaba en nadie.

—¿Vale? Tienes que entenderlo.

Luego le explicó cómo no soportaba estar en la misma habitación con otros hombres.

—¿Incluso con tu abuelo? —preguntó Ruthy.

El abuelo de Yesenia, que iba a la iglesia y a veces solía recogerlas de la escuela elemental en un viejo y largo Cadillac verde.

—Incluso con mi abuelo.

Esto hizo pensar a Ruthy.

—¿Y mi padre?

Yesenia se quedó callada un instante y lo consideró mientras las hermanas de Ruthy estaban abajo gritando por algo que una de ellas le había quitado a la otra.

—No me preocupo por tu padre —dijo.

Y Ruthy sonrió, aliviada porque amaba a su padre. No quería que Yesenia creyera que era capaz de hacer algo indebido.

Dejó la ropa sucia y se dio la vuelta para bajar corriendo las escaleras hacia la fiesta y conseguir a escondidas unas tazas de coquito antes de que fueran las doce.

Pero entonces Yesenia dijo:

—Ustedes eran muchas niñas.

Ruthy se giró y miró a Yesenia, confusa.

—¿Éramos muchas?

—He pensado que tu padre no necesita tocarme —explicó ella—, porque seguro que ya te está tocando a ti.

Y Ruthy se sintió sorprendida y quizá un poco furiosa, no solo porque se sentía a la defensiva de su padre, sino también porque en ese momento se dio cuenta de que Yesenia podía vivir con el hecho de que a Ruthy la lastimaran, siempre y cuando Yesenia no fuera la tocada.

Después de aquello, las cosas cambiaron.

Por muchas experiencias que hubiesen compartido, por muchos años que fuesen las mejores amigas, Ruthy sospechaba que había una parte de Yesenia que nunca podría comprender, una parte de Yesenia que muy fácilmente podría volverse fría y sacrificar a Ruthy, si se la presionaba, a uno de sus monstruos de la infancia.

Pero mira cómo me he desviado del tema.

Mi culpa. Vuelvo a la historia.

Baño del primer piso de la escuela IS 61. Staten Island, Nueva York. Noviembre de 1996.

Después de que Kamila hace lo que puede con el cabello desgarrado de Ruthy, la devuelve a Ciencias de la Tierra de quinto grado, donde están repasando temas sobre los planetas jovianos y la extinción de los dinosaurios.

El estómago de Ruthy hace tantos sonidos que el chico que se sienta a su lado, un chico con cara de bobo, llamado Doug, puede oírlo. Se ríe y se pasa la mano por delante de la nariz, simulando que se trata de un pedo. Ruthy lo ignora porque si le devolviera la palmada sería demasiado fácil herir sus sentimientos; Doug aún hace cosas como comerse los mocos en la clase de Matemáticas. Un chiste de «tu mamá» y dos comentarios bien intencionados sobre que sus Keds parecen de Wal-Mart, y Ruthy podría hacerlo llorar fácilmente. No importa que su familia también compre en Wal-Mart, pero da igual.

Hay cosas mucho más importantes en las que pensar que en Doug Luciano. Aunque Ruthy se ha perdido el almuerzo y su estómago se mueve ruidosamente, en realidad no tiene hambre. Su cuerpo aún vibra con el recuerdo de la pelea. Y el chicle sigue pegado a su pelo. Ruthy no lo ve, pero lo siente. Y cada vez que levanta una mano para intentar quitar un pedacito durante Ciencias de la Tierra, descubre a Yesenia mirándola, no precisamente enfadada. Ella frunce los labios e inclina la cabeza hacia un lado.

De hecho, podría decirse que es casi como si Yesenia pareciera apenada.

Pausa.

Por curiosidad, si es que aún me estás escuchando, permíteme que te haga esta pregunta: ¿Preferirías salir del baño con el ruedo de la falda accidentalmente metido dentro de la cintura de las medias, o preferirías que accidentalmente se te escapara un gran mechón de pelo en la parte posterior de la pierna al afeitarte?

A mí, en lo personal, no me importa el pelo. ¡Pero las medias sí!

Eso sería tan jodidamente vergonzoso, Dios mío. Preferiría que alguien viera mi pierna peluda y no mi ropa interior. Pero tal vez eres el tipo de persona que prefiere vomitar Jolly Ranchers y macarrones con queso en lugar de brócoli de cafetería.

No pasa nada. No estoy juzgando. Creo firmemente que todos deberíamos poder elegir nuestras propias formas de avergonzarnos.

CAPÍTULO 8

Jessica

Puse en pausa la cara de Ruthy/Ruby en el televisor, me volví hacia Nina y le dije:

—¿Por qué tienes que acaparar las malditas palomitas? —Desde que Nina era pequeña, siempre fue muy posesiva con el bol; se sentaba allí, a los diez años, y contaba activamente cuántos granos quedaban después de que cogieras un puñado—. Como si no tuviéramos una caja entera en la cocina que podemos poner en el microondas.

Nina sonrió como un villano de Disney.

—Okeeeeeey. —Y fingió volver a pasarme el bol a regañadientes—. Te lo cambio —dijo, acercándose a la bebé.

La pequeña Julie, la traidora, aceptó felizmente sus brazos.

—Bien —le dije a mi hija—. El sentimiento es mutuo.

Eché los hombros hacia atrás y me troné el cuello. Desde que di a luz, sentía como si todo mi cuerpo se hundiera, siempre adaptándome a la forma más conveniente para sostener, alimentar y consolar a Julie. Teníamos al menos cuatro horas de episodios de *Catfight* para ponernos al día, y la estupidez del programa me estaba derritiendo poco a poco la cara.

Originalmente, la cuarta temporada de *Catfight* había comenzado con un reparto de seis mujeres. La primera era una chica indonesia de Miami llamada Gem, una camarera —todas habían trabajado alguna vez como camareras, promotoras de fiestas, chicas de vídeo o strippers—. Todas tenían algún tipo de trastorno de la personalidad, excepto una chica negra dominicana llamada Lulú, que había estudiado en Harvard y era muy religiosa. Lulú era el comodín. Al parecer, era una especie de chiflada muy rara que hablaba cinco idiomas, incluido el latín. En el programa, a Lulú le gustaba pasearse y decir cosas como: «Tengo a Dios de mi lado, así que no me asustas». O: «Me la juego por Cristo, me da igual».

Nina se rio.

—¿Pero no te recuerda a mamá?

La tercera chica —Kelly, una italiana de Chicago— imitaba constantemente a Lulú, hasta que un día dijo una mierda racista sobre que Lulú había entrado en Harvard gracias a la discriminación positiva, así que Lulú se levantó de su asiento y, con toda la fuerza de Jesús todopoderoso, le dio una bofetada a Kelly y le estampó la cara contra el mostrador.

Los directores mostraron la paliza una y otra vez, a veces con destellos rosados y azules que emanaban del choque de la cara de Kelly contra el mármol blanco, como si fuera un cómic.

Hasta ahí llegó Kelly en la casa de *Catfight*. Si perdías una pelea, te echaban; daba igual que fueras víctima de un puñetazo o que te saltaran encima. Las reglas eran: no se permitían perdedoras en la casa *Catfight*. Sin excepciones. Sin devoluciones.

Así que el reparto se redujo a cinco.

La siguiente chica era una debutante, una chica de sororidad llamada McKayla, de Alabama, y encajaba a la perfección en su estereotipo: acento sureño, uso excesivo de perlas, alguno que otro comentario homófobo o racista. A veces, durante el programa, si parecía alejarse demasiado del estereotipo diciendo algo sensato o

inteligente, se autocorregía y decía alguna idiotez que automáticamente te aseguraba que no era más que una rubia tonta. Al
parecer, al programa le encantaba que las chicas estuvieran a la
altura de sus estereotipos, tal vez incluso los fomentaba. Era difícil saberlo. Pero Nina seguía insistiendo en que los directores
hacían ciertos cortes de forma selectiva o repetían obsesivamente
clips de las chicas diciendo las mismas tonterías a propósito.

Episodio tras episodio, Nina negaba con la cabeza.

—Este programa es jodidamente problemático. La forma en
que representan a las mujeres o hablan de las trabajadoras sexuales. —Y luego a mí—: Deja de chuparte la sal de los dedos y volver a meterlos en las palomitas.

—Cierra la puta boca.

—Lo digo en serio. Ahora las palomitas van a saber a tu aliento.

—Pues vete a hacer tus malditas palomitas —le dije.

Había una chica negra del Bronx llamada Ariel que básicamente dominaba la casa. Las otras chicas no hacían un carajo sin
antes mirar a Ariel para ver qué pensaba al respecto: ¿A qué club
ir? ¿En qué restaurante comer? ¿Qué vestido ponerse?

Ariel, Gem y Ruby formaban un grupito, aunque coqueteaban
con dejar entrar a Lulú, con lo que se distanciaban por completo
de McKayla y al final planificaban atacarla. Pero Gem argumen-
taba que al menos McKayla era divertida para molestar, mientras
que Lulú siempre decía que tenía más clase que las demás solo
porque había ido a Harvard. Ariel aún no se había decidido a favor de McKayla o Lulú, y argumentó que debían esperar y ver si
finalmente se peleaban entre ellas; sería más fácil eliminar a una
de las dos.

—En lugar de dos perras al mismo tiempo.

Y, por supuesto, estaba Ruby, que dijo que no le importaba lo
que nadie decidiera hacer.

Ariel podía humillar a McKayla, o podía dejar que McKayla brillara. «De cualquier manera, realmente me importa un carajo. Solo estoy aquí para pasarlo bien», dijo mientras confesaba, sonriendo. «Pero de verdad, en serio, a veces estas chicas hacen demasiado».

Puse el televisor en pausa.

—Lo has oído, ¿verdad? —le pregunté a Nina.

Ruthy siempre solía decir «Pero de verdad, en serio». O «De verdad esto, de verdad aquello».

Pero Nina solo me miró con lástima.

—Vamos, Jess... eso no es exclusivo de Ruthy. No es especial. Todo el mundo lo decía en los noventa.

No pude rebatir eso. Ella tenía razón; estaba esperanzada. Quizá demasiado ilusionada. Pulsé el botón de reproducción y seguimos viendo.

En *Catfight*, Ruby hacía el papel de la payasa... siempre borracha por la mañana o haciéndose la tonta en el club. Bebiendo cerveza con cereal para el desayuno. A los directores les gustaba mostrar clips borrosos de su entrepierna cada vez que se agachaba con una falda corta para apoyar el culo cuando bailaba, lo que hacía que algunas de las otras chicas la llamaran sucia.

¡Una zorra!

«Qué asco, no bebas de sus vasos, a menos que quieras contagiarte con algo», dijo McKayla.

Nina negó con la cabeza.

—La política de respetabilidad aquí está fuera de control. ¿Y no fue el culo de McKayla el que hizo exactamente lo mismo en el club la semana pasada? Una falta total de autoconciencia.

Enseguida, Ruby y Ariel se habían convertido en aliadas porque ambas eran de Nueva York, de lo que tomé nota rápidamente y se lo señalé a Nina como una prueba más de que podía tratarse de Ruthy. Aunque la Ruby del reality siempre reivindicaba Brooklyn; durante un extraño episodio empezó a soltar un montón de datos sobre Staten Island, contando historias sobre cómo solía relajarse con Method Man en Stapleton. Es cierto que podría tratarse de una superfan de Wu-Tang Clan, pero solo los habitantes de Staten Island saben tanto sobre Staten Island.

El resto de la ciudad de Nueva York por lo general se mantenía totalmente al margen.

Nos sentamos así en el sofá durante un rato, vimos episodios anteriores en TiVo, estudiamos cómo se movía el reparto en el set, cómo jugaban entre ellas, cómo a veces se acercaban con ternura a una chica que lloraba, fingiendo ser su amiga, mientras golpeaban la cara de otra contra el inodoro cuando vomitaba. Cómo se las ingeniaban para torturarse o intimidarse mutuamente, observando con atención los movimientos de la otra chica para identificar su debilidad o un defecto trágico, de modo que luego pudieran clavar un cuchillo dentro de cualquier vulnerabilidad y girar la navaja en la herida mientras la chica se retorcía.

Eso también me pareció muy propio de Ruthy. Tenía un talento increíble para evaluar a la gente en cuestión de minutos. Una vez, en mi primer año de la escuela superior llevé a casa a mi amiga Amanda, una chica blanca y tímida que se había puesto una sombra de ojos plateada que le dejaba los párpados con un aspecto grasiento. Mientras estábamos en la cocina buscando algo para comer después de clase, Ruthy se acercó a ella y le miró con detenimiento la cara. Bajo la mirada de Ruthy, mi amiga empezó a avergonzarse visiblemente y me asusté de que mi hermana fuera a burlarse del maquillaje de Amanda. Pero en lugar de eso, Ruthy, al ver cómo se encogía mi amiga, le dijo: «¡Chica, qué bonitos se te ven los ojos!». Enseguida se le iluminó la cara a Amanda; literalmente se la oía respirar de nuevo. Y yo miré a

Ruthy agradecida. Más tarde, yo le diría con amabilidad a Amanda que el color plateado era demasiado claro para su piel.

Por otra parte, si no le caías bien a Ruthy, era un rollo; encontraría cualquier respuesta que te hiciera más daño y la utilizaría repetidamente, y luego imaginaría nuevas formas de agudizar el insulto para futuras peleas.

Nina volvía a sacudir la cabeza.

—Vaya, este programa es una verdadera cagada. Es como un microcosmos de las peores partes de los Estados Unidos. Te lo digo. Tienes racismo, sexismo, capitalismo, todo en la misma casa. Alguien podría escribir un artículo entero sobre esta serie. «Trece maneras de ver un episodio de *Catfight*» —continuó.

Hasta que, al final, no pude aguantar más los comentarios. Nina siempre estaba tratando de analizar cualquier mierda usando alguna palabra nueva que aprendiera en la universidad. Y lo que era peor, ponía la tele en pausa y se pasaba diez minutos explicando una mierda claramente obvia que ya sabías, como si fuera una especie de profesora. Puse los ojos en blanco y la mandé a callar.

—¿Qué? —dijo Nina—. ¡Dios mío! Eres tan dramática.

—¿Podemos ver el maldito programa, por favor? Me gustaría ver el programa en paz.

—Sí, estupendo, veamos en paz a todas esas mujeres arrancarse las extensiones unas a otras.

Ella no se equivocaba, el programa era de verdad vil. Te sentabas allí a ver hora tras hora a esas chicas saltando unas sobre otras, y te hacía pensar en todas las peleas que habías tenido en tu vida. Aquellas en las que salías victoriosa, pero sobre todo las que perdías, las que te hacían pronunciar en silencio una revancha mientras recreabas la pelea en tu cabeza, con cinco años de retraso.

Y ver a esas mujeres peleándose te hacía querer volver a esos momentos para aplicarle el castigo que pensabas merecía alguna fulana de otra época de tu vida.

Y a veces te sentaba bien ver discutir a esas mujeres, cuando gran parte de tu vida cotidiana consistía en asentir educadamente o morderte la lengua para que no te despidieran, para poder comprar comida, para poder pagar el alquiler y cuidar de tu familia.

Cuatro semanas después de la desaparición de Ruthy, mami organizó una vigilia en casa de titi Mónica, en Jersey, porque su casa era más bonita que la nuestra. Titi Mónica no era realmente una titi, sino una vieja amiga del pasado de mami, cuando vivían una al lado de la otra en el mismo edificio del Bronx y sus madres no les permitían ir a la bodega o a una excursión escolar sin que se acompañaran. Habían crecido tan unidas que a veces la gente creía que eran hermanas. Incluso gemelas, con la misma piel oscura y el mismo pelo negro y rizado.

Titi Mónica «lo había logrado», bromeaba mi padre (quizá con un poco de maldad), con su marido, el banquero, un italiano que se enamoró de Mónica, de dieciocho años, en los años ochenta. Le había ofrecido su sudadera cuando la oyó rechinar los dientes a su lado en un aula gris del BMCC que tenía la calefacción averiada.

La sala de estar de Mónica estaba llena de gente de la iglesia. Estaba la vieja señora Denise, que solo hablaba español y exigía a los niños que respondieran igual, aunque todo el mundo sabía que la señora Denise estaba fingiendo; esa vieja entendía todas y cada una de las palabras en inglés. Simplemente le gustaba joderte. Nina se alejaba de la señora Denise cada vez que la veía, porque Nina sabía unas diez palabras de verdad en español y la mitad de ellas eran palabrotas. Por eso, a la señora Denise le gustaba especialmente hablar con Nina en español.

Sofía, de treinta años, que vivía en el Bronx, trajo a su hijo adolescente de seis pies de estatura, quien no tuvo miedo de manifestar que estaba muy infeliz de estar allí. Puso los ojos en blanco, sentó su enorme trasero en un rincón y se las arregló para mirar con fijeza la pared sin decir gran cosa durante las dos horas que duró la vigilia. La gente se olvida de que en los años noventa los adolescentes no tenían teléfonos móviles. Así que fue una hazaña increíblemente impresionante: hacía falta un gran compromiso de adolescente imbécil para desentenderse en público durante tanto tiempo. Todas las madres puertorriqueñas de la sala lo miraban, con las palmas de las manos ansiosas por cruzar la cocina y pegarle al chico un cocotazo.

No había nadie del grupo de amigas de Ruthy de la escuela, incluida Yesenia, a quien ma no hubiera llamado la noche anterior para ofrecerle llevarla a Jersey. Pero la madre de Yesenia había explicado que su hija estaba demasiado triste para ir. Esa mentira no se le escapó a ma, que colgó el teléfono con una larga ceja levantada, que se quedó clavada en la frente de ma mientras daba golpecitos a un cigarrillo de su paquete de Newport 100.

Después de aquella vigilia, decidí llevar a cabo mi propia investigación. La policía no había hecho un carajo, no había encontrado nada. Y actuaban como si mis padres fueran un estorbo cada vez que llamaban a la comisaría para pedir novedades. Sabía a ciencia cierta que Yesenia salía con Iván Maldonado, el mismo imbécil al que tuve que poner en su sitio en la clase de la maestra Wagner. Iván era bastante amable conmigo, pero siempre mentía. Sobre estupideces que no importaban... si el autobús había llegado o se había ido, o qué día había que entregar los deberes de Matemáticas. Era desconcertante estar cerca de alguien que parecía incapaz de decir la verdad. Nunca sabías del todo qué pretendía, lo cual, pensándolo bien, podría haber sido intencionado; la mentira patológica le daba a Iván cierto poder en su grupo. Además, Iván era cruel: le gustaba humillar a las chicas que le parecían «feas», a pesar de que su *homie legit* parecía un Frankenstein puertorriqueño, con un aliento monstruoso que le hacía juego. Se decía que sus amigos se habían aprovechado de una chica de la escuela intermedia en septiembre, y yo le había dicho a Ruthy que se mantuviera alejada de él cuando me contó que Yesenia había comenzado a salir con él.

Esperé una hora entera en los columpios del parque, junto al viejo McDonald's de la avenida Forest, donde Yesenia solía salir con Iván. Esperé allí en silencio hasta que Yesenia me vio y ya era demasiado tarde para que se diera la vuelta. Entonces me acerqué a ella y le dije:

—No estuviste en la vigilia.

Ella puso los ojos en blanco, se tragó la lengua y abrió la boca para intentar decir algo bonito, pero entonces el asqueroso de Iván se abalanzó sobre mí y tuvo el descaro de pasarme un brazo por la cintura.

—¡Jessica! ¿Qué haces aquí? —Empujé a ese hijo de puta tan rápido que casi se cae—. Pero tranquila —dijo, agarrándose al columpio para recuperar el equilibrio.

—Pero ¿qué pasa?

Me volví hacia Yesenia.

—Pensé que estarías en tu casa, enferma de pena. —Se burló y tragó su refresco, así que se lo quité de la mano—. ¿Dónde está Ruthy?

En ese momento Iván y sus amigos Isaías y Ricky me habían rodeado.

—Tranquila, Jessica. Ella es como de escuela intermedia.

La ironía de esta última afirmación se perdió en sus traseros depredadores de escuela superior.

—¿Dónde está, Yesenia? ¿Dónde está Ruthy?

—No sé dónde está tu estúpida hermana —soltó ella.

Y eso fue todo para mí. Todos esos chicos tuvieron que separarme de ella.

—Te conozco, Yesenia —le dije—. Sé lo que eres. Y sé que sabes algo. No soy estúpida.

Después de todo, ¿por qué no había visitado la casa cuando Ruthy desapareció? ¿Por qué no se apareció en la vigilia?

—Te estoy vigilando, Yesenia. Tenlo por seguro. Para que lo sepas.

Entonces aparté de mí al asqueroso de Iván y caminé esos largos y fríos veinte minutos hasta casa en lugar de tomar el autobús.

Vimos la tele hasta que Lou llegó a casa, y solo hicimos una pausa para comer una pizza que había traído después del trabajo. Luego subió y la niña se despertó, y volvimos a ver la tele mientras yo la acostaba en la mesita y la cambiaba y le daba de comer. Para cuando llegamos al sexto episodio, Julie estaba otra vez rendida en mis brazos y yo con la camisa pegada a la espalda por el sudor. Cuando me levanté, sentía las piernas como las de una muñeca Barbie, como si se me fueran a salir de la pelvis si caminaba demasiado deprisa.

Acosté a Julie, bajé las escaleras y volví a encender la tele, porque estaba enganchada. ¿Iba a ganar Lulú la pelea con McKayla? Probablemente.

McKayla no podía luchar por su vida; una vez Ariel la pilló metiendo el pulgar en el puño cuando intentaba dar un puñetazo a alguien. Aun así, quería estar segura; estaba harta de que McKayla se saliera con la suya siempre que decía cualquier mierda racista, y dispuesta a ver cómo Lulú la enviaba a la mierda, como hizo cuando le dio una paliza a Kelly.

También podía verlo en la cara de Nina, con las mejillas hinchadas de sal y soda.

—Date prisa. Vuelve a ponerlo.

Cada vez que estallaba una nueva discusión, la adrenalina se disparaba en mi cuerpo; las alianzas en la casa estaban cambiando poco a poco, y parecía que Ruthy/Ruby empezaba a salirse de su grupito.

Todas las mujeres de *Catfight*, excepto Ruthy/Ruby, estaban sentadas alrededor de una isla de mármol rosado; calentaban en el microondas una caja de Hot Pockets. La chica de la sororidad tenía tanta hambre que continuó comiéndose el suyo a pesar de que aún estaba congelado por dentro.

«Estoy harta de toda la bebida de Ruby», dijo Gem después de que Ruby se hubiera peleado con una chica en un club por besar a su hombre. Todas las chicas de *Catfight* tuvieron que meterse también en la pelea de Ruby. «Lo digo en serio, ¿acaso no quieren salir alguna vez, sin drama, y pasar un buen rato?».

Gem estaba desplazando en secreto a Ariel como abeja reina de la casa, lo que no se le escapó a la infalible Ruby, que gritó desde el ático de arriba: «Te oigo [bliiiip] hablar de mí a mis espaldas, Gem. Puedo oler tu desagradable aliento desde arriba. Víbora. Eres una doble cara. No creas que no sé lo que te traes entre manos en esta casa».

Luego: «De todos modos no soporto a ninguna de ustedes», dijo Ruby, alejándose; a lo que Ariel se levantó y gritó hacia arriba: «Sé que no me lo estás diciendo a mí».

Ruby salió con su cepillo de dientes. «Dije GEM. GEM». «Dijiste ninguna de ustedes», volvió a gritar Ariel escaleras arriba.

Ruby chasqueó la lengua. «Como quieras, sabes a qué diablos me refiero».

Luego desapareció para hablar mierda con los productores.

«Así que», dijo Ruthy/Ruby en la cabina del confesionario, una pequeña habitación del tamaño de un armario con paredes aisladas por terciopelo violeta. «Una cosa que tienen que entender es que soy de [bliiiip] Brooklyn, y no tengo que aguantar mierda de nadie. Así que, si alguna de estas perras se mete conmigo, quiero decir que no puedo prometer que no les vaya a poner un final...».

Se rio con los labios de un rojo brillante. Y fue la risa lo que la delató, la risa lo que me hizo estar segura.

Hicimos una pausa y repetimos la misma escena cinco veces seguidas.

—¿Ves? —le dije a Nina—. Te lo dije.

Se quedó callada, y así supe que yo había ganado: esos treinta y dos segundos de silencio vibraron entre nosotras. Y déjame decirte una cosa, conseguir que Nina se calle no es poca cosa. Se quedó sentada, mirando la televisión y tapándose la boca con una mano.

En la pantalla, habíamos puesto en pausa a Ruthy/Ruby una vez más para inspeccionar su cara más de cerca. Tenía la boca tan abierta que podíamos ver la amalgama metálica de la muela posterior derecha, las cejas levantadas como si estuviera a punto de soltar una perorata más en el confesionario vacío, mientras se flexionaba y posaba para la cámara.

—Tal vez —dijo Nina en voz baja—. Tal vez sea ella.

Entrecerró los ojos mirando la pantalla como si estuviera estudiando para un examen, luego tomó el control remoto y repitió la escena.

Soy de [bliiiip] Brooklyn, y no tengo que aguantar mierda de nadie.

Volvió a pulsar el botón de retroceso y la cara de Ruthy/Ruby se revolvió y se reacomodó en el tiempo.

Soy de [bliiiiip] Brooklyn.

Nina tiró el control remoto sobre la mesita que tenía delante.

—O sea, un poco lo veo. La forma en que mueve la cabeza se parece un poco a Ruthy.

Nina tuvo que admitirlo. Aquella mujer no solo se parecía a Ruthy, también se movía como ella.

—¿Más o menos? —dije—. Es su viva imagen, Nina. Mira. —Avancé hasta la parte en la que Ruthy/Ruby se reía—. Ves cómo echa la cabeza hacia atrás y luego sacude las manos, así. No me digas que no es Ruthy.

Cada vez que nuestra hermana encontraba algo gracioso, la risa le daba vueltas en su interior como una bola de pinball, hasta que acababa prácticamente rodando por el suelo, muerta de la risa por su propio regocijo.

Tramamos.

¿Qué tan lejos estaba Boston? ¿Y si habían grabado el programa hacía meses y el reparto ya no vivía en la misma calle?

¿Y si la producción del espectáculo había terminado y todas las chicas ya se habían mudado del Catfight Condo y desaparecido de vuelta a sus vidas reales?

—No, todavía están filmando —dijo Nina. Había estado siguiendo un blog de chismes de famosos que contaba fielmente los detalles tras bastidores.

Publicaban cada episodio una semana después de su rodaje. Y Nina se enteró por la página web del programa que iba a haber una aparición del elenco de *Catfight* en un club llamado Balloon Factory en Boston el Viernes Negro.

—Así que tenemos que ir ahora antes de que termine la temporada —le dije.

Ya era casi el Día de Acción de Gracias, que la familia Ramírez no celebraba mucho de todos modos. Nina pensaba que la festividad era una mierda, y durante los años posteriores a la desaparición de Ruthy, mi madre se preguntaba con frecuencia en voz alta: «¿De qué se supone que tengo que estar agradecida?». La mayoría de los años pasaba Acción de Gracias ayudando en la iglesia a cocinar una gran comida para familias necesitadas.

Pero en el mundo del comercio al detal, el Viernes Negro era sagrado.

Nina negó con la cabeza.

—No lo sé, Jess. Ni siquiera sé si podré salir del trabajo ese día.

—Tenemos que hacerlo, Nina. Puede que sea nuestra única oportunidad.

Aun así, ¿cómo íbamos a viajar a Boston sin avisar a mamá? ¿Y quién iba a cuidar de la bebé mientras tanto?

—¿Lou no trabaja? —preguntó Nina.

—Mamá cuidará de Julie —dije—. Mira, esto es lo que vamos a hacer. Mañana, la llevaré a esa iglesia. La voy a llenar de elogios. Le diré que has cambiado y que tú y yo nos vamos de retiro de mujeres a Maryland o algo así. Que sea un taller cristiano de Acción de Gracias. Algo como «Hermanas Unidas del Espíritu Santo». Le encanta esa mierda de Hallmark.

—Pero entonces, fíjate —dijo Nina—. Ella va a preguntar por qué no puede venir.

—Está bien. Le diré que es para mujeres menores de treinta.

Nos quedamos así, acurrucadas en la oscuridad en el sofá, con las piernas cruzadas, buscando direcciones en la computadora, trazando y volviendo a trazar la ruta a Boston, hasta que Nina se quedó dormida.

Aquella noche Ruthy no dejaba de aparecer en mis sueños. Cada vez que creía que mi pesadilla había terminado, encontraba otro mundo escondido dentro de ella como una muñeca rusa. En uno de los sueños, había una Ruthy de cuatro años atrapada dentro de un semisótano debajo de nuestra vieja casa. Podía oler barro y basura por todas partes. Cajas de cereales, biberones y pañales. El pelo rojo de Ruthy se le pegaba a los lados de la cara oscura por el sudor mientras gritaba.

Yo tenía seis años, estaba tranquila y decidida. «Aguanta, Ruthy. Tienes que quedarte quieta. Deja de moverte. Déjame buscar a mamá».

Pero ella no paraba de moverse. «No te vayas. Por favor, no te vayas».

«Volveré enseguida, lo prometo. Solo quédate quieta», le dije. «No te muevas». Pero la casa estaba empezando a desmoronarse, como si fuera a derrumbarse.

Su pie estaba atascado, dijo. Se hundía en el suelo debajo de la casa. La tierra tiraba de su pequeño cuerpo hacia abajo. Y yo no encontraba a mamá por ninguna parte.

Contuve la respiración y me empequeñecí para poder meterme en el sótano y arrastrarme hasta allí para sacarla. El peso de la casa ya me oprimía la espalda, rompiéndome los huesos. Mi cuerpo se estaba abriendo en dos, pero de algún modo seguía viva. «Todo va a salir bien, Ruthy. Ya voy».

Pero entonces la casa se derrumbó a nuestro alrededor, y lo único que podíamos hacer era gritarnos la una a la otra desde debajo de los escombros.

Nina me despertó en la oscuridad susurrando:

—Oye, Jess, ¿me prestas unos pantalones? —Me había quedado dormida a su lado en el sofá.

Ella ya había entrado en mi habitación y había revuelto el armario en busca de algo que ponerse, pero no había tenido suerte porque hacía un año que no me ponía unos pantalones normales.

Los había guardado después de que naciera Julie, y desde entonces solo usaba pantalones de deporte y quirúrgicos.

—Espera, ¿llevas calzoncillos?

Nina puso los ojos en blanco. Estaba sacando ropa de su mochila, buscando un sostén.

—Son pantis estilo chico cortos. Y antes de que digas nada, resulta que sé que ahora están de moda en Mariposa's, así que está claro que eres tú la que está retrasada en moda. Ahora, ¿puedes prestarme un par de pantalones?

—No necesitaba todo ese contexto. Solo era una pregunta. —Señalé el armario de los abrigos, donde había metido una bolsa de pantalones pequeños que iba a donar—. Mira en el estante de arriba hasta el fondo. Puede que te queden un poco grandes.

Se puso mis pantalones de antes del embarazo por encima de sus pequeñas caderas y se ajustó un cinturón para que no se le cayeran.

—No te olvides de hablar con mamá —me dijo.

—Y tú no te olvides de lavarte los dientes —le contesté.

Nina puso los ojos en blanco antes de abrir y cerrar la puerta principal, sin molestarse siquiera en cerrarse las botas.

El sonido de los grillos entraba por la puerta y el sol empezaba a salir.

Como no podía volver a dormirme, entré en el dormitorio y acerqué mi cara a la de Lou, examiné la forma en que la luz del sol caía sobre la irritación que se le producía al afeitarse, los lugares donde arrastraba la cuchilla contra la piel. Luego le di un golpecito en la mejilla hasta que se despertó.

Lou gimió un poco, pero mantuvo los ojos cerrados.

Se hacía el dormido y empezó a roncar dramáticamente, como para demostrarlo.

Pero cuando puse su mano en mi teta, abrió los ojos y sonrió, mordiendo el anzuelo.

—¡Caíste! —Le aplasté la cara—. Escucha, ¿puedes llevarnos a mí y a la bebé a casa de mi madre y luego dejarnos en la iglesia? —Gimió y se tapó la cara con la almohada—. Por favooor —le dije.

—De acuerdo. Pero tienen que bajar rápido, Jess. No me dejes abajo esperando en el estacionamiento para siempre. Ya conoces a tu madre. Se cambiará el suéter una docena de veces y te ofrecerá hacerte huevos con tocineta. Luego dirá: «Dile a Lou que suba». Mientras tanto, yo ya voy veinte minutos tarde al trabajo.

—Te lo prometo —dije. Puse la mano sobre mi corazón—. Ante Dios, cariño. Entro y salgo.

En la habitación de al lado podía oír los ruidos de Julie al despertarse, su voz subía y bajaba en el aire mientras probaba cada nota en su habitación gris. Solo comenzó a llorar cuando abrí la puerta de su cuarto para decirme que era la hora de la teta. Al verme en la puerta, agarró los barrotes de la cuna y los sacudió con fuerza. El pelo de Julie era cien por ciento mío. Negro y ondulado, sobresalía en todas las direcciones. Era todas las partes buenas de mí, y a veces sentía la contundencia del hecho de que se hubiera materializado dentro de mi cuerpo, de la nada, como si siempre hubiera esperado a que ocurriera, una niña mía, de mí, pero no tocada por mi pasado.

Levantó la vista y sonrió cuando le di de comer.

—Se nota que hoy quieres ponerte el vestido amarillo —le dije—. ¿Verdad, mami?

Soltó una risita y le chorreó leche por toda la cara.

Nos dirigimos hasta West Brighton, a casa de mi madre, donde el ascensor no funcionaba, así que tuve que subir tres pisos por las escaleras con la bebé, a la que decidí llevar allí como si fuera una carnada. Durante toda la subida Julie decidió retorcerse en mis brazos, porque subir las escaleras era su nueva obsesión, así que quería que la bajara. Y cuando no lo hacía, comenzaba a hacer su pequeña protesta de bebé llorando y golpeando su mejilla contra mi pecho, mientras a mí casi me da un jodido paro cardíaco en el septuagésimo segundo escalón.

El olor familiar del cloro y el café me golpeó cuando abrí la puerta. Julie también pareció percibir que estábamos en casa de la abuela, porque finalmente dejó de llorar y babeó de felicidad cuando entramos en la cocina.

No había gran cosa en el fregadero, salvo un recipiente que conservaba algunos suaves fragmentos de ramen. A mi madre le gustaba mantener la casa limpia. Para nosotros, la limpieza siempre era una especie de seguridad contra el exterior al que ella todo el tiempo se resistía, las peleas de mierda, alguna pareja que se gritaba sin motivo, algún pobre niño al que golpeaban. Sabíamos que mamá no estaba bien si entrábamos en casa y encontrábamos platos en el fregadero u olíamos los restos de un cigarrillo que habían viciado el aire. Cuando nuestra madre estaba bien emocionalmente, solo fumaba afuera, incluso cuando la temperatura bajaba a un solo dígito.

La radio estaba encendida en la sala y sonaba «La agarro bajando», de Gilberto Santa Rosa.

Sonaba el coro y mi madre cantaba con su voz grave y rasposa:

—Todo lo que sube tiene que caer.

Seguí la canción hasta el dormitorio, donde el vapor rodeaba sus manos mientras planchaba la blusa azul que pensaba ponerse ese día.

—Hola, mamá —le dije sonriendo.

Solo llevaba puesto un sostén azul claro, y su vientre blando estaba apretado dentro de unos pantalones negros. Así era mi madre, siempre combinaba el color de la camisa con el del sostén. Siempre intentaba hacer un pliegue en la parte delantera del pantalón. Ordenada, precisa y brillante, ya se había recogido el pelo rizado en un moño limpio y se había arreglado el flequillo. Podía oler el VO5 desde la puerta.

La bebé llamó su atención y se apartó de mí como si quisiera tirarse al suelo y cometer un suicidio de bebé.

A mi madre se le iluminó la cara.

—Oh, has traído a mi bebé —dijo, lanzando besos a Julie—. Mama te quiere, sí que te quiere.

—No quiso quedarse en el carro con Lou —dije.

—Claro que no. Quiere estar con la abuela. Ni siquiera te oí entrar.

La tabla de planchar apenas cabía en la habitación, pero ella se las había arreglado para meterla entre su enorme tocador y la innecesaria cama king-size. En el espejo del tocador podía ver mi reflejo entre las fotos mías y de mis hermanas de niñas que había pegado en el marco. Por lo menos dos docenas de ellas: fotos de graduación y de Nina con su uniforme. Una vieja foto de mamá apoyada en el carro de papá a finales de los setenta, otra de su madre en Puerto Rico, con la nariz respingona, mirando casi con resentimiento a la cámara, retando a quienquiera que tomara la foto a que juzgara. Encima del espejo, había pegado una foto de nosotras tres en los años ochenta, todas menores de siete años, con el pelo alborotado por todas partes. Ruthy, de cuatro años, está de pie en el sofá, sonriendo con sus mejillas morenas y su pelo rojo, los brazos abiertos, lista para un abrazo. Yo tengo en brazos a Nina, de poco más de un año, la más morena de las tres y la más bonita, con sus ojos grandes y brillantes midiendo inteligentemente a la persona que está detrás de la cámara, lista desde entonces. El tocador de mi madre, lleno de perfumes y cajas de cartón ovaladas de polvos Maja. Un pequeño plato de porcelana con la inscripción, «No se llora en casa de la abuela», junto a una montaña de anillos que se quitó antes de ducharse. Las cadenas de mi padre colgando de los ganchos del interior de uno de los paneles laterales del espejo.

Entre todas las fotos, noté una larga, fina y solitaria arruga que se extendía por mi frente, como la hendidura que te sale en la línea del pelo después de quitarte el gorro de ducha. Pero, sobre todo, me sorprendió lo pálida que se había vuelto mi piel de veintisiete años. Nunca fallaba. Estar en casa de mi madre siempre me hacía sentir como leche caducada.

—Jesús, mamá. ¿Subes esos escalones todos los días? —Me desplomé de espaldas en la cama con Julie espatarrada encima de mí.

—O sea, debo hacerlo —dijo ella—. ¿Crees que tengo alas? Puse a Julie boca abajo en la cama y me di la vuelta.

—¿Vas a la iglesia?

Ella me miró, y luego de vuelta a la plancha, y luego dijo:

—Claro. —Que básicamente era como decir: sí, idiota.

Levantó la camisa y la examinó de cerca; con la parte superior de los ojos miraba el cuello por encima de las gafas. Ahora caminaba a toda velocidad de un lado a otro de la habitación buscando un pañuelo, abriendo un cajón para sacar los mismos pendientes dorados en forma de lágrima que había usado desde que éramos niñas. Utilizó el gancho del pendiente para buscar el agujero en el lóbulo de la oreja. Luego se sentó en la cama y me sonrió mientras se ponía sus pequeñas botas de tacón alto.

—Estaba pensando que la bebé y yo podríamos ir contigo a la iglesia esta mañana. Luego podríamos ir de excursión al centro comercial. Ir a Applebee's. Yo invito. Lou podría llevarnos al servicio hoy, ¿de acuerdo?

La sonrisa de mamá se ensanchó.

—¡Oh! —dijo—. ¡Lou viene a la iglesia!

Ella amaba a Lou. Desde que éramos niños, él tenía el talento de enamorar a la gente mayor, haciéndoles creer que era un joven respetable.

—No, tiene que trabajar, mamá. Pero allí estaré yo.

Ella asintió y dijo:

—Bien, también podemos recoger a Irene.

Irene era la sexagenaria «amiga» de la iglesia de mi madre, que se alborotaba el pelo como Whitney Houston en la época de *El guardaespaldas* y seguía llevando su pintalabios marrón Rum Raisin como si estuviéramos en 1992. Irene vestía trajes de chaqueta para ir a la iglesia, del tipo de los que se ven en los estantes de rebajas de JCPenney, y todo lo que tocaba —todo— olía después tan lamentablemente a Skin So Soft.

Inspirada por una nueva dieta, Irene había comenzado a comer mariscos tres veces por semana para perder peso. No me entusiasmaba la idea de pagar su plato principal de salmón y orzo de Applebee's.

—¿Irene no conduce? —le pregunté, porque recordaba perfectamente que llegó un día en un Kia rojo brillante, que tenía una pegatina de Jesucristo en el parachoques, para ir con mi madre a ver *El sustituto* a mitad de precio con el descuento de Irene para la tercera edad.

—¿Cómo? —gritó mi madre, fingiendo inocencia desde el baño por encima del ruido del secador, como si no me hubiera oído la primera vez. Se había enrollado el flequillo en el cepillo y lo estaba levantando contra el secador de pelo. Tenía la cara sonrojada y las mejillas húmedas por el esfuerzo de arreglarse el cabello.

—Dije, Irene, ¿que si conduce?

Mi madre apagó el secador, salió del baño y cerró la puerta de un portazo, haciendo que uno de sus platos coleccionables de Franklin Mint golpeara contra la pared.

—Ay, Jessica, ¿cuál es el problema? Se le dañó el carro. ¿No podemos ayudar a alguien más?

—Está bien, está bien —dije—. Lo siento, no lo sabía.

—Y, normalmente, ella es la que me lleva todos los domingos, ya que tú nunca quieres ir a la iglesia —continuó mi madre.

Esta conversación estaba a punto de estallar si no la paraba, me di cuenta. Pero también vi la oportunidad.

—En realidad, mami, estaba pensando que yo quería comenzar a visitar la iglesia, ya sabes. —Lo cual detuvo a mi madre en seco.

—¿Te pasa algo? ¿Estás bien?

—No, estoy bien, te lo prometo. Solo estaba pensando que probablemente también sea bueno para Julie, ya sabes, exponerla a esas cosas de joven, para que crezca con ellas.

Mi madre parecía contenta, pero también desconfiada.

—¿Seguro que todo va bien? ¿No tendrás otra vez esos problemas de corazón?

Durante mi infancia, había tenido algunos problemas de ritmo cardíaco irregular, nada mortal, pero a mi madre le encantaba contarle a todo el que podía lo frágil que era mi corazón.

—Estoy bien, ma.

—Porque deberías volver al Dr. Woods. Recuerda, siempre tuviste ese corazón malo.

—Ma, te digo que estoy bien... Es que he estado pensando mucho en eso. Y hasta estuve mirando ese retiro cristiano que tienen próximamente.

—Ja —dijo mi mamá, pero era toda sonrisas—. Eso sería hermoso. Me encantan los retiros.

—Es para mujeres menores de treinta —dije rápidamente—. Y sabes, Nina también quiere venir. —Lo que hizo que mi madre echara la cabeza hacia atrás con incredulidad, así que añadí—: Quiero decir, estoy intentando que venga, y casi consigo que se comprometa...

Mi madre levantó una ceja y se quedó callada.

—... pero necesitamos que alguien cuide a la bebé porque Lou tiene trabajo, ¿ves?

—¡Ajá! Así que por ahí va la cosa. —Mi madre se echó a reír—. Escucha, no me tienes que pedir que cuide de mi propia nieta. También es mi niña. Déjala conmigo. Estaremos bien. Y ustedes dos vayan y construyan su relación con el Señor.

Me estremecí al oír ese discurso cristiano de toda la vida, pero me acerqué y le di un fuerte abrazo.

Mientras tanto, Lou había comenzado a tocar el claxon afuera, al tiempo que me llamaba por teléfono. Su tono —el estribillo de «Bug a Boo» de Destiny's Child— se repitió hasta que cedí y por fin contesté.

—Jess. Jess, vamos. Voy a llegar tarde —dijo—. ¿Qué hacen ustedes allá arriba?

No paraba de hablar cuando le colgué.

—Ma. Lou se va a volver loco abajo.

Me paré junto a la puerta y la abrí ruidosamente, sacudiendo las llaves. Pero ella ya había desaparecido con un tubo de pintalabios hacia la parte trasera del apartamento. Pasó un minuto mientras rebuscaba en el tocador. Y ahora estaba al teléfono diciéndole a Irene que íbamos a recogerla.

Por fin, salió del dormitorio con la camisa azul marino puesta y se echó tranquilamente la correa del bolso al hombro. Una habitación tras otra, apagó todas las luces, no sin antes rociarse con un poco de CK One.

—Mamá, por favor. Te lo ruego.

—Ya, nena, ay, Dios mío. Ya voy. —Puso una mano en el aire—. Muy bien, vamos.

Tomé su abrigo y el mío y bajé corriendo las escaleras. Pero cuando salí del edificio, el carro no estaba donde Lou lo había estacionado. Miré el solar vacío, con la rabia intensificándose en mi interior. El viento frío arrastraba trozos de periódico por el suelo. *Si este hijo de puta se fue...* Pero entonces sonó un claxon y me di cuenta de que Lou acababa de estacionarse en la acera a mi izquierda.

—Jessica —dijo extendiendo ambas manos en forma de pregunta.

Entonces mi madre, que por fin abrió la puerta del edificio detrás de mí y se tambaleó sobre sus tacones hacia el coche, se acercó directamente a Lou y le dijo:

—Hola, papi. —Metió la mano por la ventanilla abierta del conductor, tocó la mejilla de Lou y luego le dio dos golpecitos—. Qué buen chico eres.

—¿Cómo te sientes, Dolores? —dijo Lou.

—Muy bien. —Se sentó atrás, junto al asiento de la bebé, y cruzó las manos sobre su pequeño bolso azul.

¿Y yo? Apenas había abrochado a la bebé y sentado el trasero en el asiento de adelante cuando Lou comenzó a salir del estacionamiento a toda velocidad. Levanté una mano y le dije que se tranquilizara.

—¿De acuerdo?

Mi madre comenzó a hacer sonidos de bebé más fuertes en la parte de atrás, y luego rompió a cantar:

—«Qué linda manita que tiene bebé...»

—No me digas que me relaje —dijo Lou.

Pero antes de que pudiera responder, mi madre protestó desde el asiento trasero:

—Oh, NO, Louis. Vas en dirección contraria.

Lou se volvió hacia mí.

—Las dejo en la iglesia, ¿no?

Me avergoncé. Había olvidado decírselo.

Detrás de nosotros mi madre me sacudió el puño.

—Tenemos que recoger a Irene. Bruta. ¿No se lo has dicho? —Sonaron las cinco pulseras doradas que siempre llevaba; hicieron su propio ruido.

—Ay, mamá. Mira, dile a Irene que tome un taxi. Lou va a llegar tarde. Yo lo pagaré. Le daré el dinero cuando llegue a la iglesia.

—Ya le dije que íbamos a recogerla. Si no querías recogerla, Jessica, deberías habérmelo dicho. Ahora está esperando afuera. No vive muy lejos. —Mi madre hizo una pausa y dijo—: ¿Lou?

Y la combinación de la forma en que dijo su nombre con un acento súper español y la forma en que la cara de Lou se tensó mientras intentaba cambiar la ira de su rostro por algo más amable me hizo reír.

—Voy a llegar tarde. Pero esto te hace mucha gracia —me dijo en un susurro, como si mi madre no pudiera oírlo. Luego volvió a mirar a mi madre—. Muy bien, D. Yo te hago el favor. ¿Dónde vive Irene?

—En la avenida Prospect. A unas cuadras de aquí.

Lou sacudió la cabeza. Eran cuatro minutos en dirección contraria a la iglesia. Hizo un agitado giro en U en el estacionamiento del supermercado, y todos nos quedamos callados en el auto hasta que llegamos a la casita azul de Irene.

—¿No es preciosa? —dijo mi madre. Y lo era.

La casa de Irene destacaba en la cuadra porque mantenía el jardín delantero inmaculado, mientras que la basura cubría los arbustos y el césped delante de las otras casas. Había decorado la casa con adornos navideños. De la verja colgaban brillantes lazos rojos de plástico, y allí estaba ella, con su melena de «Siempre te querré», mirando a un lado y a otro de la cuadra. Cuando reconoció la cara de mi madre en la parte trasera del coche, levantó un dedo como si llamara a un taxi.

Mi madre bajó la ventana.

—Vente, mujer.

Pero cuando Irene abrió la puerta, ¿creen que le dio las gracias? No.

—Estás tarde —le dijo en español a mi madre, pero lo bastante alto como para que yo la oyera.

Le envié a mi madre una mirada como de *No dejes que diga esa mierda en inglés delante de Lou. O tendré que oír sobre ello para siempre.*

Las pupilas de mi madre, a pesar de su mueca desconfiada y sus varios medicamentos, centellearon con conocimiento de causa, y se volvió hacia Irene.

—Ay, ¿te has enterado de lo que le sucedió a la hija de Luz?

—¿La gordita o la que tiene el ojo vago?

—La gordita.

Cerré los ojos, aliviada, y luego miré a Lou, que ahora estaba encorvado sobre el volante y practicaba su propio estilo de lenguaje secreto y profundamente mezquino.

La iglesia no era en realidad una iglesia. Era un gimnasio que antes pertenecía a un centro comunitario. Todos los domingos ponían a los adolescentes a trabajar en arrastrar cientos de sillas de metal hasta el piso y hacer rodar una polvorienta alfombra azul entre los pasillos hasta el podio, donde los músicos ya ensayaban con los timbales. Pancartas con proverbios escritos en español y decoradas con corazones y peces de Jesús colgaban de las vigas metálicas como ramos de flores. Pero aún se podía ver un aro de baloncesto colgado detrás del altar, donde el pastor Richie (un puertorriqueño de veintiocho años y ojos verdes, de quien yo sabía que, sin duda, engañaba a su mujer, porque una vez lo vi tocándole el trasero a su compañera en el pasillo de los cereales de un supermercado) estaba de pie, con los brazos estirados a los lados, y cantaba: «Querido Dios, gracias por tus bendiciones», como si fuera Marc Anthony. Fuera del edificio se oía su voz, tan fuerte que llegaba hasta el aparcamiento del Western Beef, al otro lado de la calle, repiqueteando contra una hilera de carritos de la compra encajados unos en otros.

El servicio, obviamente, ya había comenzado.

En cuanto Irene y mi madre atravesaron aquellas puertas dobles, alzaron las manos en señal de alabanza como un par de espantapájaros, lo que las hizo parecer aún más culpables mientras se apretujaban por el pasillo en busca de tres sillas vacías. Yo las seguí, sujetando a Julie en su sillita, intentando no golpear a nadie en la cabeza. Cuando mamá e Irene encontraron por fin sus asientos, cerraron los ojos y se movieron de un lado a otro con la música y multiplicaron la energía de su adoración por los minutos que habían llegado tarde. Las luces y los golpes de los tonos bajos habían despertado a Julie, que se retorcía en la sillita del carro tratando de apartar la vista de mí hacia la parte delantera de la iglesia, donde Richie cantaba: «Con brazos abiertos, Señor». Mi madre alzó a Julie y empezó a balancearse con ella, con un brazo en alto.

En la parte de enfrente, junto al altar y los micrófonos, el señor Rafael arrasaba con las congas, golpeaba los bordes de los tambores y terminaba con un sonoro eco de la nota que golpeaba con el talón de la mano, mientras el pastor alzaba la voz y entonaba una oración: «Señor: Sin ti, nada podemos hacer». Y un viejito en la guitarra rasgueaba y giraba la cabeza, con el sudor que goteaba en su cuello y la parte superior de su calva que brillaba bajo las luces fluorescentes: el señor Ruiz. Durante la semana repartía pizzas para Little Caesars. Los domingos conseguía que cientos de personas se doblaran por la cintura con una mano levantada hacia el techo, con el corazón ablandado por los sonidos que conjuraba con su guitarra.

Algunos de estos viejos españoles tocaban de verdad, y me preguntaba si eran tan buenos gracias a Dios o si tocaban en la iglesia porque era a donde acudía más gente. En un momento dado, la combinación de congas, guitarra, batería y piano hizo temblar todo el jodido edificio y la bebé comenzó a llorar, agitada y asustada por el sonido de todos aquellos extraños y su pena.

Agarré a Julie y le toqué la cara.

—Pronto saldremos de aquí. Te lo prometo —susurré.

Pero dos horas después, seguíamos allí. Mucho después de Juan, capítulo 16, versículo 33: «Estas cosas os he hablado para que en mí tengáis paz. En el mundo tendréis aflicción. Pero confiad, yo he vencido al mundo». Y mucho después el pastor Richie comenzó a imponer las manos sobre la gente y a hacerla retorcerse. Irene se desmayó en el suelo y yacía allí retorciéndose contra el alfombrado comercial azul, incapacitada por el Espíritu Santo.

Me avergüenza decirlo, pero yo también podía sentir esa fe surgir dentro de mí, y esos eran los momentos en los que más creía en Dios, hasta que miraba a ese pastor infiel cantando y pensaba: *Maldita sea, estás lleno de mierda. Ojalá ese aro de baloncesto no te caiga en la cabeza y te estrangule con la red.*

Aun así, aguanté las dos horas y media obligatorias de la iglesia pentecostal y me comporté como la buena cristiana puertorriqueña que no soy. La bebé se las había arreglado de algún modo para volver a dormirse y roncar durante toda la estruendosa mañana, hasta que la música cesó y Richie renunció a coquetear con las viejitas. Era un desvergonzado, aquel; un nerd que creció para convertirse en apuesto y nunca olvidó los días en que los chicos mayores le empujaban la cara contra el cemento. No podía ocultar del todo la satisfacción que se le dibujaba en la cara cada vez que la abuela de algún chico que le había pegado se le acercaba para lamentarse de que su nieto estuviera ahora encerrado. Peor aún, siempre utilizaba el poder de su buena apariencia con otras personas; la mayor víctima de su encanto era su mujer, que parecía trágicamente orgullosa de su marido mientras se tocaba su barriga de embarazada incluso cuando las mujeres más jóvenes le sonreían y le guiñaban el ojo.

Les digo que el peor tipo de mujeriego es el que ha sido nerd.

Por fin terminó el servicio. Los altavoces zumbaron cuando los músicos desenchufaron sus instrumentos. El ruido despertó a Julie, que extendió las manos para que la levantara.

Mi madre se dirigió a la entrada de la iglesia y pasó veinte minutos despidiéndose. Cuando regresó, Irene seguía tumbada en el suelo, con los ojos cerrados con fe. Extrañamente, Irene se había asegurado de enrollarse la correa del bolso alrededor de la muñeca para que nadie se la quitara mientras conversaba con el Espíritu Santo. La gente pasaba por encima de su brazo izquierdo para salir de la iglesia.

Vi a dónde iba esto.

No soy tonta.

Miré a mi madre y le dije:

—Muy bien, ma, vámonos. Es hora de irnos.

Se sentó, cruzó desafiante las manos sobre el bolso y señaló a Irene, que se convulsionaba suavemente contra el suelo.

—Deberíamos esperarla.

Una anciana maniobró su andador alrededor del cuerpo de Irene y asintió con reverencia, pero pude ver que Irene abría los ojos a veces para inspeccionar quién la observaba. Lo juro, creo que incluso me guiñó un ojo cuando mi madre estaba volteada hacia otro lado.

Después de unos quince minutos así, no pude soportarlo. Le dije:

—Ma, por favor. ¿No podemos despertarla? Tenemos que irnos.

Ma me miró como si acabara de sugerir matar a un recién nacido. Se podía ver cómo la línea cerosa que dibujaba con lápiz marrón bajo sus escasas cejas se levantaba en señal de sorpresa.

—Calla —dijo, doblándose en su asiento. Volvió a cruzar las piernas para indicar que esperáramos.

Yo no tenía paciencia para esto.

Sí, soy la hija mayor, pero también soy humana.

Me acerqué a Irene y le di un suave codazo en el hombro. Pero ella solo respiró más hondo, como si estuviera sumida en un profundo trance.

—Jesucristo —dije.

—¡Jessica! —me susurró mi madre. Luego levantó un dedo—. ¡Respeta!

Cosa que hice. Porque soy una buena hija. Muy respetuosamente, me volví a sentar y le envié un mensaje a Lou: «Dime por qué esta vieja en la iglesia fingió desmayarse en el suelo».

Pasaron al menos otros quince minutos; mi madre y yo estábamos allí sentadas. Para entonces el gimnasio estaba casi vacío. El pastor Richie se despidió de los últimos viejitos y luego se dirigió hacia el altar, momento en el que Irene, muy convenientemente, abrió los ojos y tosió como si hubiera estado demasiado tiempo atrapada bajo el agua. Levantó los brazos.

Haciendo su papel, el pastor Richie se inclinó y tocó la cara de Irene. El sudor bajo sus axilas hacía que la tela de su camisa fuera casi translúcida; podía ver los tirantes que llevaba debajo y percibir la forma en que su olor deformaba la colonia.

Agarró a Irene por el brazo y la levantó.

—Eres muy afortunada —dijo, de una manera tan sincera que estaba a punto de descojonarme.

Mi madre se había llevado a la bebé a la parte delantera de la iglesia y se la estaba enseñando a todas las mujeres mayores.

Así que decidí aprovechar la oportunidad para salir a fumar un cigarrillo. Parecía que iba a llover. El cielo estaba blanco pero pesado. «Que Dios te bendiga», se decían los mayores al salir de la iglesia.

Yo estaba sentada en un carrito de supermercado volcado que alguien debió de arrastrar desde el Western Beef; terminaba el último de mis Newport para cuando mi madre salió. Cuando Irene me vio así, sentada en el carrito de la compra y fumando, se enderezó y arrastró una de sus manos por la parte delantera de su chaqueta beige, acariciando el cuello de poliéster.

Luego le dijo a mi madre:

—La hija de Ida fuma crack.

Lo juro por Dios. Eso fue exactamente lo que dijo.

Miré a Irene con expresión de *Voy a golpear a una persona mayor, me da igual.*

Entonces mi madre me dirigió una mirada superjodidamente de *No empieces Jessica.*

Y en mi cabeza, yo estaba como: *Genial, ahora eres normal, ma. Cuando se trata de mí, eres una loca regular.*

Cuando el taxi se detuvo, Irene y yo nos metimos atrás con la bebé. Mi madre se sentó adelante. Y utilicé a Julie y el asiento de bebé como zona intermedia entre Irene y yo, que comenzó a repartir pequeños chicles blancos y amarillos.

—¿Su marido no ha podido recogernos? —le preguntó a mi madre.

Tardé un segundo en darme cuenta de que se refería a Lou.

Miré a Irene y le dije:

—Ese no es mi marido. Es mi novio.

—Pero ustedes dos viven juntos, ¿no?

—Sí, Irene —dije—. Tenemos una hija.

Miró a mi madre y luego frunció el ceño.

—Si regalas la vaca, no puedes vender la leche.

—Irene, el dicho es al revés. Si regalas la leche, no puedes vender la vaca.

El taxista, Mario, resopló de risa, lo que enfureció a Irene.

—Sé lo que he dicho. Y es exactamente como quería decirlo —dijo ella. Y con eso se abrochó ruidosamente el cinturón de seguridad. Era la única en el carro que lo llevaba puesto.

Mi madre metió la mano por detrás para fingir que me daba un golpecito en la rodilla para poder pellizcarme, y como respeto a mis mayores, a pesar de querer matarlos, me quedé callada. Pero juré que la próxima vez que Irene decidiera ser bendecida con el Espíritu Santo y desmayarse durante una hora después de la iglesia, yo iba a pisar «accidentalmente» uno de sus jodidos dedos. La imaginé apartando la mano de debajo de mi pie mientras maldecía en la sagrada casa de Dios, y a mí diciendo: «¡Oh, qué rápido te ha abandonado el espíritu!».

CAPÍTULO 9

Nina

¿Por qué ibas a renunciar a meses de tu vida para vivir con un grupo de gente que estaba claramente jodida y que, como te enseñaron las temporadas pasadas, acabarían volviéndose en tu contra? Cierto, había algo de fama y atención en ello, tal vez. Eran chicas que querían que las vieran, chicas que habían jurado que nadie podría tocarlas, que nadie podría hacerles daño, chicas que decían más vale que tengas miedo cuando entre en la habitación, más vale que cuides tu jodida boca a mi alrededor. ¿Y a quién coño miras? Una breve búsqueda en Internet mostró que obtenían alquiler gratis y un poco de dinero en efectivo, pero ese dinero era el salario mínimo. Y a veces las mujeres eran ricas, así que no es que necesitaran el dinero. Dos o tres de las antiguas chicas de *Catfight* habían pasado a tener sus propios programas de telerrealidad, pero la mayoría desaparecía al terminar la temporada. ¿A dónde, me preguntaba, y explotarse en televisión para qué? Esos quince minutos de fama no podían haber justificado que te ridiculizaran así.

Este personaje de Ruby... había trabajado por poco tiempo como camarera en Los Ángeles. Había modelado para una marca barata de trajes de baño en 2006. No hablaba de tener familia, ni novios, ni hermanas o hermanos, ni hijos. Quería ser modelo. ¿O posiblemente cantante? Era difícil saberlo. Encontramos en Internet una cinta de su audición para *Catfight* y la reprodujimos una y otra vez, observando cada uno de sus movimientos, siguiendo cada tic verbal.

El vídeo comienza en el exterior del edificio de su antiguo apartamento. Alguien la está filmando mientras abre la puerta, aunque nunca llegamos a saber quién es. La persona enfoca los labios de Ruby y luego desplaza la cámara hacia los bordes de su camiseta de tirantes, hacia la línea desnuda entre la axila y el pecho. El dobladillo de sus pantalones cortos violetas se corta justo por encima de sus piernas.

Ruthy/Ruby se agacha para recogerse el pelo rojo en un moño, coloca los rizos sobre su cabeza para que parezcan estratégicamente fuera de lugar. Es algún momento de la tarde; el sol sigue brillando afuera, y se puede oír cuánto ha bebido desde que se despertó; el peso de aquello arrastra cada una de sus sílabas. «Bienvenidos a mi precioso apartamento», dice, pasando un brazo por las paredes vacías de la sala de estar.

La cámara se desplaza a un rincón con varias bolsas de basura de plástico negro llenas de ropa, arrugadas y brillantes como cucarachas aladas. El resto de la habitación está vacía, excepto por un puf en el que ella se sienta y golpea un cenicero en el suelo con un cigarrillo recién encendido cuyo humo se enrosca en las persianas torcidas de la ventana.

«Es broma», dice Ruthy/Ruby. «Vivo en la mierda».

Junto a su bonito tobillo, sin embargo, hay lo que parece un diario íntimo o una agenda grande con estrellas que explotan contra el cielo verde de la portada, como las pegatinas de Lisa Frank que solíamos rogar a nuestra madre que comprara, aunque no podía permitírselo.

—Es pobre —dije.

Jessica asintió en silencio.

No sé por qué me sorprendió tanto. Quizá no nos lo esperábamos de los episodios que veíamos una y otra vez; las mujeres lucían ropa de diseñadores caros, gastaban dinero en martinis de veinte dólares, se lanzaban billetes unas a otras mientras simulaban hacer un striptease.

Hasta entonces creo que no había pensado en Ruby como una persona real. Solo una especie de celebridad de reality show. Un producto de la imaginación de mi hermana. Su esperanza. Un sueño. Pero en poco más de una semana viajaríamos a Boston para ver a esta mujer en persona, un hecho para el que no me había preparado del todo. Y ahora Ruby parecía reconocible, como algunas de nuestras primas que habían abandonado la universidad y no encontraban trabajo. Como mi titi Ivette, a quien un día la policía encontró muerta, sola en su apartamento, después de que le diera un ataque y nadie estuviera allí para ayudarla. O como una versión exagerada y deformada de mi propio subempleo.

A continuación, la cámara siguió a Ruby hasta el dormitorio. En la repisa de la ventana, bajo las persianas torcidas, había una maceta de azaleas bien regada, cuidada y querida. Me imaginé cómo Ruby por la noche abriría la llave, llenaría de agua una taza de café y la vertería en la maceta antes de tumbarse en su cama sin sábanas, cansada de algún trabajo de salario mínimo.

«Y esta es mi cocina». Pequeña, oscura y sin ventanas. El espacio justo para estar de pie entre la puerta zumbona de la nevera y el horno manchado de grasa, el horno con el que Ruby choca accidentalmente. (¿O tal vez a propósito? Para conseguir un efecto dramático.) Su cadera presiona el dial de la estufa, lo gira lo suficiente como para encender la llama. Ruby se da la vuelta, sorprendida. «¿Lo ves?». Sonríe. «Por eso la gente me odia». Levanta las manos. «Porque no puedo hacer nada bien». Luego se ilumina con una risa fingida. «Pero también porque soy más guapa que ellos».

«¿Quién soy yo?». Ruby vuelve a sentarse en su puf. Cruza las piernas y sorbe una copa de vino como si la estuvieran entrevistando en *Oprah*. «¿Quieres saber lo que soy?». Descruza las piernas. Se inclina hacia adelante para mostrar su escote.

«Sí», dice el hombre detrás de la cámara. Es jodidamente siniestro.

Me vuelvo hacia Jessica.

—¿Por qué sigue riéndose así?

—Cállate —dice ella.

En el vídeo, Ruby pregunta: «¿Qué quieres saber?».

Fuera de la pantalla, el camarógrafo debe haber hecho algún movimiento obsceno porque ahora Ruthy/Ruby se ríe como un Teletubby del chiste.

—Ojalá dejara de reírse así —le digo a Jess.

—Cállate —vuelve a decir Jessica, embelesada por la audición, como si fuera ella la seducida.

Después de todos estos años, Ruthy sigue arreglándoselas para ser el centro de atención, incluso después de dejarnos.

Cada semana había un reto diferente en el que una de las mujeres podía ganar algún premio fastuoso: un bolso nuevo de Louis Vuitton, un collar de perlas de Tiffany, un viaje de compras valorado en dos mil dólares. Pero al final del episodio, solo una mujer podía conseguirlo. Y cada una de ellas tenía que maquinar y mentirles a las demás para ganar.

Por ejemplo, durante una búsqueda del tesoro, cada una de las mujeres recibía una pista única que nadie más poseía en la casa, lo que las obligaba a elegir una aliada con la que compartir su información. Algunas escogieron a una chica de su grupo, mientras que otras eligieron a propósito a mujeres que consideraban «demasiado estúpidas» para entender su pista, lo que generó una gran desconfianza. Para ganar, en última instancia, había que pisotear a la otra mujer, lo que me recordó el segundo año de universidad y haber conocido a la única otra chica puertorriqueña en el Departamento de Biología y la mirada de odio en su cara cuando me presenté.

Ariel, la chica del Bronx, ganó ese reto. Y al final del episodio se la veía sentada sola en su tocador, borracha, acariciando con los dedos el collar de perlas de cinco mil dólares que rodeaba su hermoso cuello.

Inexplicablemente, lloraba.

En otro episodio, un grupo de hombres fundamentalistas cristianos se reúnen alrededor del Catfight Condo con carteles de Jesús es el Rey.

Uno grita a través de un megáfono: «Zorras y rameras, van a ir al infierno. Al infierno. Al infierno. Al infierno. Al infierno. Al infierno».

Ruby se enciende. Grita por la ventana: «¡No, papi, nos vamos al club!».

Cuando Gem baja allí, uno de los viejos intenta chocar los pechos con ella. La llama lesbiana. Una perra bollera, para ser más exactos, y todas las chicas de la casa se le echan encima, lívidas.

«Quítale las manos de encima, hijo de puta». Le arrancan el cartel del cuello, le pisotean el megáfono y le rompen la camisa.

Una vez que está en el suelo, Ariel se acerca a él y le dice con mucha calma: «Tú no nos tocas. No nos tocas, ¡jamás! ¿Lo entiendes?».

A las dos de la madrugada, la cámara nocturna hace que los ojos de Gem brillen en la oscuridad, y se oye a las otras chicas roncar en sus camas. Gem mira a un lado y a otro para asegurarse de que tanto Ariel como Lulú siguen dormidas, luego se arrastra hasta el otro dormitorio y despierta a McKayla. «Escucha, cállate», susurra Gem, y pone una mano sobre la boca de McKayla. «Tengo una idea, pero tienes que callarte».

Con la mano de Gem aún sobre su boca, McKayla asiente con la cabeza.

«¿De verdad quieres vengarte de Ruby? ¿O vas a seguir dejando que la gente se meta contigo?».

McKayla mira a Gem con los ojos entrecerrados. Aquellas preguntas eran simultáneamente un insulto y un juego de poder. Sin embargo, McKayla asiente. Necesita una aliada en la casa, de lo contrario solo pasarán días antes de que la echen. De hecho, tendrá suerte si consigue llegar al fin de semana.

«Muy bien, perra, levántate entonces. Tenemos cosas que hacer», dice Gem.

En silencio, las dos se arrastran por la puerta sobre sus manos y rodillas, a través de un largo pasillo rosado hasta el vestidor donde a cada chica se le asigna un tocador. Ya solas, se levantan y caminan hacia el de Ruby, que está decorado con varias versiones de la bandera de Puerto Rico, viejos selfies, un pequeño póster de la portada del álbum *La Yi Yi Yi* de La Lupe y una foto de La India con su larga melena negra hacia un lado de la cara.

El tocador está lleno de pequeños frascos de perfume, un bote dorado con forma de corazón de brochas de maquillaje moradas y un gran envase de gel de control de contornos hecho con aceite de oliva. Ruby está tan obsesionada con su maquillaje que las chicas nunca le han visto la cara sin maquillar. Se acuesta maquillada y por la mañana se escabulle al cuarto de baño para lavarse y volver a aplicarse el pintalabios, la base y el rímel de pestañas en privado, lo que hace reír a algunas de las chicas (incluso a Ariel): «¿A qué hora creen que se levanta todas las mañanas para ponérselo?».

Gem desliza la mano por cada uno de los objetos de Ruby como si los maldijera, mientras suena un acorde disonante de fondo. Toma un frasco de base de maquillaje de cincuenta dólares, desenrosca la tapa y escupe dentro. Después, Gem le pasa el frasco a McKayla, que se marcha al cuarto de baño y vuelve con un poco de Windex, que simula verter en el maquillaje mientras la música maligna se intensifica.

Pero en un momento sorprendente, Gem extiende la mano para detener a McKayla y le dice: «No, eso es demasiado».

Eso pasaba a veces.

El verdadero yo de las chicas se abría paso a través de la fachada que habían construido para participar en la audición, lo que me hacía preguntarme: ¿Existía un universo alternativo en el que todas estas chicas eran en realidad amigas, coconspiradoras, en el que de hecho ellas se burlaban de nosotros, los espectadores sentados sobre nuestros aburridos traseros en casa? Entre bastidores, fuera de cámara, ¿se reía Ruby a carcajadas con Gem y la chica de la sororidad como si fueran chicas de su casa, riéndose de cómo los fans de *Catfight* se volverían locos al día siguiente viendo a Ruby sumergir uno de sus dedos en la base de maquillaje estropeada y salpicar el maquillaje rancio bajo sus ojos?

Era posible. Pensé en mi sorpresa de niña de seis años cuando Jess me reveló que la lucha libre de Hulk Hogan era falsa, esos hombres engrasados dando vueltas por el escenario, flexionando sus músculos anaranjados, los brazos extendidos, las palmas hacia arriba como profetas, la saliva que les salía por la boca, arrancándose los trajes (ahora parece tan obvio, pero entonces...): falso, todo era falso. Y la verdadera rabia, la única emoción real, pertenecía al público que gritaba.

¿De quién era la idea de coreografiar semejante violencia entre esas mujeres? ¿Quién estaba realmente al mando, y por qué yo no podía dejar de mirar?

CAPÍTULO 10

Dolores

En primer lugar, querido Señor, quiero decirte que lo siento, porque no he rezado en toda una larga y oscura semana, porque dejé que la duda se colara en mi corazón. Lo sé, a veces permito que mis propios deseos se sobrepongan a los tuyos, y pierdo la paciencia, como pasó con Yesenia, la hija de Altagracia, ya sabes quién es, la que no tiene ni idea de lo que está pasando, aquel día que vino al taller de padres después del culto y puso esa porquería de bolso en mi asiento mientras yo hacía el café, que por cierto ni siquiera era mi trabajo, pero ya sabes cómo va esa mierda. Si yo no hago el café, olvídate, nadie más va a hacerlo.

Así es como funciona la iglesia ahora, desde que pusieron a ese pastor bebé Richie al frente del púlpito. Y tú ya conoces mi corazón, querido Señor, y no te cuestiono, pero sí me pregunto en qué estás pensando al enviar a un niño de veintiocho años a tratar con una congregación de mujeres lo suficientemente mayores como para ser sus abuelas.

Todavía recuerdo a Richie cuando tenía diez años y cómo tuve que intervenir cuando un par de estudiantes de secundaria intentaron asaltarlo en una parada de autobús por su Game Boy.

Buen chico.

Muy buen chico.

Excelentes padres.

Pero dime, ¿qué tipo de guía espiritual se supone que debo esperar de un joven así? Es como pedirle a un niño de cinco años que te haga la declaración de los impuestos. No hay ningún orden en la iglesia en este momento. Este prepara las congas demasiado pronto, aquel quiere acaparar el micrófono durante el canto y la alabanza, y dos de las mujeres del coro empezaron a discutir en versículos bíblicos sobre a quién le tocaba cantar el solo. La señora López, directora del coro, prácticamente gritaba por toda la iglesia: «El amor es paciente y bondadoso... no insiste en sus propios caminos». Luego la señora Ruiz, enderezándose desde el piano: «Amén, lo es. Pero algunos buscamos nuestros propios intereses y no el camino de Jesucristo». Y así siguieron, hablando como galletas de la fortuna, mientras Richie se queda parado con cara de estar a punto de llorar.

Ese pobre chico no tiene la menor posibilidad.

El otro día, oí a una de las mujeres más jóvenes, Marisol, decirle: «Oh, no te preocupes, Richie. Dolores se encargará». ¿Escuchaste eso? El maldito descaro de esa mujer.

¿Y sabes qué le dice Richie a Marisol? «Está bien».

Como si yo fuera la jodida madre de todo el mundo.

Todo esto es para decir, Dios, perdóname por cuestionar tu gran designio, pero solo me pregunto por qué tenemos que recurrir al trabajo infantil cuando ya sabes que estamos en recesión y hay un montón de otros adultos cualificados que necesitan trabajo.

La cuestión es que no me importaba hacer el café, pero al menos de vez en cuando pueden conseguir a alguien que limpie la cafetera en lugar de dejarla ahí a oscuras por la noche en el fregadero con Dios sabe qué moho creciendo en ese jabón negro y agua. Asqueroso. Quiero decir, tú ya sabes que yo no juzgo —a cada quien lo suyo—, pero al menos esta gente debería tener algún tipo de respeto en la iglesia, suficiente decencia para mantener limpia la cocina de Dios, ¿verdad? Puedes imaginarte cómo son los fregaderos de estas personas en sus casas, los diversos tipos de animales que crecen en sus desagües.

Bueno, supongo que no tienes que imaginártelo porque eres Dios, pero ya me entiendes.

Tardé quince minutos en darle un buen repaso a la olla, y después de que el café se comenzara a colar, volví al pequeño círculo de sillas tamaño kindergarten de la sala de recreo para sentarme. Pero Yesenia había colocado su feo bolso marrón y rosado encima de mi asiento mientras iba al baño.

Lo cual no es gran cosa.

Está bien.

¿Cómo podía saber que era mi asiento?

No soy vengativa. Así que, esto es lo que hice. Aplaudí para llamar la atención de las señoras que seguían hablando en el círculo. Y luego, muy suavemente, desplacé el bolso de Yesenia al suelo, que, por cierto, acababa de aspirar. Te prometo, Señor, que no pretendía nada con ello. El suelo estaba limpio. Pero también: ¿Dónde coño más iba a sentarme? ¿En la alfombra de alfabeto? ¿O tal vez Yesenia esperaba que me quedara allí de pie mientras su bolso se apoyaba en mi asiento y recuperaba el aliento?

Miró su bolso en el suelo, luego me miró y me dijo: «¿Podrías no tocar mis cosas?».

Pendeja. Yo también estuve a punto de decirle: si dedicaras más tiempo a cuidar de tu propio hijo que a preocuparte por tu estúpido bolso, entonces, para empezar, quizá la ciudad no te exigiría que fueras a Crianza Correcta.

Por lo que rápidamente me sentí mal.

Quiero decir, lo entiendo.

Es molesto.

Créeme. Sé que muchas de esas mujeres jóvenes en mi taller sintieron esta profunda y terrible vergüenza cuando ACS las envió a mí. Pero no es necesaria esa recargada actitud. Quería apartar a Yesenia y decirle: «Esto no es culpa mía, cariño. Yo no soy la razón por la que estás aquí».

Y también: «¿Cómo dejaste que Elijah faltara veintitrés días a la escuela?». Veintitrés días, y aún no era noviembre. En lugar de ir a clase, el chico se montaba en el S46 y pasaba por la parada de la escuela, se bajaba en Castleton y caminaba hasta aquel McDonald's de la avenida Forest. Luego, cuando la escuela llamó a Yesenia a su trabajo y la hizo ir a la oficina, golpeó al niño allí mismo, delante de la directora.

Supongo que eso lo entiendo. Créeme, sé que es frustrante. Sin embargo, ella debería haber sabido que no debía abofetear al chico en la escuela. Tienes que disciplinarlo en casa, no delante de la gente blanca; la mayoría de ellos ni siquiera tienen hijos y te hablarán durante una hora sobre usar la técnica de tiempo fuera como disciplina.

Quiero decir, simpatizo con la chica. La comprendo. Estás ahí sentada en ese despacho, crees que estás haciendo lo correcto, que vas a darle un susto de muerte al niño y a avergonzarlo para recordarle que solo tiene once años y que tú eres la madre. Tú mandas. Estás furiosa con el niño por mentirte, furiosa con la escuela por obligarte a dejar el trabajo, furiosa con tu jefe por hacerte pasar un mal rato cuando le pediste el resto del día libre, furiosa con la directora por estar allí sentada mientras sonríe incómoda y juzga y asiente con la cabeza como un robot.

Pero, al fin y al cabo, no es para tanto.

Lo único que tenía que hacer esta chica era asistir a Crianza Correcta una vez a la semana durante un mes. No es que ACS se estuviera llevando al niño, y, para ser sinceros, a Yesenia le vendría bien un poco de ayuda para criar a un niño de once años a los veinticinco. Dio a luz cuando ella misma era una bebé de catorce años.

No es fácil. Sobre todo ahora.

Recuerdo cuando tenía veinticinco años e intentaba sobrevivir con mis tres hijas. Muchas de mis madres acuden a mí, apenas si llegan a los treinta años, pensando que no las entiendo.

Pero siempre se lo digo enseguida: «He estado en sus zapatos. Sé lo que se siente trabajar cincuenta, sesenta horas a la semana con el salario mínimo, tener que dejar de pagar la factura de la luz un mes para poder comprar una MetroCard para ir al trabajo. Cómo a veces ni siquiera hay suficiente para el transporte, así que te pones los tenis y caminas esa larga y calurosa milla hasta casa». Y al principio, no quieren estar en ese taller conmigo. ¿Creen que no lo sé?

Pero por lo general, después de que todo termina, las chicas siempre se acercan a mí y dicen: «¿Sabe qué? Gracias, señora D. Aprendí mucho».

Lo cual aprecio. A veces parece que te levantas por la mañana y no sabes por qué.

Supongo que, si tuviera que ser honesta, querido Señor, la razón por la que estoy tan frustrada con Yesenia es porque conozco a esta chica desde que era prácticamente una bebé, ocho años. Iba a la escuela con mis hijas, incluso venía a casa todas las semanas a jugar. Y siempre supe que la niña tenía problemas en casa, así que le dejé claro a mis hijas que siempre era bienvenida. Cuando no había suficiente para comer en su casa, yo le daba de comer. Una vez incluso la llevé de compras con Ruthy y Nina y le compré un par de zapatos nuevos para el regreso a clases.

Así que cuando se sentó allí y me puso esa actitud de mierda, quizá me puse un poco sensible, porque mi primer instinto fue darme la vuelta y decirle: «Sé que me has puesto los ojos en blanco, niña». Pero en vez de eso, decidí dejarlo pasar y perdonar.

Como el Señor me perdonó a mí.

Me senté a su lado. Sonreí. Le di una palmadita en la mano. Y cuando apartó el brazo, la ignoré. Yesenia acercó su silla al cesto azul de peluches que guardábamos para los niños. Y dije:

—Muy bien, comencemos.

Pero ella se dio la vuelta en su asiento, recogió su bolso del suelo, me miró, Señor, y continuó:

—¿Sabes cuánto cuesta esto?

Veinte años mayor que esta chica. Yo podría ser su madre. De hecho, conozco a su madre muy, muy bien. Nuestras familias se conocieron en la isla desde hace mucho tiempo. ¿Pero crees que ella tiene algún respeto por eso? ¿Crees que una chica así sabe algo de historia?

Si una de mis hijas hubiera estado allí para verlo, olvídate, Jessica le habría dado una paliza allí mismo, en la sala de recreo de la iglesia, y yo habría tenido que arrastrar a mi propia hija más allá del púlpito, fuera del edificio, por los pelos. Y aquí es donde te confieso y te pido perdón, querido Señor, porque yo también quise abofetear a Yesenia.

Te pido perdón.

Pero es verdad.

Perdóname.

Fui vengativa. Cuando hicimos una pausa de quince minutos en el taller, y todo el mundo entró en la cafetería, comencé a servir café a todas las mujeres. *Verónica, aquí tienes. ¿Maribella, no quieres azúcar? Oh, ok, nena, te veo con ese Sweet'n Low.* Sin embargo, no le ofrecí una taza a Yesenia. Y como uno de los miembros fundadores de Mujeres de Cristo e instructora certificada por el estado para la Crianza Correcta, tal vez debería haber sido un poco más cristiana.

Y no es mucho más joven que Jessica (que ya sé, ya sé, no

siempre va a la iglesia, pero mi hija tiene ahora a la bebé, y a veces se enfada un poco. Es mucho para ella, ¿entiendes?).

Quiero decir, por supuesto que ya lo sabes.

Obviamente, porque eres Dios, pero solo quería recordártelo.

No es que necesites que te lo recuerden.

Es solo que, no sé, he perdido mucho. Y a veces me pregunto si estás prestando atención a lo que está pasando aquí abajo.

En el siguiente taller para padres, Yesenia entró en la sala de recreo jadeando y resoplando. Y cuando se sentó, su abrigo azul acolchonado exhalaba olor a hierba, lo que me puso en un aprieto, Señor. Digamos que ignoro algo así y dejo pasar a Yesenia; ¿qué pasa si alguna de las otras chicas decide venir borracha la semana que viene, porque piensa que la señorita D. es una imbécil? ¿O tal vez decidieran faltar a clase, irse antes o llegar tarde?

Es un terreno resbaladizo. Y una parte de mí quería pedirle a Yesenia que se fuera, pero otra parte de mí también sentía que enviarla a casa podría ser una oportunidad perdida. Como siempre nos dicen, no hay santo sin pasado, ni pecador sin futuro. ¿Quién soy yo? ¿Para juzgar inmediatamente?

Eso es lo que no te dicen cuando te sacas la licencia de instructor de padres, que todo es frágil con este tipo de trabajo. Puedes perder la confianza o el respeto de una de estas chicas si la miras mal.

Así que ignoré todo eso. Comencé a enseñar. Cuando repasé las actividades de «Mamá y yo», me aseguré de escoger antes que nadie a Yesenia. De elogiarla por su respuesta. Y al final de la clase, la paré y le dije:

—Un segundo, Yesenia.

Hizo una pausa, pero no dijo nada, solo miró su teléfono sin asentir. Se quedó allí de pie mientras firmaba las últimas hojas de asistencia de las chicas.

Cuando todas se fueron, me volví hacia Yesenia y le dije que se sentara.

Sonrió nerviosa y se apretó en uno de los asientos de la guardería, porque sin público, Yesenia era el tipo de mujer que volvía a convertirse en una niña pequeña. No sabía qué hacer con la cara más que girarla de un lado a otro, hasta que finalmente se quedó mirando el pintalabios que había dejado en la tapa de plástico blanco de su taza de café.

—¿Cómo estás, cariño? —le pregunté.

Ella fingió una sonrisa demasiado amplia.

—Estoy bien, señora D. —Y no sabría decir si esa falsedad era más de nervios o de desafío. Entonces—: Solo necesito alcanzar este autobús, señora D. Lo siento mucho, tengo que irme.

—Está bien —le dije—. ¿Seguro que todo está bien?

Y fue entonces cuando toda su cara se descompuso. Le tembló la barbilla y dijo:

—Anoche la bebé no paraba de llorar.

Pronto el rímel se deslizó por sus mejillas.

—Está bien, cariño —le dije.

—Y cuando le pedí ayuda a Elijah, todo lo que decía era «Quiero ir con mi papá». «¿Qué papá?», le dije. «No tienes padre. Solo me tienes a mí». Y señora D., era como si me odiara aún más por decir eso.

Le pasé unos Kleenex de mi bolso.

—Lo sé. Lo sé, pequeña.

—Elijah me dice, ya ni siquiera quiero estar aquí.

—Y tú eres la que realmente está haciendo todo. No se dan cuenta.

Ella puso la cara entre sus manos.

—Estoy tan cansada de esta mierda.

—Oh, lo sé, cariño. —Y cuando la abracé, empezó a llorar

tanto que sus palabras se convirtieron en papilla. Lo cual estaba bien. Yo había estado en sus zapatos.

Ya sabía lo que estaba tratando de decir.

Llegué pronto a la iglesia para dar clase y coloqué las pequeñas sillas azules de la guardería en círculo. El cielo estaba oscuro cuando comenzó la clase y había empezado a llover. Las luces de los automóviles se empañaban contra la ventana cuando las mujeres entraban en el estacionamiento.

Diez minutos más tarde, la sala estaba llena de jóvenes mamás, sentadas en sus pequeñas sillas azules, los muslos de las mujeres demasiado grandes para sus asientos, y todas ellas guapas. Algunas de las más estudiosas tenían libretas, sus formularios en blanco listos para que los firmara y los entregara a los supervisores de sus casos.

Pero Yesenia no.

Miré el reloj. Solo pasaban tres minutos después de las seis, así que decidí darle otros cinco. Me tomé mi tiempo para servirles café a todas. Preguntarle a Verónica por su día. Pero pronto eran casi las 6:15, y no tuve elección. Las mujeres empezaron a mirarme como diciendo: *¿Cuándo vamos a empezar?*

A veces pasa esto.

Una de las madres se enferma o hay una emergencia, en cuyo caso, hago que la alumna recupere la clase quedando conmigo otro día. Así que decidí que simplemente concertaría otra hora para que Yesenia y yo nos reuniéramos. Pero entonces llegó, cuarenta y tres minutos tarde, y justo en medio de mi clase sobre el establecimiento de límites. Cerró la puerta del aula con fuerza.

—¡Lo siento chicas, he perdido el autobús!

Luego se echó a reír y le susurró a Verónica al oído mientras se sentaba.

Dejé de hablar y me crucé de brazos.

Verónica, la ecuatoriana callada que estaba aquí porque su hija seguía escapándose, era demasiado tímida para decirle a Yesenia que se callara. No dejaba de sonreír y luego volvía la cara en mi dirección, como diciendo: *Estoy aquí. Lo siento, señora D. La escucho.*

Cuando Verónica terminó de responder, Yesenia miró alrededor de la habitación a todas las chicas antes de posar su mirada en mí.

—¿Qué?

Me senté, crucé las manos sobre el escritorio y luego miré mi reloj.

—Por desgracia, Yesenia, voy a tener que pedirte que te vayas.

—¿Que me vaya? —Echó la cabeza hacia atrás—. ¿Me estás tomando el pelo, coño? Es una broma, ¿verdad?

Tenía las mejillas sonrojadas por el frío, pero también se le veía una fina capa de sudor en la frente, quizá por haber corrido.

—Cuidado con lo que dices —le dije.

—Vale, como quieras. He venido hasta Stapleton desde Mariners Harbor, ¿vale? Esperé al S48 durante veinte minutos y tardé otros cuarenta en llegar aquí. ¿Me estás diciendo que acabo de malgastar dos dólares en el autobús sin ninguna puta razón?

Me quedé mirándola. He tenido chicas que me han contestado antes. Soy consciente de que el secreto está en no ponerse nerviosa. No puedes dejar que esa mierda te perturbe. Así que mantuve la calma.

—Como te he dicho antes y se indica en tu contrato, no debes llegar más de quince minutos tarde o de lo contrario se te contará como ausencia.

Y no es que no lo sintiera por la chica, pero si no soy lo bastante estricta, nunca aprenderá. Peor aún, a las otras chicas se les empezarán a meter ideas en la cabeza: llegar tarde, fumar antes de clase, aprovecharse.

Yesenia puso los ojos en blanco.

—Me da igual. No me voy a ir. Me quedo aquí, así que mejor que empieces a dar clase.

Lo que me obligó a actuar.

—Te lo voy a decir una vez más, amablemente. Y si tengo que pedirlo una tercera vez, no seré tan amable —le dije.

—¿O qué? ¿Qué carajo vas a hacer, vieja?

Entonces se levantó de su asiento con el pecho henchido.

Me volví hacia el resto del grupo.

—Señoras, vamos a tener que cancelar esta clase… si los encargados de sus casos hacen alguna pregunta, díganles que no duden en…

Pero no, Yesenia tenía que seguir. La chica se me acercó.

—No vas a cancelar la clase. Gasté dos dólares y más de una hora en llegar aquí. Así que mejor que me *fucking* enseñes.

Aun así, la ignoré. Me aparté de ella y les hice un gesto con la mano a las chicas.

—Las veré a todas la semana que viene.

—De todas formas, ni siquiera sé por qué te tienen dando estos puñeteros talleres —dijo, agarrando su bolso con tanta violencia del asiento que le dio un latigazo en la espalda.

—Te dije adiós, Yesenia. —Me aparté de ella y comencé a recoger mis libros—. Y que sepas que esta noche me pondré en contacto con el encargado de tu caso. No lo olvides.

—¡Qué chiste! Le pegabas a Ruthy más fuerte de lo que yo he tocado a Elías —dijo. Y entonces, antes de que pudiera darme cuenta, estaba a tres pulgadas de su cara—. Sí. Crees que no me acuerdo de esa mierda, señora D. Aquella vez que Ruthy vino con una falda corta a la escuela intermedia y la arrastraste hasta el patio y la abofeteaste allí mismo, delante del carro.

—Será mejor que cuides lo que dices —dije.

—Todos ustedes. Tú y Jess siempre me miraban por encima del hombro. Siempre pensaste que eras mucho mejor, como si yo no hubiera perdido algo también cuando ella se fue. Pero yo también quería a Ruthy.

—Basta, Yesenia. Dije basta.

Pero no, Dios, ella tenía que seguir insistiendo.

—De todos modos, ¿qué sabes tú de ser madre? —Se echó a reír—. Increíble. Esta jodida ciudad te manda a enseñarme a ser madre. Y tu propia hija huyó de ti.

Un trozo de su saliva aterrizó en mi cara. A propósito, Señor, te lo digo, fue a propósito. Lo juro por todo y por todos los que amo. Y ahí fue cuando me lancé sobre ella. Primero su cara, y luego cuando se agachó para escapar de mis manos, golpeé su espalda. Y fue necesario que Verónica y Maribella me sacaran de allí, para impedir que le diera a Yesenia la lección que su madre debería haberle dado.

Más tarde, esa misma semana, en la oficina, las manos del pastor Richie temblaban mientras me acercaba el asiento.

—Señora Dolores, usted siempre ha hecho mucho por nosotros. Siempre.

Me sentí mal por él. Así que traté de hacerlo más fácil.

—Sí. —Sonreí y asentí para animarlo a continuar.

—Le agradecemos todo lo que hace por la iglesia.

Y volví a recordar cuando los chicos intentaron saltarle encima por el Game Boy, cómo yo había salido, les había gritado y había tirado de él para meterlo en la casa. Se sentó en el asiento y se puso colorado, insistía en que aquellos chicos de diecisiete años solo querían tomar prestado el juguete.

«Entonces, ¿qué tienes en la frente?», le había preguntado, señalando el magullón que se le levantaba por encima de la ceja.

«Eso no es nada», me había dicho. «Eso es de antes».

Así que traté de no herirle el orgullo y fingí que le creía. «No les prestes un carajo a esos chicos, nunca más. ¿Me oyes, Richie?». Luego llamé a su madre para que lo recogiera.

Ahora, dieciocho años después, aquí estaba, sonrojándose frente a mí otra vez.

—Lo sé, Richie. No pasa nada. Lo entiendo. —Es solo un bebé, después de todo.

—Gracias, señora Dolores. No sabe lo difícil que es esto.

—Lo sé —le dije.

Porque sé mejor que nadie lo duro que es.

De vuelta a casa, llamé a Jessica y le expliqué que Richie me había destituido como líder de Mujeres de Cristo y me había despedido de la enseñanza de Crianza Correcta, porque prefería que lo supiera por mi boca y no por la de nadie más. Quería evitarle esa vergüenza.

—¿Qué? —Jessica gritó por teléfono en el estacionamiento del centro comercial, donde esperaba a Lou—. ¿Te han estado chupando trabajo gratis los últimos dos años y Richie te va a despedir? Lárgate de esta mierda.

—Jessica —dije.

—Yesenia tiene suerte de que no estuviera allí. Habría noqueado a esa perra, de verdad.

—Esa boca —dije, arrepintiéndome ya. Nunca debí decírselo. Ahora sí que no puedo llevarla a la iglesia—. Además, no es su culpa —dije—. Es culpa mía. No quiero que te acerques a ella para nada, Jessica. ¿Me oyes?

—Ma.

—¿Me oyes, Jessica?

—Está bien, pero si la perra intenta...

—Jessica. Déjala en paz. ¿Me oyes? —le pregunté—. Déjalo de una puñetera vez.

—Está bien, está bien, mamá. Mira, Lou está aquí. Me tengo que ir. Hablemos de eso más tarde, ¿vale?

—De acuerdo, cariño, te quiero.

Cuando colgó, les di una buena limpieza a la cocina y al baño. Me duché y después me subí a la balanza. Miré el dial deslizarse a 155, luego 160, luego 198 libras.

Cuando Nina llegó a casa esa noche me encontró haciendo ejercicio, practicando mis movimientos de lucha de las *Guerreras cristianas*, con solo el televisor brillando en la oscuridad.

—Mamá, ¿qué haces? —me preguntó, tirando las llaves y el bolso sobre la encimera—. Mamá, ¿qué pasa?

Se puso a mi lado y miró a la mujer del televisor, que practicaba una patada frontal. La mujer levantó los puños, levantó la pierna, dobló los dedos hacia arriba y golpeó a un hombre de mentira en la rodilla con la punta del pie. En las dos últimas semanas había mejorado mi centro de gravedad, de modo que cuando daba una patada a mi propio atacante imaginario, no perdía el equilibrio en absoluto.

Nina me observaba.

«De nuevo, tienes que golpear con la planta del pie», explicó la mujer.

La planta del pie.

Nina levantó la rodilla derecha para imitar lo que ocurría en la pantalla; la luz del televisor parpadeaba contra nuestros cuerpos. Luego extendió la pierna y pateó con todas sus fuerzas.

Cuando tropezó hacia delante, la ayudé.

Le corregí la postura.

Le enseñé en la oscuridad.

CAPÍTULO 11

Ruthy

En la clase de Inglés, después de hablar sobre Las aventuras de Huckleberry Finn, Ruthy tiene la tarea de escribir una historia sobre su vida. Empieza de la única manera que sabe: «Érase una vez una chica llamada Ruthy».

Luego lo tacha.

Estúpida.

Arranca el papel de su cuaderno y lo arruga, lo que hace que el maestro de Inglés, el señor Hernández, le diga en español:

—Pórtate bien.

Ruthy pone los ojos en blanco, pero no se atreve a decir nada. Él fue a la escuela con su madre en su época, así que una palabra de Hernández a su madre y habrá castigos de proporciones bíblicas.

Toma el lápiz y vuelve a comenzar: «Érase una vez una chica llamada Ruthy. Era pelirroja, tenía dos hermanas y le gustaba correr, porque era buena corriendo».

Ruthy borra la última parte de la frase y la sustituye por: «era muy buena». Luego se queda mirando las palabras de la página.

Esta vez todo suena aburrido. ¿A quién le importa una chica puertorriqueña de Staten Island en el equipo de atletismo? ¿A quién le importa su madre, sus hermanas o su padre?

En lugar de eso, escribe: «Érase una vez una chica llamada Ruthy que tenía una amiga llamada Yesenia».

Ruthy se queda mirando el nombre de Yesenia escrito, la realidad de sus bucles y la suavidad con la que ha dibujado la palabra en la página. ¿Y si alguien ve el nombre de Yesenia ahí, grabado dentro de su carpeta? ¿Qué pensamientos estúpidos tendrían si alguien pasara por allí y viera la palabra *Yesenia* escrita con la letra redondeada de Ruthy?

¿Y si todos pensaban que era rara? ¿Y si se echaban a reír? Así que Ruthy arrastra rápidamente el lápiz de un lado a otro del papel para borrar el nombre de Yesenia de la hoja suelta. Al hacerlo, el papel se rompe y el señor Hernández se acerca a ella y le dice: «Ruthy, seguro que no está tan mal».

Desde donde ella está sentada, puede ver dónde él se ha cortado varias veces al afeitarse, la afilada barba negra debajo de la barbilla. Ruthy da la vuelta al papel para que él no pueda leerlo.

—Venga. Déjame ver. —Hernández se arrodilla junto a Ruthy y coloca la mano izquierda sobre el papel. Su sortija de matrimonio es demasiado pequeña. Apenas le llega por debajo del nudillo izquierdo. Luego intenta deslizar su historia lejos de ella.

—Déjame verlo —dice Hernández en español, porque a veces piensa que hablar así con Ruthy tiene algún tipo de poder especial.

Pero no es así.

Nada tiene poder sobre Ruthy.

Ella arranca el papel de debajo de la mano de Hernández y lo rompe por la mitad y no para de romperlo, hasta que nadie pueda leer nunca las palabras de la página. No.

Nadie podrá leer su historia.

—Ruthy —Hernández levanta la voz—. Ya basta.
Nadie.

* * *

Más tarde, en la clase de Matemáticas, la maestra O'Brien está de pie al frente del aula, junto a la pizarra y lo que parece un mapa de los Estados Unidos de hace quince años. La esquina superior izquierda de cartón del mapa se ha despegado completamente de la pizarra y cae doblada hacia el suelo mientras la maestra repite una y otra vez:

—¿Ruthy? ¿Ruthy Ramírez? ¿Hay alguna Ruthy Ramírez aquí? ¿Dónde está Ruthy Ramírez?

Ruthy está sentada justo delante de la maestra, en un grupo de pupitres que O'Brien ha denominado el Equipo Rojo. Ruthy pone los ojos en blanco y decide quedarse allí sentada viendo cómo O'Brien pregunta una y otra vez, mientras todos en la clase se ríen.

Hasta que Yesenia la delata.

—Está sentada ahí mismo.

Traidora.

La maestra de Matemáticas dirige su atención a Ruthy, arruga la cara y dice:

—Ja. Muy gracioso.

—Ja —dice Ruthy, imitando el acento nasal isleño de la profesora—. Quizá ahora se acuerde de mí.

Y O'Brien no se atreve a responder.

En la clase de Destrezas para la Vida (la favorita de Ruthy) dividen a todo el mundo en dos grupos: los chicos por un lado y las chicas por otro. La maestra Ellen y el maestro Andrew son los tutores de la clase y hacen que todo el mundo los llame por su nombre de pila.

Pero en realidad no son maestros. Son maestros-estudiantes.

«¡Estudiantes como ustedes!», dicen siempre, súper cursis y al unísono. Pero a Ruthy le caen bien.

Juntos forman una extraña pareja. La maestra Ellen es de Trinidad y lleva el pelo recogido en largas trenzas que casi le llegan a la cintura. Todos los días se pinta los labios de rojo vivo y se pone unos pendientes de aro. Ruthy desearía parecerse a ella. El maestro Andrew es blanco y viene a clase siempre con la misma polvorienta sudadera de los Mets y pantalones cargo caqui.

Cuando Ruthy entra en clase, ve que Devante ha acorralado al maestro Andrew con:

—O sea, tengo un amigo que está en sexto grado, pero es muy alto, así que parece mucho mayor. Está saliendo con una chica de escuela superior, que no sabe que él está en sexto grado, y el fin de semana conseguimos que nos lleve a ver una película PG-13.

Durante la Charla de Chicas de octavo grado, la maestra Ellen hace que todas las chicas escriban preguntas y las metan en un sombrero, que luego se van pasando. Cada chica rebusca entre los trozos de hojas sueltas dobladas y selecciona una pregunta para responder, para debatir las diferentes cuestiones filosóficas importantes de la vida en octavo, como, por ejemplo: «Supón que tienes una vecina que es tu mejor amiga y empieza a salir con tu otra mejor amiga sin ti, ¿te enfadarías?».

—Definitivamente. Ellas saben que lo que están haciendo está mal —dice Lourdes, una de las chicas. Lourdes que tiene cuatro mejores amigas que le tienen pánico.

Cuando Yesenia elige su pregunta, le sale: «¿Cómo puedes saber que le gustas a un chico?».

Inmediatamente, todo el mundo suelta una risita como si esta pregunta tuviera que ser graciosa.

—No sé —dice Yesenia—. Si se burla de ti. Si te empuja.

—Porque a Yesenia ahora le gusta fingir que es más tonta de lo que es.

A la maestra no le gusta esta respuesta. Incluso parece un poco preocupada. Ruthy se da cuenta, porque cuando está nerviosa, la maestra Ellen siempre parpadea y sonríe. Cuanto más en desacuerdo está contigo, más rápido asiente con la cabeza.

—Oh —dice la maestra—. Es una forma interesante de verlo. —Mueve la cabeza arriba y abajo—. ¿Todo el mundo piensa así?

Las chicas empiezan a discutir, comparando a los diferentes chicos que las han cortejado, turnándose para deconstruir sus intenciones, mientras Ruthy se queda sentada y resopla, hasta que la maestra Ellen dice:

—A ver, Ruthy, ¿cuál es tu opinión sobre esto? —Porque así es como ella les habla, como si fueran importantes.

Ruthy mira a Yesenia y dice:

—Creo que esto es una estupidez. —Luego se arrepiente automáticamente cuando vuelve a mirar la cara de la maestra y nota cómo su mejilla se crispa como si Ruthy le hubiera levantado la mano.

Cuando llega el turno de Lydia, elige la pregunta: «¿Cómo le demuestras a un chico que te gusta?».

De nuevo, todas las chicas empiezan a reírse como si fuera lo más gracioso que hubieran oído en su vida. Ruthy se queda callada intentando averiguar en qué momento exacto este grupo de chicas que conoce desde sexto grado decidió volverse tan cursi. Las mismas que antes teñían el pelo de sus Barbies de azul, morado y rojo, que les amputaban las extremidades y las hacían luchar. Las mismas chicas que una vez rodearon a Anthony Delgado y lo tiraron al suelo y le dieron una patada en el estómago después de que él golpeara a Olivia Wright en la cara con una pelota de baloncesto a propósito. Estas chicas, ahora, lo único que saben hacer es reírse.

Lydia responde parpadeando y llevándose la parte superior de ambas manos con las uñas arregladas a la barbilla para mostrar sus nuevos acrílicos azules.

—Le sonrío —dice—, como si yo fuera el Grinch.

Cuando llega el turno de la pequeña Lucy, coge tímidamente un papelito del sombrero de copa de la maestra Ellen y se esfuerza por leer la pregunta, porque llegó de México el año pasado: «¿Qué es lo más vergonzoso que te ha pasado esta semana?».

Lucy, que vive con su padre en el barrio de Stapleton, susurra a Aylin al oído para que traduzca.

—Vale —dice Aylin después de cada susurro de Lucy, y luego—: Espera, ¿qué? ¿Cómo?

Luz (es como la llaman) esconde la cara tras su larga melena negra mientras se inclina hacia el oído de Aylin para intentarlo de nuevo.

Al otro lado de la sala, todos los chicos han estallado en carcajadas, y el maestro Andrew se levanta ahora diciendo:

—¡Vale, chicos, un micro, un micro!

Entre tanto Aylin masca su chicle dramáticamente mientras trata de entender a Luz. Al fin suelta un largo «Oooooh». Asintiendo con la cabeza, Aylin sonríe: la traductora residente de octavo grado, que domina el español, el inglés y la jerga neoyorquina de 1996.

—Ya sé. Ahora lo entiendo.

El círculo de chicas se inclina hacia delante.

—Luz dijo que le vino la regla, y como ya no tiene mamá tuvo que decírselo a su papá.

Aylin dice esto y Luz se pellizca el dedo índice derecho con la mano izquierda, mirándolas con sus grandes ojos negros, como Bambi. Se pone a llorar. Todas las chicas —incluso Ruthy— se levantan para abrazarla, y los chicos entrometidos que juegan a las sillas musicales se detienen justo en medio de «This Is How We Do It» para gritar «¡Puaj!», todos al mismo tiempo.

—Nadie les está hablando a ustedes —les grita Lydia—. Métanse en sus propios asuntos.

—Las chicas son tan gay —grita Devante.

Lo que hace que los chicos griten:

—Oooh, mierda.

De repente, el maestro Andrew está de pie encima de una silla, agitando las manos, tan nervioso que la capucha de su sudadera de los Mets se ha torcido sobre su hombro derecho.

—Chicos. Chicos, ¡basta! —Pero han empezado a acercarse al lado de las chicas, ansiosos por oír qué secreto las juntó.

Lydia se separa del círculo y saca pecho ante los chicos, como si fuera a pelearse.

—Vale, ya basta —dice el maestro Andrew, pero ha perdido el control y lo sabe. Así que la maestra Ellen tiene que intervenir y gritar:

—Disculpen. —Inmediatamente, Devante se va hacia su lado de la habitación y los chicos miran a la maestra—. Vuelvan a su lado, por favor. —Los chicos caminan en silencio hacia sus sillas—. Gracias.

Entonces, cuando las chicas se sueltan, y la mano de Yesenia se separa del hombro de Luz, roza la de Ruthy. ¿A propósito? Puede ser. Es posible. Ruthy intenta mirar a Yesenia a la cara, pero ahora Yesenia está mirando a Armando al otro lado del salón.

Después de sentarse de nuevo en su círculo de pupitres con chicles pálidos de hace una década pegados debajo, el sombrero vuelve a dar la vuelta al círculo de chicas, y es el turno de Ruthy.

La pregunta que elige es la siguiente: «¿Con quién tienes un crush?».

Sin duda, es una pregunta de Nicole. Está obsesionada con la palabra *crush* desde que leyó uno de esos estúpidos libros de *El Club de las Niñeras*.

Cuando Ruthy acerca la mano al pequeño estante metálico que hay bajo el escritorio, nota un montón de cáscaras de semillas de girasol húmedas escondidas en la oscuridad como insectos. Sus dedos retroceden.

—¿Qué pasa? —dice Tenaja con impaciencia—. Vamos, Ruthy.

La maestra Ellen tiene la regla de que si alguna de las niñas no quiere contestar una pregunta durante la Charla de Chicas no tiene que hacerlo. No se requiere explicación.

No hay castigo.

No hay detención.

No hay deméritos por su silencio.

Así que Ruthy devuelve el papelito al oscuro agujero del sombrero de copa negro de la señorita Ellen y dice:

—Paso.

Periodo 8. El coro no estaría tan mal si Ruthy no fuera contralto, porque los contraltos siempre tienen las peores partes. Es casi como si ni siquiera estuvieran cantando sino gruñendo sonidos bajos al azar. Como pequeños cavernícolas. Y por esta razón, las contraltos han estado peleándose desde septiembre con la maestra Marino a cargo del coro, porque creen que las hace cantar las partes más aburridas a propósito. Y todas las chicas de la sección de contraltos quieren ser Mariah Carey, pero acaban estancadas gimiendo las notas graves mientras las sopranos consiguen cantar la melodía de «All I Want for Christmas Is You».

La maestra Marino es alta y plana por todos lados y lleva pendientes de triángulos azules y rosados. Y la Gran Leslie McDonnell la ha hecho llorar no menos de dieciséis veces desde septiembre, de modo que una vez a la semana, Marino, coloca la taza de café manchada con su pintalabios de color lila en lo alto del piano vertical, mira a la clase con amargura y anuncia: «No sé ni por qué estoy aquí».

Hoy, sin embargo, van a cantar «Siyahamba», que tiene una sección de contraltos mejor que cualquiera de las otras canciones, así que los contraltos están dispuestos a comportarse. Después de que Marino les hace practicar cantando las escalas en crecientes *la, la, las*, se levanta y golpea un acorde con una mano mientras levanta el otro brazo, que revela un círculo húmedo de sudor, y los treinta chicos empiezan a cantar: «Siyahamb' ekukhanyen' kwenkhos', Siyahamb' ekukhanyen' kwenkhos'». Y luego: «Marchamos en la luz de Dios».

Casi todo el mundo presta atención, excepto Gloria D'Alessandro, que está jugando a MASH con Érica Santiago en la parte de atrás de la sección de sopranos, contando las cuentas en un trozo de papel roto mientras Devante se escapa de los tenores para echar un vistazo a quiénes han apuntado en la lista como sus futuros maridos.

Todo va bien hasta que la Gran Leslie decide eructar ruidosamente en mitad de la canción, de modo que Ruthy puede oler literalmente el sándwich de queso a la plancha del Departamento de Educación que se comió en el almuerzo. El eructo es tan fuerte que se oye por encima de las seis sopranos que buscan ese do agudo: «*Wiiii*».

Todo el mundo se echa a reír hasta que Marino golpea el piano y grita:

—Cierren la —y aquí casi dice la «puta» pero se contiene—
boca. Basta. Se acabó. Se acabó.

Marino se levanta del piano y señala con su brazo flaco a
Leslie, que se ríe.

—¿Qué me va a hacer? —Su rostro blanco está surcado por
cicatrices de acné como la luna.

El timbre suena antes de que Marino pueda formular algún
tipo de amenaza, y todos los alumnos corren hacia la puerta, alrededor del cuerpo de la maestra inclinado sobre el piano.

—Se acabó —dice Marino mientras Ruthy sale corriendo del
Coro hacia los vestidores para cambiarse a tiempo para la clase de
atletismo.

De camino al piso de abajo, sedienta, Ruthy se detiene en una
fuente de agua, bebe un sorbo y se queda mirando un chicle verde
atascado en el desagüe.

Digamos que algo es más grande que tú, mucho más grande, mucho; ¿es realmente culpa tuya si no puedes frenarlo?

CAPÍTULO 12

Jessica

Dos meses después de la desaparición de Ruthy, me escapé de clase antes de tiempo. En los vestidores, durante la clase de Gimnasia, en lugar de ponerme el uniforme, me desvié hacia el armario y abrí de un tirón la vieja puerta oxidada que McGregor, la maestra de Gimnasia, siempre dejaba abierta para poder sentarse afuera y fumar a escondidas entre clase y clase. Luego, antes de que nadie pudiera echarme de menos, me apresuré a la parada del autobús para llegar a la escuela intermedia a tiempo para la hora de la salida.

Yo sabía que Ruthy tenía al maestro Hernández para Inglés, y ahora mismo estaría recogiendo sus cosas y reservando para tomar el autobús y poder regresar en barco a donde vivía con su familia en Brooklyn.

Hernández era mi segundo sospechoso, después del asqueroso novio de Yesenia, Iván, al que tuve que descartar porque al parecer había estado castigado el día que Ruthy desapareció, y luego en el trabajo, aunque, ténganlo por seguro, nada me habría gustado más que poder aplastar su cuello con mi pie.

No había nada malo en Hernández. Nunca me había hecho nada inapropiado cuando estuve en su clase de Lengua y Literatura. Ruthy nunca se había quejado de él. Y, de hecho, conocía a mi madre desde los años setenta, cuando fueron a la misma escuela secundaria en el Bronx. Pero la experiencia me había enseñado que la familiaridad y la amabilidad no significaban nada.

Y recordé que una vez, antes de graduarme de la escuela intermedia, subí a su salón de clases para despedirme, pero la puerta estaba cerrada. Sin embargo, me di cuenta de que Hernández estaba allí, porque escuché unos pasos de alguien arrastrando los pies y la puerta tenía una ventana muy pequeña; me puse de puntillas para ver a través de ella. Y allí estaba Hernández, sentado con Gina Russo, una chica muy tranquila y buena que caminaba a toda velocidad de una clase a otra, cabizbaja, sujetando su bolso contra el estómago mientras esquivaba la atención de los demás chicos. Todos se burlaban de Gina porque tenía un eczema descamado en el cuello que enrojecía cada vez que se ponía nerviosa. Y una vez, el estúpido de Joey Henson le dejó un frasco de Head & Shoulders en el pupitre.

Hernández —y tuve que asegurarme de que lo había visto bien— tenía su mano en el hombro de Gina. Y en lugar de acobardarse o llorar o agitarse nerviosa, Gina estaba radiante, feliz. Realmente feliz. Y sentí que se me dibujaba una sonrisa en la cara. Nunca había visto a Gina así.

Pero aquella mano en el hombro me recordó cómo a Hernández le gustaba rondarte mientras hacías tu trabajo, y a veces inclinaba su cara cerca de la tuya para darte su opinión. ¿Qué podría estar diciéndole? ¿Y por qué estaba cerrada la puerta? Las posibilidades se multiplicaban como un virus delante de mí. Y quise advertirle a Gina que se largara de allí. Pero entonces oí que Hernández caminaba hacia la puerta, y yo era demasiado punk para decir nada. Así que salí corriendo.

No esta vez, sin embargo.

Aquí, ahora, estaba sentado en la parada del autobús, leyendo el *Post*. Me había traído la navaja del bolso de Lou sin pedírsela y la tenía en mi bolsillo. Aquella mañana había practicado cómo abrir la navaja rápidamente, porque la palanca pesaba, y aún me asustaba cada vez que saltaba.

Había traído la navaja para protegerme, pero allí de pie, mirándolo leer el *Post*, sintiendo la fría indiferencia del metal en mi bolsillo, se hizo evidente lo sencillo que sería herirlo, herirlo de verdad, y nadie sospecharía jamás que la culpable era una niñita.

Pero entonces él me vio primero y apartó la cabeza del periódico:

—¿Jessica?

No dije nada. Me quedé allí respirando por la boca, incapaz de tomar suficiente aire. Me sentí como si me hubieran atrapado. Qué triste y pequeña debí haber parecido.

—Oh, Jessica, he oído lo de Ruthy.

Agarré las correas de mi bolsa de libros con más fuerza, todavía incapaz de moverme.

—Ven. Siéntate —dijo.

Y por alguna razón le hice caso. El brazo metálico del banco estaba frío entre nosotros.

—¿Cómo está tu madre? ¿Cómo estás tú?

Esa simple pregunta me dio ganas de llorar. ¿Cómo podía ser tan estúpida? Hernández no le había hecho nada a Ruthy, no le había hecho nada a Gina, y nada a mí. ¿Qué estaba haciendo yo aquí? ¿Y cómo podía estar tan equivocada?

—Oh, Jessica, lo siento mucho.

Su autobús se detuvo justo en ese momento y me puso una mano en el hombro y apretó. Los pasajeros bajaron del S48.

—¿Vas a estar bien? —dijo, mirándome a mí y luego al conductor.

¿Iba a estarlo?

Asentí con la cabeza.

—Dile a tu madre que me llame, ¿vale? Y deberías volver a la escuela mañana. Podemos hablar.

El conductor, ahora irritado, gritó:

—¿Vienes o qué?

Hernández volvió a darme una palmada en el hombro.

—Mañana —dijo, y me señaló.

Asentí, aunque sabía que nunca volvería a verlo. Ahora me parecía una tontería mi empeño por averiguar qué le había pasado a Ruthy, porque en realidad siempre acababa pensando en lo que me había pasado a mí.

CAPÍTULO 13

Nina

En la vitrina había maniquíes semidesnudos envueltos en cuerdas de luz que posaban inclinados en la oscuridad. Savarino estaba cambiando la vitrina para Navidad; su pelo rojo se alzaba ferozmente como una llama mientras sujetaba con alfileres un gorro de Papá Noel a una de las pelucas de los maniquíes. En el autobús que me llevaba al trabajo había ensayado cómo iba a pedir el fin de semana libre, pero cuando llegué a Mariposa's se me retorció el estómago de incertidumbre. Habían subido la calefacción en el centro comercial y me sentí mareada por el calor después de haber estado sentada en un autobús frío durante tanto tiempo. Me escocía la piel del cuello, me picaba y me acaloraba. Savarino no estaba mirando hacia la puerta. Así que intenté entrar a toda prisa en la tienda sin que me viera.

No tuve suerte. Se dio la vuelta, apretando un imperdible entre los dientes, y dijo:

—Llegas tarde.

Y yo le dije:

—En realidad, llego un minuto antes.

Y Savarino dijo:

—Pero para cuando llegues a la caja y marques la entrada, Nina, ya llegarás tarde.

Esa señora realmente empodera a los empleados.

En lugar de esperar a tener que volver a entablar conversación con ella, le pedí allí mismo el fin de semana libre. Le dije que era una emergencia familiar. Inevitable.

Savarino me miró desde su escalera con las dos cejas levantadas.

—Nadie se libra del Viernes Negro, Nina. Y menos alguien que acaba de empezar hace unos meses.

—Tengo que hacerlo —dije—. Mi hermana está enferma. —Pero la palabra *enferma* no me pareció una excusa lo suficientemente pesada—. Es... es decir, ellos, los médicos, creen que es cáncer.

El hedor de mi nada convincente mentira flotaba en el aire entre nosotras como fruta podrida y Savarino lo olió enseguida.

—Tengo la Navidad a la vuelta de la esquina, Nina, y a la corporación respirándome en la nuca. Necesitamos a todas las chicas en su puesto. —Luego bajó de un salto de la plataforma y dijo—: Pero da igual. Pues vete. No puedo garantizar que tengas trabajo cuando vuelvas. Pero oye, haz lo que tengas que hacer.

La amenaza no debía tomarse a la ligera.

Si Savarino no te despedía, encontraría la forma de hacer que renunciaras, como había hecho con mi única amiga en la tienda, Meghan, una mujer irlandesa de cincuenta y seis años. Toda una profesional, llevaba treinta y cinco años trabajando de dependienta.

Un día entré en la tienda y eché un vistazo a la sección trasera donde solían ubicar a Meghan, pero ya no estaba. En su lugar, la sala estaba vacía. En las paredes rosas estaban expuestas las habituales fotos en blanco y negro de mujeres modelando ropa interior, estirando los brazos en la cama o de pie con una cadera levantada hacia un lado. Pero no quedaban rastros de Meghan en la tienda, nada que indicara que alguna vez existió, aunque había trabajado en Mariposa's durante trece años.

—¿Dónde está Meghan? —pregunté.

—Ha renunciado —dijo Savarino, marcando con fuerza una etiqueta en uno de los nuevos calzoncillos de encaje de talle medio para embarazadas.

Y me pregunté por qué cuando las vendedoras dejaban su trabajo lo llamaban «renunciar» y cuando lo hacían los médicos, los maestros o los hombres de negocios lo llamaban «jubilarse». Se trataba de un pensamiento pequeño. Tan delgado y diminuto que lo había olvidado cuando comencé a tantear la computadora de la caja registradora para ponchar.

—Muévete, Ramírez —llamó Savarino desde la ventana—. Hay una caja entera de pantis en el probador que hay que doblar.

—Sí, sí —dije.

La Sección Sucia estaba hecha un desastre. Un grupo de clientes había tirado un cajón de ropa interior por todas partes mientras buscaba sus tallas. Esa semana había un cupón de pantis de algodón gratis publicado en la sección dominical del *Advance*. Pero la mayoría de las clientas no había leído la letra pequeña, que indicaba claramente que el panti tenía que ser de algodón y blanco. Al menos cinco veces aquella noche tuve que discutir con ellas, y al menos cinco veces una clienta acabó diciéndome que era una incompetente y una tonta. Lo que yo quería decir era: *Perra, tú eres la que está aquí con cara de tonta mendigando pantis gratis.*

Más tarde, en la caja registradora del frente, Savarino estaba con otra de las dependientas haciendo gestos grandilocuentes a una anciana puertorriqueña, alargando innecesariamente cada sílaba en su español de parvulario:

—Un mi-nu-to. —Entonces me gritó—: Ramírez, ¿puedes venir un momento? Necesito a alguien que hable español.

El corazón me dio un vuelco en el estómago y toda una serie

de improperios estallaron como fuegos artificiales dentro de mi cabeza. De camino a la caja registradora, intenté conjurar todas las palabras en español que conocía y unirlas en algo coherente.

La anciana había vaciado su bolso sobre el mostrador —un paquete de pastillas para la tos, un llavero y una cartera— mientras buscaba un recibo. En la mano llevaba un sostén.

Rápido, Nina, maldita sea, piensa.

Quizá Savarino intentaba averiguar si la clienta quería devolver el artículo o cambiarlo. Pero en ese caso, ¿cómo se dice *cambiar* en español? ¿*Regresar* es para devolver? Pensé, voy a preguntarle qué necesita. Que hable ella primero. Pero al verme, la clienta suspiró aliviada y enseguida empezó a hablar rápidamente en español.

Podía sentir a Savarino observándome desde el rabillo del ojo, lista para abalanzarse, y las palabras deformadas y blandas como el barro en mi boca. Sonreí a la mujer.

—¿Con qué puedo —¿*Cómo coño se dice* ayudar?— ayudarla?

Entonces la señora me miró como si yo fuera un encantador pero tonto perro de raza que ladraba.

Oh, ¡ese viejo juicio puertorriqueño!

Sí, le he fallado, quise decir. *Soy una impostora. Ojalá no lo fuera. ¿Cree que quiero ser así?*

No es culpa mía.

Por favor, no le diga a esta mujer blanca que no sé hablar español. Mi trabajo depende de ello. ¿Recuerda? ¡Solidaridad!

Valoro mi cultura y mi idioma, se lo prometo, señora.

Sí, crecí en Staten Island. No, no lo olvidé, y no me avergüenzo de que mi familia sea de Puerto Rico. Me encanta Puerto Rico. (Aunque solo he estado allí dos veces. La primera vez era una bebé pequeña, gorda y sin inteligencia. Así que no puedo recordarlo).

Sí, mi madre habla español con fluidez. Mi padre también, pero no sabía leerlo. Mi madre tenía diecisiete años cuando comenzó a tener hijos. Lo siento, estaban tan ocupados trabajando duro que no tuvieron tiempo de considerar la logística de la adquisición del lenguaje. De hecho, mi madre no tenía las palabras adquisición del lenguaje *en su vocabulario. Mis padres no tenían ni idea de que el lenguaje podía desaparecer.*

No, ¡yo no quería ser asimilada! Ya se lo he explicado. Esa no fue mi elección. Créame, ¡a mí tampoco me gustan los blancos! No quiero ser como ellos. ¿Cree que quiero ser como esta mujer Savarino? ¡Ella es horrible!

Da igual. Bueno, está bien. Usted gana.

Soy un sujeto colonizado.

¿A quién le importa?

En mis sueños digo todo esto en inglés y la mujer lo entiende.

En mis sueños digo, *no sé hablar español,* en español, y la mujer me entiende.

En realidad, me sonrió amablemente y levantó el sostén para que lo inspeccionara.

—Esto —me dijo—, no está bien.

Puso mi mano sobre la copa. Era uno de los sostenes *push-up.* Y con su mano sobre la mía, apretó. Y pude notar que el gel se había separado y, de alguna manera, se había descompuesto en extraños grumos parecidos a piedrecitas. Ella no pedía un reembolso. *No estaba pidiendo una copa más grande o más pequeña, Savarino.* Quería un sostén nuevo de la misma talla porque la copa estaba dañada.

Pero antes de que pudiera explicárselo a la cajera, alguien detrás de mí me dijo:

—Tú no sabes hablar español, ¿verdad, cariño?

Me di la vuelta, y era Alexis, pinchando etiquetas de seguridad en un montón de sostenes milagro con sus garras naranjas. Acababa de empezar su turno.

Abandonó la pila ahora, sonriendo a la mujer puertorriqueña. Ojalá pudiera decir que el español de Alexis era pésimo, que el acento era horrible y fuera de lugar. Pero la chica lo hablaba de maravilla. Cuando terminó con la clienta, intenté escapar al fondo, al probador, para esconderme detrás de un estante de ropa interior descartada. Allí pasé la última hora de mi turno colgando los sostenes y abriendo probadores, prolongando mis conversaciones con las clientas mientras ayudaba a medir sus tallas de sostenes. «¡Así que acabas de tener un bebé! ¡Qué maravilla! ¿Cómo se llama?». O «Sí, este sostén quita al menos cinco libras. Más seguro que cualquier dieta. Ja, ja. Vale cada centavo, te digo». A pesar de que no poseía ni un solo sostén de Mariposa's.

Aun así, sentí que la vergüenza me escocía la piel. Cuando no había clientas probándose ropa, rocié el probador con nuestro perfume corporal de manzana verde ácida de quince dólares. Me dieron náuseas. Limpié los espejos con Windex. Y esquivé la mirada de Savarino cuando volvió para devolver la ropa interior descartada al almacén.

Pero fue inútil.

Al salir aquella noche, Savarino me paró y me dijo:

—Ramírez, después de tomarte esas vacaciones, no pienses en volver.

CAPÍTULO 14

Dolores

Mis hijas —querido Señor, perdóname por decirlo— son chicas gua-
pas pero no demasiado listas si creen que yo no sé lo que están
haciendo. Esta que dice por teléfono «Oh, ma, solo estamos pasando la noche aquí» cree que es la única en el mundo que sabe
usar una computadora. Pero yo tomé una clase el año pasado en
la biblioteca, así que sé lo que hay. Y Nina nunca lo admitirá, pero
el otro día tuve que enseñarle a hacer una fórmula en Excel. Ten-
drías que haber visto su cara cuando conseguí sumar todos los
números de la columna, Dios mío. No se lo esperaba.

Esta mañana me despierto y veo que se ha dejado los tenis en
medio de la sala y media taza de café junto al televisor. El extrac-
tor del baño seguía zumbando y tuve que apagar la luz. Dejó un
rastro de agua por todo el suelo y el pijama enrollado debajo del
inodoro.

Chacho, estaba tan enfadada que empecé a hablar sola: «¿Tú
crees que me parezco a Con Edison?», al limpiar los restos de pas-
ta de dientes que había dejado en el lavamanos. Esta chica ni
siquiera podía evitar desperdiciar un costoso tubo de Sensodyne.

Así que lavé la taza de café. Recogí sus tenis. Y allí estaba yo,
querido Señor, ocupada en mis asuntos, preparándome para
ponerme el DVD para mi ejercicio físico y mi oración matutina,

cuando casi tropiezo con la laptop de Nina porque la había dejado abierta en medio de la alfombra. Así que la tomé, con mucho cuidado, para guardarla, ¿y qué veo?

Una porquería que al principio parecía pornografía. Hay unas chicas tumbadas en la cama unas con otras, a medio vestir. Y pienso, *Ay, Dios mío. ¿En qué se ha metido Nina?* (No estaba espiando, Señor, lo prometo. Nunca haría eso. Solo estaba preocupada). Seguí leyendo hasta que me di cuenta de que solo era una página web de un programa de televisión. *Catfight.* Me desplacé más abajo y allí estaba. Una foto de Ruthy, mi Ruthy, doce años mayor. Una mujer adulta pero con aspecto de payaso. Y pensé: ¿Por qué no me enseñan esto a mí?

Yo soy la madre.

Así que, inmediatamente, me siento y llamo a Irene.

Y ella coge el teléfono con un «Mm-hmm».

—¿Estás en la casa?

—Sí, pero tengo cita con el médico. Para la presión arterial. Dios, los dolores de cabeza que he tenido, no te lo creerías.

—Irene, escucha. La han encontrado.

—¿A quién?

—A Ruthy. La han encontrado.

—No me digas. ¿Está bien?

Entonces tardé unos quince minutos en guiarla hasta encontrar la misma página web en internet.

—Escribe *canal once,* barra, *catfight,* punto, *com* —le dije.

—¡Ya lo hice! ¡Ya lo hice! —insistió—. Pero todo lo que sale es error.

Me envió una imagen del URL que había tecleado.

—Barra diagonal —le dije—. ¡Diagonal!

—¿Dónde está la barra diagonal? —Cuando por fin la encontró, jadeó—: Ay, Dolores.

Y yo sabía lo que estaba pensando.

¿Qué le podía haber pasado a mi Ruthy para salir así en la tele?

Justo el otro día habíamos ido al cine en la avenida Forest y habíamos visto un tráiler de *Taken*. Así que sabía que ella estaba pensando en Liam Neeson, en esa parte en la que habla por teléfono con los secuestradores de su hija, con su acento irlandés, amenazando con perseguirlos.

Automáticamente, solo por el tráiler, supe que iba a odiar esa película.

Había pasado más de una década y aún no había encontrado a mi hija. Películas como esa eran solo dibujos animados, cuentos de hadas que te daban esperanzas de que la vida podía ser de otra manera.

Pero ahora, aquí estaba Ruthy, mirándome fijamente desde la laptop destartalada de Nina. Hice clic en uno de los vídeos de la página web. En un momento dado, al final de un episodio, hicieron *zoom* sobre su cara dormida.

«Hasta la próxima», decía el programa.

Por la noche, volví a dejar la computadora en el suelo, en su lugar original, y apagué la luz. Fui al baño y me quité el maquillaje, limpié el lavamanos y recé pidiendo sabiduría, paciencia y fuerza mientras comprobaba que la puerta principal estuviera cerrada. En la cama, algo revoloteó en mi interior, un sentimiento que no reconocí de inmediato. Hacía tanto tiempo que no lo sentía dentro de mi pecho, como si la habitación hubiera estado cerrada y oscura durante años y, de repente, alguien hubiera decidido abrir una ventana.

CAPÍTULO 15

Jessica

Una vez soñé que perseguía descalza a un perro por una cuesta de barro y metal, y bajaba hasta la casa de otra persona donde encontraba a Ruthy sentada, esperándome en un sofá, mientras miraba una caja de zapatos llena de papeles doblados. En mi sueño ella aún tenía trece años. Y se había hecho un moño con su larga cola de caballo roja.

«¿Qué es eso?», le pregunté.

Levantó la caja y dijo: «Son todas las cartas que me has enviado».

Pero su voz no sonaba como la suya, sino como la mía. Se levantó para limpiar una encimera de cocina en amplios y rápidos arcos.

«Shhh», susurró. «Cállate o te escucharán».

En otra ocasión, soñé que habíamos crecido. Ella era mamá y tenía una familia, y estábamos en el centro comercial comprando para las fiestas. Su risa me pareció tan real que, cuando me desperté por un segundo, la busqué por la mañana, antes de darme cuenta de que ya no estaba.

Ahora, la idea de ver a Ruthy me revolvía el estómago.

La bebé chilló cuando Lou intentó levantarla. Ella agitó un puño rojo contra su pecho como si le estuviera diciendo que se callara.

—Pásamela, Lou. Lo estás haciendo mal —le dije.

Entonces hizo ademán de decir:

—No, no, la tengo yo. Estás cansada.

Pero cuando me acerqué a Julie, enseguida me la puso en los brazos.

Tal vez Ruthy no nos quería en su vida. Si seguía viva, ¿por qué no se había puesto en contacto con nosotros? ¿Por qué no había llamado a la policía? Tal vez había huido, como Nina siempre había insistido. Se había cansado de nosotros y buscaba algo más. En una semana, por fin lo sabríamos.

En el trabajo, un nuevo paciente había sido admitido en la habitación 244.

—La vieja bruja da miedo —dijo Carlos en la sala de descanso—. Una jodida bruja, tío. —Estaba golpeando la máquina expendedora para intentar que le diera dos latas de Pringles—. Me ha insultado en español sin motivo.

Lo cual era dudoso.

Con Carlos siempre había una razón.

—Eso es porque no sabes hablar con la gente —le dije—. Además, si Karen te ve golpeando esa máquina, listo para ti. Se acabó, muchacho.

Carlos movió despectivamente una mano en mi dirección y siguió golpeando.

—¿Crees que le tengo miedo a Karen? No le tengo miedo a Karen. Karen no me asusta —dijo—. De todas formas, a esa vieja bruja tampoco le cae nada bien Allen. Oye, Allen, dile a Jessica lo que pasó. —Se volvió hacia mí—. Le sacó su flaca y vieja lengua gris.

Allen llevaba puestos los auriculares y movía la cabeza al ritmo de la música en la mesa al lado de nosotros, pero se animó cuando oyó su nombre.

—¿Qué pasó? —preguntó quitándose los auriculares.

Carlos ignoró la pregunta y se limitó a señalarlo.

—Aunque tenga ese moño tan bonito.

—¡Cállate la maldita boca! —dijo Allen.

Carlos echó el brazo hacia atrás para golpear la máquina una vez más, justo cuando Karen abría la puerta. Se detuvo, con el puño congelado en el aire.

¿Y qué hizo Karen? Asintió en silencio a Carlos como si fuera su hijastro y estuviera a punto de sacar la correa. Carlos dejó caer la mano a un lado y miró el suelo de losetas verdes descascaradas.

—Les quedan cinco minutos de descanso —les dijo a los chicos. Luego se volvió hacia mí y me dijo—: Jess, a partir de ahora te encargas de la habitación 244.

—Por supuesto —dije.

Porque Karen me caía bien.

Pero secretamente estaba algo molesta: ahora, además de con la señora Ruben, iba a tener que trabajar con esta otra paciente difícil. Parecía que me estaban asignando a todas las viejas malvadas del piso. Que supongo que es el agradecimiento que recibes cuando haces bien tu trabajo. Tus jefes acaban dándote el doble de trabajo. Solo esperaba que al final del día, cuando pidiera el fin de semana libre, Karen lo recordara. Y me dije que si quería ser enfermera, tendría que aprender a gestionar esas largas jornadas laborales, los turnos de doce horas. Karen me estaba preparando para una nueva vida.

El verdadero nombre de la habitación 244 era Virginia. Era una anciana puertorriqueña de unos setenta años que apenas hablaba inglés, así que Karen me envió allí para darle los buenos días, hacerle preguntas y tomarle los signos vitales.

Cuando entré en la habitación, las luces estaban apagadas y Virginia estaba tumbada de lado, de espaldas a mí, un pequeño bulto azul pálido en la cama.

Se dio la vuelta lentamente y se esforzó por verme. A pesar de la quimioterapia, no se le caían los mechones encanecidos del cuero cabelludo. En un rincón vi que había montado un altar para San Lázaro, uno de los pocos santos que recordaba, solo porque siempre me aterraba. Tenía las piernas llenas de llagas rojas y marrones, estaba esquelético y vestido con harapos, apoyado en un bastón. San Lázaro, también conocido como Babalú-Ayé, era el *orisha* al que rezabas cuando estabas enfermo o cuando alguien a quien querías se estaba muriendo.

—¿Ajá? —dijo Virginia.

Tenía cáncer de mama y estaba recibiendo un tipo de quimioterapia que llamaban Diablo Rojo. Te arranca todo el interior de la boca. Y por mucho que lo intentaba, Virginia no podía dormirse por más de veinte minutos seguidos, me dijo mientras yo sostenía su muñeca y escuchaba la presión sanguínea, ese tenue golpeteo.

—Gracias, mi amor —me dijo cuando me levanté de la cama.

Al salir, me fijé en el vaso de agua que tenía en el suelo, junto a la puerta. Si alguna enfermera lo veía, seguro que se lo llevaba. En la casa de mi abuela en Puerto Rico, siempre había un vaso como ese, lleno de agua, en la puerta principal para evitar que entrara algo maligno. Así que empujé el vaso más hacia la esquina, a un lugar menos visible.

Cuando volví a entrar a la sala de descanso, Allen y Carlos seguían allí, y Allen se paseaba frente a las máquinas expendedoras hablando solo, enfatizando cada sílaba, mientras contaba con los dedos:

—Hoy la se-ño-ra Ru-ben... Maldita sea. —Sacudió la cabeza—. Ya van seis.

—¿Qué está haciendo? —le pregunté a Carlos, que estaba comiendo un almuerzo de Takis violetas.

—Ese imbécil. Tiene que escribir un haiku al día para su clase de inglés. —Carlos se echó demasiado hacia atrás en la silla y casi se cae.

—Deja de jugar. Esta mierda es difícil, tío —dijo Allen.

Carlos se rio.

—Sí, hijo de puta, porque tienes que contar y deletrear al mismo tiempo.

Al final del día, Karen había degradado a Carlos y Allen al servicio de sábanas y sartenes. No fue un movimiento pasivo-agresivo. Era un movimiento agresivo-agresivo. «Creen que pueden venir a trabajar y no hacer una mierda. Como si no tuviera un hijo a punto de salirse de mi vagina, y tengo que estar aquí y recoger sus cosas, como si fueran uno de mis malditos hijos», me dijo una vez.

Los chicos no estaban contentos. Decían cosas como: «Naaaa, te toca a ti, hijo de puta».

—La última vez la vieja intentó morderme —dijo Carlos—. Porque es racista. Pero le caerás bien, Allen, porque eres tan blanco como la leche Parmalat.

Entonces la conversación cambió a hablar sobre en qué película preferirían morir: ¿*Poltergeist: juegos diabólicos* o *Pesadilla en la calle Elm*?

—*Poltergeist* —dijo Carlos—. Cien por ciento. Yo no me meto con Freddy Krueger. Ese pendejo se mete en tus sueños. ¿Y tú, Jessica? —Carlos me tiró un M&M.

—Ni siquiera sé por qué hablan de *Poltergeist*. Nadie muere en esa película, excepto en la vida real. Los actores.

—Mierda, tiene razón —dijo Allen, dejando que las patas de la silla en la que estaba apoyado hacia atrás cayeran de golpe al suelo—. La niña pequeña. La rubia. Se le paró el corazón o algo así. Aunque a la mayor también.

—¿Qué le pasó a la mayor? —preguntó Carlos.

—Su novio —dije—. Él la mató.

—¡Carajo! —Carlos se levantó con la bolsa de Takis en una mano, señalándome con la otra—. Exacto. Por eso no aparece en *Poltergeist II*. Como tampoco se molestan nunca en explicarlo.

—Guaaau —dijo Allen—. Eso es una auténtica locura.

Me levanté y tiré el envoltorio de una barrita que sabía a tiza, que comía para bajar el peso del embarazo.

—No, no lo es. Pasa todo el tiempo —les dije. Luego me dirigí al siguiente paciente.

—Entonces, ¿no crees que Ruthy tenía novio? —Lou preguntó. Siempre estaba pensando que Ruthy tenía novio.

Estábamos subiendo la compra por las escaleras exteriores de la casa.

—No, no lo creo. Ma la tenía bastante controlada. Y siempre andaba con las mismas tres chicas insoportables. Yesenia, Tenaja y esta chica Ángela Cruz.

En su diario, su pandilla siempre tramaba algún tipo de trastada o golpe interno para derrocar a quienquiera que hubiera ascendido a abeja reina de su grupo esa semana.

Ruthy nunca era la abeja reina.

Ruthy siempre era la fuerza.

Parecía entenderlo y aceptarlo. En las anotaciones de su diario nunca intentó ser otra cosa.

—Quizá estaba hablando con alguien y no te diste cuenta —dijo Lou.

—No, lo habría sabido. Lo habría visto.

Aun así, la conversación de los chicos sobre *Poltergeist* me dejó caminando todo el día con la sensación de que me había crecido una sombra extra, y Lou lo oyó en mi voz.

—Vamos, Jess. ¿Cuánta mierda fuiste capaz de esconder de tu mamá cuando eras más chica?

—Créeme, lo habría sabido.

Esto lo dije demasiado alto, y Lou se calló.

Como disculpa, le toqué la espalda mientras se agachaba en la nevera para meter un trozo de pollo frío en un estante. A veces seguía sintiendo cómo afloraba esa rabia cada vez que hablaba de Ruthy, y me sentía mal. Lou no se lo merecía. Pero durante gran parte de mi vida sentí que defendía a mi familia de las opiniones ajenas. Todos esos entrometidos que intentaban meterse en nuestros asuntos, como si fuéramos una especie de *Misterio sin resolver* en el que podían hacer clic y desconectar a la hora de cenar.

Unos tres meses después de la desaparición de Ruthy, recuerdo que la consejera escolar, la señora Burke, me sacó de Matemáticas de décimo grado. Cuando me vio mirar a mi alrededor, confundida, añadió:

—No estás en problemas, cariño. Ven.

Tarareaba mientras caminábamos hacia la oficina y sacudía las llaves que colgaban de su muñeca, así que pensé que había hecho algo bueno o que estaba a punto de recibir algún premio especial.

Esto se lo expliqué a Lou.

—Quiero decir, no me malinterpretes. Sabía que no me iban a nombrar alumna del mes.

Pero ya sabes, pensé que quizá la consejera escolar se había dado cuenta de que había comenzado a ayudar a Elena Díaz a subir los libros cuando su perlesía cerebral se agravó tanto que tuvo que usar muletas. Fui la chica que apaciguó la pelea, o la que hizo que alguien se sintiera mejor cuando oyó a su enamorado decirle a su mejor amiga: «Puaj, es tan fea».

Yo no iba a ser la segunda con las mejores calificaciones, ¿y qué? La cuestión es que fui amable.

Quizá se trataba de algún tipo de premio al Buen Ciudadano del Año.

Cuando entré a la oficina, Burke me dijo:

—Adelante, Jessica. Siéntate.

Me tumbé en el horrible sofá verde azulado de su oficina. Al menos me escapé de Álgebra.

Burke tenía la costumbre de invitar a sus alumnos de Resolución de Conflictos a comer pizza, así que ya sabes que yo también tenía la secreta esperanza de que hubiera un par de cajas de Domino's sobre su escritorio cuando entrara en la habitación.

Pero nada. Su escritorio estaba vacío excepto por un ventilador giratorio que hacía revolotear una pila de páginas junto a su teléfono cada vez que giraba en esa dirección.

—Bueno, Jessica, ¿cómo estás? —Burke se inclinaba y asentía mecánicamente con la cabeza mientras hablaba.

Por alguna razón, los consejeros escolares siempre me recordaban a los robots, como si hubieran descargado sus gestos de un manual.

—¿Cómo van las cosas? —Por la forma en que Burke pronunció lentamente la palabra *cosas*, supe que la única razón por la que me había traído a aquella oficina era para hablar de Ruthy.

—Bien —dije.

La desaparición de Ruthy me había ayudado a crear mis propias respuestas robóticas a los adultos. Me había cansado de que la gente bien intencionada me preguntara por mi hermana pequeña, de tener que devolverles artificialmente la sonrisa para que se sintieran bien consigo mismos.

No quería oír las preguntas indiscretas de otra maestra.

—¿Todo bien en casa? —preguntó Burke.

—Muy bien.

Yo tenía quince años y podía detectar las tonterías de los adultos a leguas. Justo esa semana habían venido unos detectives y básicamente habían insinuado que nuestra familia era disfuncional.

Habían hecho el tipo de preguntas que sugerirían que Ruthy se había escapado porque nuestra vida familiar era una cagada. Y una vez, cuando los detectives nos preguntaron a Nina y a mí cómo era nuestra relación con nuestros padres («¿Tu padre?»), puse la mano delante de mí antes de que Nina pudiera soltar alguna estupidez. Luego los mandé a los dos a tomar por el culo. Me había molestado que pasaran más tiempo haciéndonos preguntas sobre nuestra familia, como si nuestros padres tuvieran alguna culpa, que investigando realmente qué le había pasado a Ruthy.

Estaba preparada para Burke, aunque ella estaba allí sentada con aspecto inocente, con las piernas cruzadas y sus gruesas hombreras. Sabía qué decir.

—¿Sabe qué? Para ser sincera, he estado bastante triste. —Sin embargo, no le solté ninguna lágrima. En lugar de eso le pregunté—: ¿Cree que podríamos pedir pizza?

Y ella lo hizo. También dos litros de Coca-Cola.

Lou se echó a reír cuando le conté la historia.

—¡Qué astuta! Y esos maestros pensaban que tú y yo éramos tontos.

Después de mi turno, me senté con Virginia cinco minutos a ver *Mariana de la noche*, aunque probablemente haya pocas cosas que odie más en la vida que una novela: el melodrama, los fantasmas, los videntes, las bodas estúpidas y los mariachis al final.

Esta novela en particular era insoportable: la culito blanco de Mariana llorando mientras unos hombres la miraban de reojo lascivamente desde otra habitación. La voz en *off*: «Una mujer vestida de sombras». Una mujer del pueblo corre hacia ella gritando en español, después de que su tercer hijo muere en un accidente de carro: «Estás maldita, Mariana. Estás maldita».

Hubo generaciones de mujeres que crecieron viendo estas historias y amándolas, mi madre incluida. Y siempre en las series, la mujer hacía de víctima, de mártir. Cuanto más indefensa estaba la heroína, más se la amaba. Los lamentos, los platos cayendo al suelo. Las madres, las abuelas y las hijas llorando constantemente por la misma mierda. No podía soportarlo.

A mí también me han pasado cosas terribles, pero no hablo de ellas.

Y nunca lo haré.

Esa noche pensé en Virginia.

—Me siento mal por ella, Lou —le dije, acariciándole un lado de la cara. Intentaba dormirse, pero yo no lo dejaba—. No tiene visitas. Nadie viene a verla. Para nada. Y la cosa es que, si no tienes familia que venga a cuidarte, los médicos y las enfermeras y los PCT, todos empiezan a tratarte diferente. Te prestan menos atención, Lou, ¿sabes?

Yo estaba sentada en la cama y él se estaba quedando dormido junto a mi cadera, haciéndome cosquillas en la piel con su aliento. Tenía los ojos cerrados, así que le acaricié la mejilla.

—¿Me estás escuchando?

Lou asintió.

—Y no soy tonta. He visto esa mierda. Al igual que uno de los médicos, su madre fue admitida como paciente, y todo el mundo estaba corriendo para asegurarse de que la mujer recibiera sus medicamentos a tiempo, que estuviera cómoda, que tuviera todo lo que necesitaba. Las enfermeras venían a verla las veinticuatro horas del día. Los PCT comprobaban los números una y otra vez y se quedaban besándole el culo. Y yo estaba sentada allí como: ¿De verdad esto es *fucking* en serio? Sin embargo, yo no juego a esa mierda. Tenlo por seguro. Me da igual cuánto dinero tengas o quién sea tu jodida madre, o a qué escuela hayas ido, trato a todo el mundo por igual, pase lo que pase.

—Muy amable de tu parte —dijo Lou—. Y luego bostezó.

—Estás babeando sobre mi cadera. Y no me estás escuchando —le dije—. La gente realmente no habla de esto, pero los hospitales también tienen su propia jerarquía, ¿sabes?

Había una forma de vida, un mundo dentro de la unidad de oncología, con su propio pequeño ecosistema: los residentes que dormían en la parte de atrás y corrían por los pasillos, la forma en que podías oler sus cuerpos cansados cada vez que levantaban los brazos; las enfermeras que gobernaban secretamente la unidad; los médicos socialmente ineptos.

Los PCT estábamos en lo más bajo de la cadena alimentaria, pero éramos los que más sabíamos acerca de los pacientes. Cada día contábamos cuántas veces respiraban en un minuto. Les medíamos el pulso. Comprobábamos que no tuvieran los dientes podridos. Analizábamos su orina. Escuchábamos el sonido de la sangre moviéndose por sus cuerpos, la forma en que golpea.

Miré a Lou. Me acariciaba la rodilla distraídamente, pero tenía los ojos cerrados. El Departamento de Saneamiento le había dado un ascenso, pero eso significaba que tendría que levantarse a las cuatro y media de la mañana para conducir hasta el Bronx y llegar a las seis de la mañana.

Me incliné y le di un beso en la frente.

—Estás haciendo algo bueno, cariño —me dijo.

Luego su mano dejó de moverse, y él se apagó.

¿Estás despierta?

El mensaje parpadeó en mi móvil. Era de mi madre, y lo había enviado a las cuatro de la mañana.

La bebé rugió en la habitación de al lado y yo me balanceé en la oscuridad hasta su cuerpo lloroso, la cogí en brazos y le dije que estaba bien.

Una parte de mí se preguntaba cómo sería volver a ser niña, no tener que trabajar, estar en la cama todo el día, simplemente abrir la boca y gritar. Seguro que alguien correría a mi lado y me acunaría en la oscuridad, me susurraría al oído una y otra vez «todo está bien, mi amor», hasta que me quedara dormida.

Me senté en el suelo con la teta pegada a su boca, considerando si responder o no al mensaje de mi madre. Un mensaje de mi madre en mitad de la noche podía significar varias cosas que podrían arrastrarme a una conversación de hora y media, y esa noche tenía muchas esperanzas de dormir dos horas extra. La bebé ya empezaba a cabecear.

Antes de que pudiera decidir si llamarla o no, apareció otro mensaje en la pantalla.

Porque me gustaría convocar una reunión familiar.

¿Podrían tú y Nina venir a casa a las 10:30 a. m.? Por favor, trae a la niña, ya que hace cuatro días que no la veo.

Siempre con la culpa, esa.

Le envié un mensaje a Nina:

¿De qué crees que se trata esto?

A lo que Nina contestó, a las ocho de la mañana:

Es mamá. Ella sabe.

CAPÍTULO 16

Nina

¡Una reunión familiar! Pegado en el chinero había un trozo de papel de estraza en el que se esbozaba una agenda con varias viñetas negras, la primera de las cuales era: *Mis hijas las mentirosas.* Para el último punto de la lista, mamá había cambiado el marcador a rojo y había escrito en letras grandes: *Recuperar a Ruthy.*

Eran las diez y media de la mañana y Jessica estaba sentada en el sofá, moviendo una de sus piernas de arriba abajo, por lo que me costaba distinguir si se trataba de rabia o nervios. Me acomodé a su lado. De fondo, la televisión emitía una repetición de *El show de Bill Cosby,* en la que Theo intenta ocultar a su padre su oreja perforada poniéndose unos audífonos y fingiendo que escucha música. Mi madre estaba sentada frente a nosotras, con la bebé en un brazo mientras sorbía su café con la mano libre. A su lado, por alguna inexplicable razón, estaba sentada Irene. Las dos parecían un rey y una reina impartiendo órdenes desde las sillas de la mesa del comedor con los asientos cubiertos de plástico que habían arrastrado hasta la sala. Jessica y yo, sin darnos cuenta y sin querer, sus súbditas.

—¿Por qué está Irene aquí? —le pregunté a mamá.

Esto hizo que Irene se volviera hacia mí y levantara una ceja como si yo fuera la que no debía estar en la sala, en esta reunión tan personal sobre mi hermana perdida hacía mucho tiempo.

Mi madre se indignó.

—Esa es mi amiga querida y mi confidente —dijo.

¿Yo? Yo no era más que un chimpancé que había adoptado del zoológico de Staten Island.

—Ja —le dije.

Al parecer, sin que las dos lo supiéramos, Irene había alcanzado el estatus de comadre. Mientras Jessica y yo habíamos estado discutiendo sobre los detalles de la cara de Ruthy del reality, ellas dos habían estado confabulando entre cafecitos y sesiones de oración en la iglesia.

Mi madre levantó un marcador y declaró:

—Irene nos ayudará a encontrar a tu hermana. Ahora, ten un poco de respeto, Nina, por favor, y siéntate. Las he criado a las dos mejor que eso.

El sofá forrado de plástico chirrió cuando me acomodé junto a Jessica. Irene nos sonrió; parecía una Cruella de Vil puertorriqueña. Tal vez si permanecíamos calladas el tiempo suficiente y asentíamos con la cabeza con bastante entusiasmo, me dije, tal vez, solo tal vez, podríamos conseguir que mi madre desistiera o se olvidara de cualquier plan que hubiera tramado con Irene.

Sin embargo, fue estúpido por mi parte albergar esa esperanza. Debería haberlo sabido.

Mi madre se puso de pie frente a la cartulina con la bebé, que se estremecía en sus brazos.

—Muy bien, comencemos.

Resultó que mamá había llegado más lejos que nosotras, con la ayuda de Irene. Irene había encontrado la dirección del Condominio Catfight, con el favor de un viejo bibliotecario llamado Sr. Álvarez, que había estado tratando de impresionar a Irene desde

2003 para escabullirse en sus Fruit of the Loom. Mi madre también había investigado a fondo sobre las otras chicas que vivían en la casa.

—La chica punk indonesia de Florida —dijo mi madre—. Irene descubrió que en realidad no se llama Gem Stone.

—¡¿En serio?! —dije—. Irene debería ser detective. —Luego puse los ojos en blanco hasta que Jessica me dio un codazo y me susurró que parara.

El verdadero nombre de Gem era Martha. Y era una niña rica que fingía ser pobre. De adolescente había huido de su familia un total de quince veces antes de ir a la universidad y luego encontró la manera de huir de eso también.

McKayla, la chica rubia de la sororidad, usaba su nombre real en el programa, pero nunca había ido a la universidad. En realidad, era de Manhattan, Kansas, aunque en su grabación para el *casting* decía que se había criado en Alabama. El internado a donde había dicho que había ido también era inventado.

—Ahora, Ruby. —Mi madre levantó una hoja y mostró varias fotos de la doble de Ruthy que había recortado y pegado en la pared, con descripciones, fechas y notas—. No se menciona a su familia en absoluto. Pero su brillante madre pudo averiguar que vivió en un hogar para chicas en Pensilvania cuando tenía dieciséis años. Trabajó en un club de striptease durante unos años, antes de que la eligieran para el programa —dijo ma, haciendo una pausa significativa después de cada frase, lo que me hizo estremecer—. Su sueño era ser bailarina.

Había algo vergonzoso en todo esto que no podía comprender... parecía como si mi madre ensayara una escena de *La ley y el orden*, como si fuera una especie de investigadora privada. Y por un momento tuve que preguntarme por qué me avergonzaba tanto que mi madre actuara como una autoridad. ¿Podría tratarse de algún tipo de colonialismo interiorizado? ¿No era ella, después de todo, la máxima autoridad sobre Ruthy? ¿No la había creado, literalmente?

Cuando Julie lloraba, mi madre se metía los puños de la bebé en la boca y fingía comérselos. «Nom, nom, nom, nom, nom».

Enloquecida, Julie chillaba de risa, y mi madre comenzaba a cantar: «Qué linda manita que tiene bebé. Qué linda. Qué bella. Qué preciosa es».

Era muy enternecedora y muy agresiva esta representación de la maternidad. Parecía que mi madre intentaba sugerir que en sus cuarenta y cuatro años en esta tierra rancia había sobrevivido a dos generaciones de niños, una epidemia de crack, varias recesiones, la muerte de su marido y tres episodios de migración circular entre Nueva York y Puerto Rico. Intentaba recordarnos que ella había vivido más que cualquiera de nosotras; por algo merecía llamarse abuela.

Mi hermana se levantó y dijo:

—¿Por qué no me pasas a la bebé, mamá?

—Me quiere más a mí, Jessica. Siéntate.

Entonces mi madre levantó la gran hoja blanca con la agenda para revelar otro trozo de papel de estraza, que parecía un mapa o un diagrama de fútbol de jugadas intrincadas; había dibujado una complicada red de X, flechas y números, y luego lo que parecía una compleja ecuación matemática. Parecía que ya había calculado cuánto costarían la gasolina y una noche en una habitación de motel cuando todas llegásemos a Boston. Irene se subió los lentes y se dio golpecitos en el labio superior con el dedo índice mientras contemplaba las sumas.

—Muy bien. Lo primero es lo primero —dijo mi madre.

Se había pasado la noche calculando cómo conducir hasta Boston, ideando un plan para infiltrarse en el programa de telerrealidad, que incluía una mezcla azarosa de mentiras piadosas y muchos estratos de oraciones a Dios. Bajo el plan también había enumerado los números de varios gurús cristianos de la autoayuda y programas de noticias de investigación a los que podíamos pedir ayuda. Si hubiera tenido dinero, sabía que mi madre habría contratado a un investigador privado de uno de los programas de crímenes reales que veía, pero, por desgracia, no éramos más que unas puertorriqueñas arruinadas.

Comencé a decir algo para protestar, pero Jessica levantó la mano para que me callara.

—Yo me encargo, Nina.

Puse los ojos en blanco. *Por supuesto, Jessica, tú llevas la voz cantante. No quiera Dios que nadie diga nada antes que tú.*

—Ma. Creo que tendría mucho más sentido que Nina y yo nos ocupáramos de esto nosotras mismas —dijo Jessica, en su mejor voz de maestra de kindergarten—. Iremos en el carro y te llamaremos cuando lleguemos. Te juro que te informaremos de todo lo que ocurra. —Y entonces, con la mayor emoción y sinceridad, Jessica asintió lentamente como si estuviera hablando con uno de sus pacientes mayores—. La traeremos a casa, mamá. Te lo prometemos.

A lo que mi madre puso los ojos en blanco.

—¡Traerla a casa! ¿Ustedes dos? No. Ni siquiera pueden cuidarse a ustedes mismas, mucho menos encargarse de algo así. Una hija necesita a su madre —dijo, pasándole la bebé a Jessica—. Irene y yo iremos con ustedes a buscar a Ruthy. Se acordará de mí cuando me vea. —Y luego, como si estuviera citando un proverbio de la Biblia—: Una hija siempre se acuerda de su madre.

—Ay, ma —dije—. Por favor.

—Déjalo en manos de tu madre. Yo sé lo que hago —dijo ella.

—Y tenemos a Dios de nuestra parte —añadió Irene, y aplaudió de la nada, antes de excusarse porque tenía una cita importante en la iglesia.

Tras varias rondas de abrazos y besos en las mejillas —«Que Dios te bendiga»—, Irene salió por fin del apartamento. Y mi madre fue a la cocina y comenzó a hacer ruido golpeando las cosas sobre la encimera.

—¿Quieren más café?

Jessica y yo intercambiamos miradas de *¿Qué coño hacemos?* en ese silencioso lenguaje de señas de hermanas desarrollado por décadas de ser alimentadas, abrazadas, vestidas y golpeadas dentro de la misma casa. Me encogí de hombros y con un movimiento de la mano indiqué: *Esto es todo tuyo, niña. Yo no me meto.*

Jessica suspiró y negó con la cabeza. La vi calculando qué decir a continuación.

Mi madre volvió a gritar:

—¿Ya comieron? ¿Quieren huevos? —Abrió la llave del agua para fregar una sartén, mientras nosotras comenzábamos a decirnos cosas en voz baja para averiguar qué demonios íbamos a hacer. Como nadie le respondió, ma se dio la vuelta con la sartén y dijo—: ¿Holaaaa, estoy hablando con las paredes?

—Estoy bien, ma. Escucha... —se lanzó Jessica. Mi madre se movía por la cocina como si no estuviera escuchando, pero se notaba que sí—. Estoy tan cansada de Irene. La forma en que se sienta allí y juzga a todo el mundo.

Pero mi madre fingió no oírla.

—¿Quieres revuelto o frito, Nina?

Irritada, Jessica se levantó y se dirigió a la cocina.

—Es detestable la forma en que Irene juzga a la gente. No creo que deba venir con nosotras.

Las espié desde la sala.

—¿Detestable? —Mi madre resopló y fue de vuelta al fregadero.

—Sí, y luego finge desmayarse en la iglesia. Es vergonzoso.

Mi madre se apartó de los platos, con la llave del agua aún abierta, miró a Jessica y comenzó a reír.

—¿La forma en que «ella» juzga?

Una torre de platos se derrumbó en el fregadero, salpicando los restos de sopa por todas partes. Cerró la llave.

—¿Saben lo que le pasó a Irene cuando tenía tres años?

Yo no sabía lo que le había pasado a Irene cuando tenía tres años. Y tampoco quería saberlo.

—¿Eh? —dijo mi madre—. Su padre le pegaba a su madre cuando vivían en Cataño. Un día la madre no aguantó más y se va, se levanta y se va. Pero el caso es que no se lleva a Irene. E Irene, ya saben, era una niña muy, muy difícil. No paraba de llorar.

Asentí y me encogí de hombros. Podía imaginármelo.

—Así que un día el padre levantó una plancha y la quemó para que parara. —Mi madre nos miró fijamente—. Tres años —dijo—. Chicas, ¿creen que lo han tenido difícil? ¿Que han tenido una mala vida? —Mi madre se echó a reír—. Oh, no tienes ni idea, cariño. Ni idea. Así que, si Irene decide tirarse al suelo porque cree oír a Dios, la dejas en paz de una jodida vez. ¿Me entiendes, Jessica?

Entonces, justo cuando Jessica iba a decir algo, ma nos levantó un dedo a las dos.

—Respeto.

Bien entonces, siempre era así. Esa era la señal para olvidarlo. Para cerrar la boca. Mi madre empezó a romper los huevos en una sartén, aunque ninguna de nosotras tenía hambre.

Había ocurrido una pelea; ahora sería necesario que nos sentáramos a comer. Era la forma que tenía mi madre de enfatizar: *Aquí les estoy proveyendo de nuevo. Siempre les he dado de comer. Siempre han tenido un techo. ¿Por qué quejarse ahora? Miren lo que tienen en comparación con el resto del mundo.*

—Nosotras no fuimos... —dijo Jessica en voz baja. Miraba el borde de la mesa en vez de a ma. Llevaba a la bebé en brazos, que se había quedado dormida y babeaba sobre su pecho. Parecía contener la respiración.

—Irene vendrá con nosotras. Me da igual lo que digan ustedes dos —dijo mi madre—. Dios sabe que necesito al menos una adulta verdadera en este viaje.

—No fuimos —dijo Jessica más alto ahora, para que mi madre no pudiera ignorarlo.

Se dio la vuelta y miró a Jessica.

—¿No qué?

—No fuimos malcriadas. —La palabra *malcriadas* salió con maldad de la boca de Jessica.

Me estremecí cuando mi madre saltó hacia Jessica de la misma manera que lo hacía cuando le contestábamos y nos abofeteaba rápidamente por atrevernos a decir algo contrario a lo que ella decía.

Vi que Jessica también se estremecía. Una vieja costumbre.

Pero ya éramos mayores. Mi madre pareció darse cuenta de ello al ver a Jessica con la bebé en brazos. Éramos demasiado mayores para que nos pegaran así. Aun así, mi madre echaba humo. Se le había hinchado la cara y le brillaba por el calor de la estufa. Pensé que debía hacer algo para aplacar la confrontación, pero me parecía que la escena era inevitable y que se produciría hiciera lo que hiciera. No éramos ese tipo de familia, de las que se hablan educadamente sobre dónde y cómo nos duele.

—¿Qué es eso tan malo que te ha pasado? Dime qué fue tan malo —decía mi madre.

—No quiero hablar de esto ahora, mamá. —Jessica empezó a recoger sus cosas para irse.

—Pero tú sacaste el tema, ¿no? —preguntó—. Pues entonces

habla. Ahora tienes valentía. Tienes algo que decir. Entonces, ¿qué era tan malo, Jessica, eh? Dímelo. Tenías un techo sobre tu cabeza. Tenías comida. Pudiste hacer tus deportes y tus pequeñas actividades extracurriculares. Tu padre y yo te protegimos de todo.

—Ma contaba con los dedos.

¡De todo! Mientras tanto, mi madre creció en la pobreza, yendo y viniendo entre Puerto Rico, Brooklyn y el Bronx, dependiendo de dónde y cuándo consiguiera trabajo su padre. Su propia familia había sido desahuciada dos veces de su apartamento. Dos veces. Y tuvieron que suplicar a algún familiar lejano del Bronx que los acogiera. Durante tres meses durmieron en el suelo de la sala de una prima, hasta que el marido de esta se hartó y les pidió que se marcharan. («Pero ¿qué sabían ustedes de eso? A ustedes dos nunca les faltó una comida de verdad en toda su vida. Ni una sola comida. Por Dios. Imagínense»). Y luego, cuando el padre de mi madre desapareció, ella tuvo que buscarse un trabajo a los trece años para ayudar a su madre con el alquiler, y cuidaba de sus hermanos pequeños cuando volvía de la escuela. Cocinar, darles de comer. Fregar los platos, acostar a los niños, mientras su madre trabajaba por las noches. («Esos mierdecillas, ¿dónde coño están ahora? Los dos drogados en algún sitio, te lo prometo», decía. «Le robaban a su propia madre. A mí me robaron»).

¿Y qué nos pasaba a nosotras? Sus propias hijas.

Después de todo lo que había sacrificado, los largos días de trabajo, para que esta pudiera tener ¿qué? CLASES DE PIANO. ¡Malditas clases de piano! Y aparatos de ortodoncia, Dios mío, aparatos de ortodoncia.

—¡Una quinceañera! —dijo—. Pagamos trescientos dólares para que alguien te hiciera ese traje. ¡Trescientos dólares! —dijo, señalándome—. Estabas tan guapa, Nina. Dios mío, todavía puedo verlo.

¡Ja! En la mayoría de mis fotos de quinceañera en Silver Lake Park yo aparecía torpemente agarrada de la mano de mi prima mayor, mirando a la cámara con los ojos entrecerrados, huesuda y masculina con lo que parecía un vestido de novia de los años ochenta.

Dios, por favor, pensé, quinceañera no. Odiaba las quinceañeras. Pero, por supuesto, mi madre había impuesto todas sus oportunidades perdidas y sus sueños rotos en nuestras vidas, como si estuviera forzando las piezas de un viejo rompecabezas en otro completamente distinto. De niña había deducido que lo único que necesitaba para cambiar su vida era dinero. Y encontraría la manera de conseguirlo, pasara lo que pasara. A los trece años, tras conseguir su primer trabajo, se prometió a sí misma que nunca volvería a ser pobre.

Mi madre raspó los huevos revueltos de la sartén a nuestros platos y nos los puso delante.

Ni siquiera sabíamos mostrar respeto, decía. Lo más básico.

Mi madre escupía, estaba muy furiosa.

Intenté tapar los huevos y protegerlos de su saliva, porque ahora sabía que era inevitable comérmelos. La única forma de calmar a mi madre sería tragar con mucho aprecio cada uno de los bocados que nos preparaba. Decirle que estaba delicioso. Decirle que su comida era la mejor.

—Ma, me encantó la quinceañera —le dije—. Gracias.

Pero Jess se negó a seguirle el juego.

—No puedo, mamá. De verdad, no puedo con la actuación a lo Betty Crocker. Basta ya. Y para que conste, no nos protegiste de todo.

Estaba mirando a Jessica ahora, como: *Ay Dios, por favor no hables de Ruthy, Jess. Ya son las dos de la tarde. Vamos a abrazar a mamá, darle un beso de despedida y hablar mierda en el carro. Ya sabes cómo se pone mamá. Ignórala. Déjala en paz de una puta vez.* Toqué el brazo de mi hermana.

Pero era demasiado tarde.

Mi madre ladeó la cabeza.

—¿Qué coño acabas de decir?

—No quiero hablar de esto ahora, mamá —dijo Jessica, pronunciando cada palabra. Luego se levantó, sosteniendo a Julie con un brazo. Jess deslizó el otro por debajo de la correa de su bolso, que seguía resbalando de su hombro—. Tengo que salir de aquí. Lou nos espera en casa.

Tenían que llevar a Julie a vacunarse por primera vez contra la gripe antes de que hiciera demasiado frío. El pediatra insistió, dijo. El mes pasado, Julie había contraído de algún modo la tosferina, y Jessica dijo que el sonido de la bebé luchando por respirar todavía la atormentaba a veces en sueños por la noche. Jessica siempre tenía pesadillas escandalosas; cuando gritaba en sueños, me despertaba. Desde que era adolescente, tenía esos sueños en los que sentía que estaba despierta, pero su cuerpo estaba paralizado. Y en este estado de parálisis podía sentir que algo la acechaba.

Normalmente, cualquier mención de la bebé, de su salud, de sus cosas, habría servido enseguida para detener incluso la discusión más acalorada. Las tres siempre conseguíamos dejar de lado nuestras diferencias por Julie.

Pero esta vez, no.

—¿Qué es exactamente lo que estás tratando de decir, Jessica? —dijo ma.

Jess fingió que no la había escuchado y se dirigió a la puerta. Podías ver la cara de Julie rebosante de emoción por encima de su hombro. Sus círculos de saliva brillando bajo la luz de la cocina.

Mi madre sujetó el brazo de Jess antes de que pudiera abrir la puerta.

—¿Qué? Dime qué. Ahora.

Y en un movimiento rápido y salvaje, Jessica se dio la vuelta, con la cara vibrando de ira.

—Me lastimaron. A mí también me hicieron daño, mamá.

Nunca había visto a Jessica hablarle así a mi madre.

Nadie, ni una sola vez en nuestra infancia, ni siquiera mi padre le había hablado así a mi madre: gritando. En mi cabeza pensaba: *Mierda, esto no tiene buena pinta.* Se me apretó el pecho y una parte de mí pensó que me iba a reír. No porque me hiciera gracia, sino porque no podía respirar. Sin pensarlo toqué el paquete de cigarrillos que llevaba en el bolsillo, mientras la bebé chillaba en su estúpido y extraño idioma entre los cuerpos de mi madre y Jessica.

—¿Te acuerdas del señor Alvin, el de al lado?, ¿eh? Oh no, no te acuerdas del señor Alvin. Porque estabas demasiado ocupada trabajando, pero oh, déjanos con doña Miriam. Ella es de la iglesia. Tu confías en ella —dijo Jessica, alzando la voz e imitando el acento de ma—. Pues no debiste hacerlo.

Y de pronto, supe lo que estaba a punto de decir, como si siempre lo hubiera sabido, después de todos estos años.

Porque siempre lo había sabido. ¿No es así?

—No —dije—. Jessica, no.

La forma en que podía oír a Jess llorando en la cama encima de mí por la noche. La forma en que fingía no oírla ni verla. Alvin, el hijo de doña Miriam, siempre sin trabajo y demasiado viejo para vivir con ella. ¡Un hombre de treinta y cinco años! La vez que doña Miriam se quedó dormida frente al televisor. Y yo me quedé sentada en el suelo, con un tazón de cereales entre las piernas, viendo cómo los dibujos animados se golpeaban en la cabeza, una y otra vez.

¿Dónde había estado Jessica todas aquellas veces, mientras

Ruthy y yo estábamos sentadas en el suelo con doña Miriam roncando encima de nosotras en el sofá? No me acuerdo.

Estaba comiendo mi cereal favorito. Todo el tazón de leche estaba de color rosa brillante. Aquel año, el azúcar se comió una de mis muelas de leche mientras veía cómo los dibujos animados se perseguían por varios precipicios.

¡Pum!

El coyote cayó al cañón; su cuerpo estalló en una nube de polvo. Bip, bip, dijo el Correcaminos.

Estaba tan ocupada riendo. No podía parar.

Mi madre se quedó con la boca abierta. Horrorizada. En reconocimiento. Jessica ni siquiera tuvo que decir otra palabra.

—Sí. —Jess asintió con la cabeza.

Entonces algo cambió en el rostro de mi madre y se puso como una roca.

—Eso no es verdad, Jessica. Lo que estás diciendo ahora mismo no es verdad.

—Es verdad —dijo Jess con voz muy razonable.

—No es verdad. Alvin ya se había ido de la casa antes de que dejara que Miriam cuidara de ti.

—No, estaba allí. —Jessica no podía dejar de asentir con la cabeza.

—No estaba allí.

La bebé comenzó a llorar, y Jess seguía metiéndole el bobo en la boca, y cada vez que sus labios se abrían para gritar el bobo volvía a salir.

Entonces Jessica se volvió hacia mí.

—Muy bien, entonces preguntémosle a Nina.

Me sorprendió oír mi nombre. Sin darme cuenta, había retrocedido hasta el pequeño pasillo que conectaba con la sala. Había levantado las manos.

—Nina, díselo —dijo Jess.

Admitir que el señor Alvin estaba en la casa era admitir que yo siempre había sabido lo que le pasaba a Jessica. Aunque yo no lo hubiera sabido. Había un hedor que había crecido entre nosotras ese verano. Y de alguna manera, sabía que estaba conectado con Alvin. Sabía que lo que estaba pasando era tan aterrador y repugnante que Jess no podía mencionármelo, y yo no podía mencionar que sabía que le estaba pasando a ella. Y crecimos así, sabiendo y no sabiendo todo a la vez.

Pero ahora, todos estos años después, ¿cómo podía admitir que había sospechado lo que le ocurría a Jessica pero que nunca había dicho nada? ¿Y qué decía de mí ese silencio?

—Sabes que estaba allí, Nina —dijo Jessica—. Di la verdad.

Tanto mi madre como Jessica se quedaron mirándome, rehusándose a soltar otra palabra.

Hasta que lo único que pude hacer fue bajar la cabeza y decir:

—Sí, mami. Alvin estaba en casa de doña Miriam.

La cara de mi madre temblaba.

—¡Niñas, ustedes me están mintiendo! —dijo. Pero fue a medias. Después, toda su actitud se derrumbó—. ¿Cómo no me lo habían dicho? —preguntó mi madre. Extendió los brazos hacia Jessica—. Cariño, ¿cómo has podido no decírmelo?

La voz de mi madre era suave ahora. Y yo lo odiaba, odiaba escucharla como si estuviera suplicando.

—¿Qué se suponía que tenía que decir, ma? ¿Cómo iba a decirlo? ¡Tenía diez malditos años, mamá! —Ahora Jess estaba gritando.

Y la voz de mi madre seguía suavizándose.

—¿Cómo pudiste no decírmelo? Oh, mi niña, ¿cómo pudiste no decírmelo?

Vi cómo los hombros de Jess se contraían antes de dejar que

mi madre la acercara hacia sus brazos. Y entonces mi hermana cedió.

—Está bien, mamá —dijo—. No pasa nada. Por favor, mamá. Las cosas estaban bien. Tenías razón.

—Ojalá me lo hubieras dicho. Lo habría *fucking* matado. Lo habría sacado a rastras de la casa con mis propias manos.

—No debería haber dicho nada —dijo Jess, y ahora era ella la que consolaba a mi madre—. Tenías razón. Lo teníamos todo. Siempre lo tuvimos todo, mamá. Siempre vivimos bien.

CAPÍTULO 17

Jessica

Lo último que quería hacer era informar o responder a preguntas, pero allí estaba Nina siguiéndome a la puerta, antinaturalmente educada, llevando a la bebé todo el camino escaleras abajo y abrochándole el cinturón en la sillita de bebé mientras Julie le asaltaba la cara con el chupón. Nina no tenía que ayudarme en el carro, pero lo hizo.

Toda esa amabilidad.

Era como si este nuevo conocimiento nos convirtiera en extrañas.

Encendí el carro, y ella asomó la cabeza por la ventanilla del pasajero y trató de hacer una broma.

—Nunca un momento aburrido en la familia Ramírez, ¿eh?

—No hagas eso, Nina.

—¿Hacer qué? —dijo ella.

—No hagas esa mierda de intentar hacerte la graciosa cuando acaba de pasar algo jodido. Es como... es un poco desagradable, ¿sabes?

Ella asintió. Abrió la boca para hablar. Luego la cerró. Luego volvió a abrirla.

—¿No quieres hablar de eso, Jess? Porque, bueno, podemos hablar de eso. Estoy aquí.

—No, no quiero hablar de eso, Nina.

Y tal vez había algo desagradable en mi voz que se burlaba de su preocupación, pero tan pronto como Nina se estremeció y bajó la mirada, me arrepentí.

—Mira, estoy bien, solo quiero llegar a casa. Ya es tarde y estoy cansada.

Sobre todo, yo quería que esa parte de mí desapareciera. Quería olvidar a aquella niña, cómo se sentía después de aquellas cosas en casa de doña Miriam. Quería no volver a pensar en ella.

Durante mucho tiempo, esa fue mi forma de actuar. Ni Lou, ni mi madre, ni mis hermanas, nadie lo sabría. Y al hablar me sentía como si hubiera traicionado a aquella niña de diez años que pensaba que si se quedaba lo bastante quieta en el sofá, nadie la llamaría a su cuarto oscuro.

De pie fuera del carro, en el frío, Nina de alguna manera parecía distante. Nunca le había pasado nada parecido. Y yo deseaba tanto ser esa persona. A veces soñaba con una especie de Jessica de un universo alternativo; soñaba con poder entrar en ciertas habitaciones sin que algo se apretara en su cuerpo, retorciéndome el corazón. Al mismo tiempo, no soportaba a las personas que nunca tuvieron que experimentar lo mismo que yo. Y si no tenía suficiente cuidado, los celos podían trepar por mi garganta como un ácido.

—No tenemos que hablar de eso —dijo Nina—. Yo solo. Solo quería decir que lo siento. Ojalá hubiera podido hacer algo. Debería haber hecho algo, pero era demasiado pequeña.

Lo que me irritó.

—No se trata de ti, Nina. Nada de esto se trata de ti —dije—. Ve a cuidar a mamá, ¿de acuerdo? De todas formas, no debería haber dicho nada. Solo quiero concentrarme en encontrar a Ruthy.

—Pero me alegra que tú...

—No quiero hablar de eso, ¿de acuerdo? Te quiero.

Y entonces volví a la casa, donde Lou estaba tumbado en el sofá viendo la tele.

—¡Mis chicas! ¡Han vuelto! Sabía que iban a llegar tarde viniendo de casa de tu mamá. Díganme al menos que han llamado al médico.

Se levantó de un salto y encendió la luz, echó un vistazo a mi cara y luego dijo:

—Por Dios, Jessica. ¿Qué ha pasado?

Y se lo conté.

CAPÍTULO 18

Nina

Hicimos que Lou fingiera estar enfermo para que pudiera ausentarse del trabajo el Viernes Negro y cuidar a la bebé. Jessica me sentó en la parte delantera del carro de alquiler con ella para navegar, y ma se sentó en la parte trasera con Irene. Las dos con los bolsos en la falda y la barbilla levantada, ofreciendo opiniones.

—Si yo fuera tú, no tomaría la avenida Forest ahora. Estamos a punto de llegar a la hora pico —dijo Irene.

Y Jessica murmuraba de modo que solo yo pudiera oírla:

—Bueno, tú no eres yo. ¿O sí?

Ya en la carretera tuvimos que parar tres veces para que ma entrara corriendo en la gasolinera a hacer pipí e Irene pudiera estirar las piernas y comprar un paquete de chicles de canela sin azúcar.

—Chacho, ese baño. A veces las mujeres son tan asquerosas como los hombres.

El carro que alquilamos era lo suficientemente grande como para que cupiéramos sin problema las cuatro con nuestro equipaje e, hipotéticamente hablando, Ruthy. Si pudiéramos convencerla de que volviera con nosotras... aunque, pensándolo bien, la idea se volvía cada vez más imposible. ¿Y si cuando llegáramos a Boston, Ruthy se diera la vuelta y dijera: «Aléjense ahora mismo de mí»? Me encogí y repetí la escena en mi cabeza tantas veces que este desastre parecía inevitable. Recordé cuando tenía ocho años y Ruthy me había mirado con indiferencia cuando le pedí ir con ella a una fiesta en casa de una amiga. Peor aún, comencé a preocuparme por cómo reaccionaría mamá una vez que la viéramos en la vida real. ¿Se pondría a llorar desconsoladamente? ¿Golpearía a uno de los camarógrafos en la cabeza con su bolso? ¿Intentaría arrastrar a Ruthy al coche como si aún estuviera en octavo grado?

Siempre le había tenido miedo a mi madre.

Siempre había tenido miedo de que mi madre montara una escena.

No solo por la forma en que sus emociones oscilaban de cero a diez en cualquier momento, sino también, y sobre todo, por la forma en que exageraba su papel de madre. Durante muchos años había tenido la sensación de que intentaba compensar en exceso el hecho de haber tenido hijos tan joven, de haber crecido en la pobreza o de ser puertorriqueña. Repetía los mismos chistes de las madres de la televisión estadounidense que veíamos esa semana en TGIF, las historias que contaban sobre sus reuniones de la Asociación de Padres y Maestros o sus viajes de compras a las tiendas por departamentos. Citaba la Biblia innecesariamente y al siguiente suspiro bajaba la ventana del carro y le gritaba a alguien que trataba de colarse en la fila: «Hijo de puta, como te atrevas». Dios, todas las veces que me avergonzó delante de los maestros. En sexto grado, en aquel salón verde oscuro de la escuela IS 61, cuando había reprobado en Inglés por segunda vez consecutiva, le dijo a la maestra D'Angelo: «Siempre le digo a Nina: "Si me entero de que te has metido en algún problema en la escuela, le creeré al maestro, no a ti"». Me miró a los ojos mientras lo decía, luego se volvió hacia D'Angelo y se echó a reír.

Odiaba la clase de Inglés, odiaba que las preguntas fueran tan ambiguas y confusas; puedes mirar lo que alguien ha escrito de cien formas distintas. Y allí, en el examen, la primera pregunta: «¿Cuál es la idea principal de este párrafo?». Pero en mi cabeza había tantas ideas principales, y todas ellas estallaban como una estrella cuando tenía que sentarme a hacer un examen.

Ahora, en el carro, me volví hacia mi madre y le dije tranquilamente:

—Ma, cuando lleguemos, déjanoslo a nosotras, ¿vale?

Lo cual molestó a Jessica.

—Vamos, Nina, relájate —dijo Jess—. No vengas a ladrar todas esas exigencias en este carro, como si hubieras pagado por él.

Durante todo el camino por la I-95, Jessica no soltaba la radio. Ella era una nena de principios de los ochenta, pero también como super cursi, así que le encantaba escuchar una multitud de mierdas de Light FM que me volvían loca: Vanessa Williams. Lionel Richie. Y durante todo el viaje a Boston discutimos sobre quién tenía derecho a cambiar de emisora.

—Es alquilado —dije.

—Sí, pero soy yo la que conduce, carajo —argumentó Jessica, lo que nos valió cuarenta y cinco minutos de Marc Anthony, a petición de mi madre.

—Para mantener la paz —dijo ma, pasándonos el CD.

Aun así, Jessica y yo seguimos molestándonos entre los estribillos de «Hasta ayer». Sobre si era buena idea conducir hasta Boston. Sobre que yo no quería ir porque ahora ni siquiera tenía trabajo. ¿Y sabes lo difícil que es conseguir un trabajo, Jess? Sobre que era más difícil para Jessica y ¿qué sabía yo de ser madre? (Paramos ahí un momento para cantar el final de la canción con Marc Anthony, Irene y mi madre, «¡Eh, yo te quería tanto, mujer!»). Otra vez, sobre que yo no quería ir a Boston en primer lugar, que era una estupidez, una idea estúpida. Sobre que yo no me preocupaba por Ruthy tanto como Jessica:

—Siempre eres tan jodidamente egoísta. Es tu hermana, de tu propia sangre, y no podría importarte menos.

—¡Ya, basta, las dos! —gritó mi madre desde atrás, y luego metió la cabeza entre nuestros asientos—. SOY YO la que más se preocupa por Ruthy. ¿De acuerdo?

Esto hizo que Irene soltara una risita.

Sobre que Jessica siempre mandaba a los demás solo porque era la mayor. Desde que éramos niñas, todo tenía que ser a su manera. Sobre que no me importaba nadie más que yo misma.

Ejemplo: el alojamiento y la comida costosísimos, para los que ma tuvo que pedir un préstamo cuando yo podría haber ido a una maldita CUNY.

—Pero nooo... haz que ma pague ocho mil dólares para ir a una estúpida universidad de Ricky Ricón.

Sobre Jessica pensando que era mejor que los demás, solo porque era la mayor. Desde que éramos niñas, todo tenía que ser a su manera, incluso cuando jugábamos a cualquier juego imaginario: ella siempre era la tirana, la que obligaba a las Barbies de los demás a representar los papeles que ella quería. Sobre mí, que me creía mejor que los demás solo por haber ido a la universidad:

—Pues, mira eso, la señorita Mandamás doblando pantis ahora. Ah, espera, pero es verdad: te han despedido. ¡Ja! —Golpeó el volante—. Ni siquiera puedes *fucking* vender ropa interior.

Sobre que Jessica estaba celosa. Celosa de no haber terminado la universidad, de no haber podido pasar del primer semestre en la Universidad de Staten Island.

—Oh, ¿y cómo, Nina? ¿Cómo se suponía que iba a seguir yendo la universidad cuando era yo la que ayudaba a papá a cuidar...

Y aquí se detuvo antes de decir «mamá», porque recordó que mamá estaba en el carro.

Sobre comportarme como una niñita blanca engreída que ni siquiera sabía hablar bien español, ni siquiera la mierda básica. Y toda esa educación para qué sirve, dijo Jess de mala manera.

—Por Dios, vamos a un restaurante mexicano y pides en inglés. Tan puñeteramente vergonzoso.

Sobre Jessica que es un estereotipo, embarazada, ni siquiera casada, apenas obtuvo su diploma de la escuela superior.

—Al menos yo soy una persona real —dije, aunque no lo decía en serio. Ella me había herido con aquel comentario sobre actuar como una chica blanca, y yo necesitaba encontrar algo que la hiriera de la misma forma. En realidad, no había nadie a quien admirara más que a mi hermana.

—Dios mío, Nina. Eres tan jodidamente cursi. ¿Alguna vez te das cuenta de lo cursi que eres? —Jess golpeó el volante—. ¿Una persona real? ¿Qué coño te hace más real que yo? ¿Qué te hace más real que yo, Nina?

—Tengo una vida —dije—. Tengo opciones, zorra —añadí por si acaso.

—Llámame «zorra» una vez más —dijo Jessica—. Y verás qué pasa.

—Zorra.

—Una vez más, Nina, te reto.

Las palabras «te reto» no se tomaban a la ligera en mi casa. Había consecuencias si aceptabas el reto, pero también si no lo hacías. Como era la más pequeña de la familia, me gané el apodo de Punki a los siete años por saltar al suelo desde la litera de arriba. Ese apodo duró una década. Literalmente. Tuve que ir a la universidad para borrarlo.

Así que tomé mi decisión. Y no me avergüenza decirlo.

—Zorra —murmuré en voz baja y miré por la ventanilla.

La calefacción empujaba el olor a plástico del carro nuevo de alquiler hacia mi cara y me preparé para lo que pudiera venir.

—¿Qué tal si vuelves caminando tú sola por la I-95? Así veremos quién tiene envidia de quién, ahora que tu culo no tiene carro. Veamos cuánto tardas en llegar a casa, Nina.

—Adelante —le dije.

—Vale.

—Adelante. —Incluso chasqueé los dedos junto a su barbilla. Jess apartó la cara.

—Vale. Te tengo —dijo.

Las protestas de mi madre y de Irene zumbaban en el fondo, pero lo único que Jess y yo podíamos ver u oír era la una a la otra.

—¿Pero por qué no paras?

—Perra, estoy parando. Voy a parar aquí mismo, joder.

Jessica se detuvo en el paseo derecho de la autopista, se estiró sobre mi falda y abrió la puerta.

—Adelante, Gran Cosa, señorita Tengo Opciones. Camina a tu puta casa.

Lo que me puso en un aprieto, porque no había esperado que Jessica se detuviera de verdad, y ahora, mientras el frío exterior helaba el coche, no sabía qué hacer. Me quedé allí sentada durante treinta segundos sin una respuesta visible a la vista, lo que solo podía significar que Jessica ganaría la discusión.

—Vete. Vete.

—Me voy. Dios mío. —Me desabroché el cinturón de seguridad y dejé que se deslizara violentamente hacia el techo—. Estás del carajo, ¿sabes?

—Jessica, ¡para! Ahora —dijo mi madre, y empezó a golpear-

nos a las dos en el brazo con una revista de *Oprah* enrollada—.
¿Qué les pasa a ustedes dos? Jesucristo.

—Así es —me dijo Jessica mientras se apartaba de los manotazos de ma—. Ahora ya sabes que estoy del carajo.

—¡Animal! —gritó Irene a la española, alargando esa a.

—Estás del carajo —le dije—, dejar a tu hermana a mitad de la carretera. —Salí del carro.

Y mientras Jessica se alejaba, subió el volumen de su emisora Light FM en la radio para que yo pudiera oír a Patrick Swayze cantar «She's Like the Wind».

Irene y mi madre me miraron desde la ventanilla trasera.

—No te muevas —me dijo mi madre con un dedo apuntando al aire—. Quédate ahí mismo.

Irene también volteaba, con sus ojos de mapache mirándome fijamente y su boquita apretada.

Me quedé allí un rato, aturdida por el frío, y esperé.

A que el carro que habíamos alquilado saliera de la autopista, diera la vuelta y se detuviera en el paseo de la carretera.

Encontramos La Fábrica de Globos, ocho larguísimas horas después, junto al Condominio Catfight. Ya eran las nueve. En los postes de teléfono había carteles que decían: ESPECIAL DE VIERNES NEGRO: MUJERES MADURAS Y SEXIS GRATIS ANTES DE LAS DIEZ. Una fila de chicas daba la vuelta a la manzana, tiritando con sus vestidos cortos de lentejuelas, esperando para entrar en el edificio. De vez en cuando, la acera vibraba con el sonido del bajo que venía de los altavoces del club.

Salí del carro para estirarme. Tenía las piernas acalambradas por llevarlas encima de la maleta de Irene. Y sentía náuseas. Había tanto perfume entre todas aquellas chicas que esperaban en la fila, que era como si pudieras saborearlo dentro de la boca, incluso con el frío que hacía.

—Vale, ¿y ahora qué? —le pregunté a Jessica, como si ella estuviera a cargo. Intentaba compensar nuestra pelea en el carro.

—Antes de ir al club, veamos si podemos verlas salir de su edificio de apartamentos —dijo Jessica.

Aún llevaba puestos los pantalones de su uniforme verde del trabajo, y parecía ancha, baja y corpulenta. Había algo descuidado en sus largos rizos que se pegaban a su camisa de poliéster. Cuando se agachó para atarse los tenis, la parte superior de su tatuaje asomó por la cintura del pantalón. Le preguntaba a algunas de las personas que entraban en el edificio si habían visto u oído hablar de Ruthy/Ruby Ramírez, mostrándoles una foto de nuestra hipotética Ruthy que había impreso de Internet. Mientras tanto, yo me colé en el vestíbulo y discutí con el portero —que parecía un Orlando Bloom latino con pelo negro, pómulos de elfo y una afilada y perfectamente cuidada chiva— para que me dejara subir, solo un minuto, por favor.

Apoyó los dedos en el mostrador de mármol.

—Nadie me notificó que esperaba compañía.

—Tú no entiendes —le dije.

Luego dudé.

El portero no podía ser mucho mayor que yo, pero me sentía extrañamente intimidada por su buen aspecto. Tal vez a este chico le pagaban dos veces más que a mí, o quizá tres. ¿Quién sabe? En Nueva York, la gente que trabajaba en edificios como este en Manhattan recibía propinas de Navidad de cien dólares. Una vieja amiga me contó una vez que las empresas gestoras que contrataban para los edificios solo querían asegurarse de que fueras el tipo adecuado de minoría, libre de cualquier tic cultural que pudiera incomodar a los residentes; y, oh, el candidato adecuado debía estar agradecido, sí, siempre tan agradecido por el trabajo... Mira que la belleza y el servilismo tenían mucho más valor en este mundo que una licenciatura en Biología.

Quería preguntarle al portero cómo se las había arreglado para encontrar un trabajo tan jodidamente bueno.

—Es mi hermana —le dije—. Vengo a darle una sorpresa.

—Eh. Ok. —Ni siquiera levantó la vista de su computadora.

—Lo digo en serio, chico. Somos parientes.

Pero me hizo un gesto con la mano para que me fuera y comenzó a hablar con la mujer que estaba detrás de mí con una especie de extraño acento transatlántico.

—Señorita Wagner, qué guapa está esta noche. —Asintió y esbozó una sonrisa, como si yo hubiera desaparecido ante él.

—Oh, sí, tan sensacional, señorita Wagner —dije, imitándolo.

Entonces, una vez que ella entró en el ascensor y las puertas se cerraron, el portero se volvió hacia mí y me dijo con un acento completamente normal:

—Tienes que largarte de mi edificio antes de que llame a la policía.

—Vaya —dije con ese mismo flujo transatlántico—. Qué malos modales. —Luego me retiré al exterior, donde había comenzado a nevar.

Jessica estaba apoyada en el carro y temblaba en su uniforme. Ya había tomado uno de mis cigarrillos, pero ni siquiera sentía ganas de discutir por ello.

—El tipo de ahí dentro es un latino que se odia a sí mismo —le dije—. No hay manera de que entremos.

Jess resopló e hizo algún tipo de comentario como: La sartén le dijo a la olla... pero yo hice como que no la oía.

—Vamos a sentarnos en el carro. Tarde o temprano, tendrá que salir o entrar en el edificio. Entonces todas podrán acercarse a ella —dije.

Mientras caminábamos de vuelta al carro, mi madre bajó la ventana:

—¿Qué fue? ¿Qué ha pasado? ¿Hablaron con él? —Señaló al portero, que nos miraba claramente a través de la puerta de cristal desde su bien iluminado vestíbulo.

Volví al carro.

—Sí, hablé con él. No va a funcionar, ma. Se está comportando como un imbécil.

Me recosté en el asiento y cerré los ojos.

—Déjame ir. Se lo explicaré —dijo mi madre. Se echó el bolso al hombro y se subió el cierre del abrigo.

—No va a funcionar, mamá. Te lo aseguro. Y además es muy irrespetuoso.

—Sí, pero a veces, Nina, no sabes ser amable y hablar con la gente. Ustedes actúan como si nunca les hubiera enseñado modales —dijo mi madre.

Aun así, se bajó el cierre del abrigo y quitó la mano del mango de la puerta. Entrecerró los ojos en la oscuridad.

Estuvimos sentadas así media hora, viendo cómo se reducía la cola y cómo las chicas desaparecían una a una en el club. A veces, el viento agitaba los escombros alrededor de la luz de la farola, o un vaso de plástico venía rodando calle abajo para golpear a una de las chicas en los talones. En medio del frío, se acercaban unas a otras, pero ninguna abandonaba la fila.

¿Qué era lo que merecía pasar tanto tiempo en el frío?

No recordaba la última vez que había hecho una fila así. No podía imaginarme esperar tanto tiempo por algún tipo de diversión ambigua.

—Ya es suficiente —dijo mi madre.

Se desabrochó el cinturón de seguridad. Se enrolló la bufanda en la cabeza y salió del carro. Irene, que se había estado empolvando la cara, sacó un frasquito de loción de su bolso y se lo frotó en las manos antes de salir con ella.

—No puedes ir al club con esa cara pálida, ¿eh, Irene? —le dije.

Jessica levantó la vista del teléfono celular y bajó la ventanilla.

—Vaya, vaya, ¿a dónde van? ¿Ma?

Mi madre la ignoró. Su atención se centraba ahora en la larga fila de chicas que chachareaban en la nieve. Solo Irene se giró para guiñarnos un ojo y saludarnos con un pequeño gesto sarcástico.

—Jodida Irene —dijo Jess mientras subía la ventanilla.

Salimos del carro y las seguimos hacia el frío, pero tuvimos la sensatez de quedarnos atrás. El viento hacía que nos doliera respirar.

De alguna manera, ya se habían involucrado con un grupo de mujeres jóvenes que estaban al final de la fila. Irene estaba enseñando una foto de Ruthy a las chicas, y ellas jadeaban, tapándose la boca de la sorpresa. Al instante, comprendí la estrategia. Mi madre sabía qué aspecto tenían ella e Irene para aquellas jóvenes temblorosas: el de sus propias madres, que podrían estar buscándolas en el futuro. De repente, la alegría de ser jóvenes, guapas y estar vivas las sacudió al recordarles que ellas también podían desaparecer en cualquier momento. Borrachas, abrazaron a Irene y a mi madre. Con cuidado, mantuvieron sus cigarrillos lo más lejos posible de las caras de mamá e Irene mientras las estrechaban entre sus brazos con un grito de compasión.

Al escuchar la historia de Ruthy, una de las chicas incluso

empezó a llorar, llevándose la mano a la boca por la sorpresa. La vieja Irene se unió a ella con las lágrimas, como si estuviera haciendo una audición para *María la del barrio*. Y con la cabeza bien alta, mi madre separó aquella fila de niñas como si fuera Moisés y sus jóvenes cuerpos fueran el mar.

—Gracias. Muchísimas gracias. Mira qué linda, mira esa —decía mi madre dramáticamente, agarrándose el pecho de su chaqueta, mientras otra de las chicas la dejaba pasar al frente.

—Pero tengan cuidado —no pudo evitar añadir Irene, observando la longitud y el tejido elástico de la falda de una de las jóvenes.

Jessica y yo las observamos, atónitas, mientras una a una aquellas hermosas chicas borrachas dejaban que mi madre e Irene pasaran delante de ellas hasta llegar al guardia de seguridad.

—Santo cielo creo que van a entrar de verdad —dijo Jess.

Volvimos al carro y dejamos que ma e Irene hicieran su brujería mientras temblábamos mirándolas con la ventanilla abierta.

El guardia de seguridad era un muchacho grandote de no más de treinta y ocho años, algún tipo de latino con un extravagante bigote que parecía de los años ochenta. Coqueteó con ma e Irene, pidiéndoles su identificación para comprobar su edad. Y mi madre también le coqueteó. Aunque era imposible asegurarlo desde el carro, me pareció verla guiñar el ojo.

—Mira a mamá, sonriendo como una niña de dieciséis años —dijo Jess.

—O sea, tienes que admitirlo. Ella todavía se mantiene.

El pelo de ma todavía era negro como el carbón, y tenía una forma de curvar un lado de su boca hacia arriba con picardía cuando se divertía contigo. De chica, había visto a tipos mantener las puertas abiertas innecesariamente. Los maleducados silbaban y luego comentaban el tamaño de su culo y lo que les gustaría hacer con él. Mis hermanas y yo siempre pensamos que era asqueroso. Pero ahora que yo era mayor, veía a mi madre con más claridad como lo que era: una mujer hermosa.

Después de mirar detenidamente sus identificaciones, el portero jugó a sorprenderse por sus edades. Miró hacia abajo, luego hacia arriba y otra vez hacia abajo.

—De ninguna manera eres tú la de esta foto. —Se rio entre dientes—. ¿Es una falsificación? Estás jugando.

A mi lado, podía sentir el calor que generaban los ojos de Jessica al ponerlos en blanco.

—Muy bien, amigo. Ahora te estás pasando. Solo déjalas entrar —dijo, sacudiendo la cabeza.

Los tres compartieron una carcajada antes de que él abriera la puerta e hiciera pasar a ma e Irene al club, dándoles una suave palmada en los hombros.

A través de la breve abertura de la puerta, oímos al público enloquecer cuando el DJ puso otra canción. Las ventanas estaban tapadas, así que no se veía nada de lo que ocurría adentro. Pero se podía sentir cómo la música sacudía las paredes. Incluso parecía que la acera se movía.

Era nuestra oportunidad. Rápidamente, salimos del carro y corrimos hacia el guardia de seguridad antes de que diera la bienvenida al club al siguiente grupo de chicas.

—Estamos con ellas —le dijimos, señalando la puerta cerrada tras la que ma e Irene habían desaparecido.

Un par de chicas de la fila empezaron a quejarse. Una muy molesta arrastró la palabra «Heelllooo». Otra gritó:

—La fila es hacia atrás.

—Zorra, cállate —dijo Jessica.

El guardia estaba molesto. Echó la cabeza hacia atrás como si estuviera literalmente hastiado.

—Acabas de dejar entrar a Dolores Ramírez. Y la vieja, se llama Irene.

El guardia suspiró.

—Espera. —Entonces abrió la puerta y gritó hacia dentro del edificio—: ¡Señoras! ¿Ellas vienen con ustedes?

Fue Irene quien asomó la cabecita desde detrás de una cortina de terciopelo verde que separaba la puerta exterior del interior del club. Parecía el Mago de Oz; solo se le veía la cara.

—¿Estas dos jovencitas son suyas? —volvió a preguntar el guardia.

Irene frunció el ceño.

—¿Ellas? —preguntó, como si estuviera confundida. Levantó esa infame ceja suya para inspeccionar nuestros rostros y negó con la cabeza—. No, cariño, lo siento —le dijo al portero—. No las he visto en mi vida. —Luego nos guiñó un ojo y volvió a desaparecer tras la cortina.

Nos quedamos allí un segundo, congeladas en aquella acera nevada, estupefactas por la forma en que Irene acababa de hacernos esa jugada.

—Está mintiendo —dijo Jess—. ¡La conozco! —Jess empujó al guardia y asomó la cabeza por la cortina—. Eres una mentirosa, Irene.

—No puedo creer que ma te dejara venir —grité por encima del hombro de Jess, justo antes de que el guardia nos tomara por los codos y nos dirigiera al final de la cola.

—Muy bien, señoritas. Buen intento.

CAPÍTULO 19

Dolores

Ya, con el olor en aquel lugar, Dios mío, sabía que nada de esto iba a ser bueno. Todo a nuestro alrededor apestaba a cilantro podrido... las paredes y el piso resbaladizo. La barra repleta. Y el olor simplemente colgaba delante de ti como si hiciera una temperatura de 102 grados. La pobre Irene tiene asma, así que tuvo que rociar el aire delante de nosotras con una muestra gratuita de perfume Elizabeth Arden para proteger sus pulmones.

—Ay, fo —dijo, tratando de alejar el olor con las palmas de las manos.

—Al menos, ahora que esas dos se han ido, quizá consigamos hacer algo —le dije.

—Bla, bla, bla. Eso es todo lo que hacen esas dos. Me dan dolor de cabeza —dijo Irene.

Por nuestra cuenta, ya nos habíamos enterado de que Ruthy y sus amiguitas siempre venían a este club. Así nos lo había contado una de las chicas afuera, cuando les enseñamos la foto de Ruthy que habíamos impreso en internet. La mayoría eran fans o aspirantes al reparto de *Catfight*. Soñaban con salir en la tele y con apodos que sonaban como sabores de helado. ¿Para qué? Yo no lo entendía.

—¿Este programa les paga mucho dinero? —les pregunté.

—No —me dijeron. Estas chicas solo querían que las conocieran.

La pista de baile estaba abarrotada y oscura, y en el escenario no pasaba nada.

—Ay, pero, a lo mejor nos lo hemos perdido. —Irene consultó su reloj.

Ya eran las 10:05 de la noche.

Y no había ninguna señal de que fuera a haber ningún tipo de actuación, solo una multitud de gente moviéndose para arriba y para abajo, sin prestar atención a quién estaban pisoteando. Por todas partes, nadie tenía sentido del espacio personal, excepto los *bartenders*, que bailaban unos alrededor de otros mientras una fila de chicas estiraban las manos por encima de la barra, suplicando una copa. ¡Qué lástima! Cómo se darían cuenta dentro de unos años de que habían desperdiciado su belleza en esto. Haciendo fila durante treinta minutos, tostándose lentamente las entrañas con cigarrillos mentolados baratos. Bebiendo y saltando con tacones que en veinte años les causarían juanetes.

Aproveché cada oportunidad para inspeccionar el rostro de cada chica más de cerca, pero en la oscuridad todas parecían iguales. Cualquiera de ellas podría haber sido Ruthy, y recé para que alguna de ellas lo fuera. Ahora tenía esperanza, y no me importaba si había huido de nosotros a propósito, si me odiaba, si no quería hablarme nunca más, mientras estuviera viva. La perdonaría, Señor, y también le pediría perdón. Busqué en mi bolsillo un pequeño regalo que le había traído, un medallón de la Virgen que siempre le había gustado cuando era pequeña y que nunca le había dejado tocar porque era de mi madre. Qué estúpida fui, pensando que una cosa era más valiosa que la otra. Podrías tener cualquier cosa, Ruthy. Solo vuelve.

De algún modo, nos empujaron contra la barra. E Irene seguía levantando la mano hacia el *bartender* como si intentara llamar la atención de un maestro.

—¡Disculpe! Hola.

El *bartender* cogió un trapo para secarse las manos.

—¿Qué desea, señora?

—Nada —dijo Irene—. Yo no bebo. Y usted tampoco debería hacerlo.

Irene había renunciado al alcohol desde que su marido murió de cirrosis hepática en 1992. No soportaba ni olerlo. Si yo abría una botella de vino mientras veíamos viejos episodios de *Cristina*, olvídate.

—Escuche —le dijo al *bartender*—. ¿Sabe cuándo harán su actuación de baile estas señoritas?

El *bartender* levantó las dos cejas depiladas.

—¿La actuación de baile? —El joven se rio.

Y yo quiero a Irene, pero no soporta que se rían de ella. Chacho. Le dijo a ese pobre chico.

—Sabes perfectamente de lo que te estoy hablando. Hay una actuación programada para ESTA NOCHE a las diez.

Luego levantó el dedo índice para golpear la barra, pero se lo pensó mejor cuando vio que la bebida azul de alguien se derramaba por el borde. Así que mejor agarró una servilleta y limpió el derrame.

—Toma. —Le di al *bartender* uno de los folletos promocionales que me habían dado las chicas de fuera.

Nos miró de arriba abajo y se rio.

—No las habría considerado a ustedes dos como parte del público al que va dirigido.

Lívida, Irene se volvió hacia mí y dijo, por la comisura de los labios, pero lo bastante alto para que él la oyera:

—¿Me está hablando a mí? —Lentamente, fue subiendo el

volumen con cada sílaba—. Porque mueve la boca en mi dirección, pero no parece que me esté hablando a mí.

—Cálmate, mija —dije, intentando apartarla.

—Porque si me hablara a MÍ, le advertiría que tuviera mucho
cuidado con la forma en que se dirige a mí. Tú sabes —continuó.

—Vamos. Déjalo eso. Vámonos. Necesito encontrar un baño
—le dije.

El *bartender* no podía parar de reír.

—Lo siento, damas. Vamos, vuelvan. Tengo una copa para ustedes. Les prepararé un par de Old Fashioneds.

Irene se dio la vuelta.

—Me cago en tu madre —dijo—. Me oyes, jovencito... Me
cago en tu madre.

Lo que solo hizo que la sonrisa del *bartender* fuera más amplia.

Aparté a Irene de la risa del chico. En el baño había un charco
de pis de los cientos de chicas que, al parecer, no tuvieron puntería
cuando se agacharon sobre el asiento. Y tuve que hacer que Irene
se pusiera de puntillas para sujetar la puerta con un trozo de toa-
lla de papel para poder hacer pis.

Las paredes estaban decoradas con docenas de corazones, corazones que parecían caras con flechas adentro, corazones partidos
por la mitad. Y toda la misma mierda que solíamos escribir en las
paredes en los setenta. Encima del papel de baño, rayado en la pin-
tura desconchada: *Kelly y Deandra mejores amigas de por vida 2006.*

Y: *Odio sentirme así.*

Y: *La vagina de Maria O'Sullivan apesta.*

En la puerta, el club había pegado un papel que decía: *Si estás
en problemas y necesitas que alguien llame a la policía, pide un Ponche
Connecticut. Sin preguntas.*

—Voy a necesitar una larga ducha después de esto —repetía
Irene por encima de la puerta.

A nuestro lado oímos el leve sonido de alguien tirándose un pedo mientras orinaba.

—No sé, a lo mejor han cancelado el espectáculo —le dije a Irene mientras nos lavábamos las manos.

Pero entonces una de las chicas del baño, tras oírnos hablar en español, se dio la vuelta y dijo:

—No te preocupes. Este club siempre es así. —Se revolvió su larga melena negra y rizada—. Llegarán como media hora tarde, pero no te has perdido nada.

Agitó un tubo de pintalabios morado mientras hablaba, y no pude evitar sentirme orgullosa, aunque no fuera mi hija; una chica tan guapa, con buenos modales.

Elevé una plegaria a Dios para que llegara a casa sana y salva.

CAPÍTULO 20

Jessica

Le envié un mensaje a Lou.

hemos estado paradas en esta jodida fila una eteeernidad.
Siento que mi celulitis se va a congelar.

Sin embargo, dentro de mi pecho, mi corazón latía con fuerza.
Y podía sentir cómo me temblaban los dedos de pensar en volver
a ver a Ruthy. Cada vez que la fila se movía, se me revolvía el
estómago.

Cuando por fin llegamos al frente, agarramos las identificaciones con los dedos entumecidos y se las levantamos al guardia de
seguridad. En el frío se podía oler el cuero marrón de su chaqueta.

—Bueno, ya estamos aquí otra vez —le dije.

Inspeccionó las identificaciones como si no nos reconociera.
La nieve caía sobre su gorro y se derretía en la chaqueta de cuero
mientras se inclinaba para mirar nuestras identificaciones con sus
gafas empañadas.

—Muy bien, dos señoritas, van a ser veinte dólares, diez por
cada una.

Nina echó la cabeza hacia atrás.

—¡Veinte dólares! Creía que esta mierda era gratis. —Señaló

la marquesina—. ¿Qué pasó con lo de mujeres maduras y sexis gratis?

El tipo soltó una risita y yo pensé que Nina realmente se exponía con eso. Con sus gafas de descuento, y yo con mi pantalón de uniforme y mi pelo sin lavar por dos semanas. Esperaba que el tipo se diera la vuelta y dijera:

—Exacto. Madura y sexi. Esa no es usted, señora.

Pero en lugar de eso abrió los brazos y se encogió de hombros con buen humor, levantando cada mano regordeta.

—Eso era antes de las diez de la noche. Son casi las diez y media.

—Pero no le cobraste a esas dos chicas adelante de nosotras, ¿verdad? —preguntó Nina.

—Hay un periodo de gracia —dijo él.

Hizo un gesto a Nina para que se apartara y miró detrás de nosotras al siguiente grupo de chicas que esperaban para entrar.

Nina volvió a poner la cabeza en su campo de visión.

—Así que no estamos en tu periodo de gracia, ¿eh?

Y si yo no hacía retroceder su estúpido culo en dos segundos, la cosa se iba a poner fea. Desde que Nina fue a la universidad, tenía la terrible costumbre de pensar que todo el mundo le debía algo, como si el universo la hubiera estafado con la promesa de una vida mejor. Veintidós años y todavía actuando como si fuera la bebé de la familia. Yo le decía: «Nadie te debe una mierda, Nina. Es lo que es». El portero tenía la boca abierta como si estuviera a punto de ir por ella.

—Lo siento, mi hermana está un poco cansada —le dije, haciéndola a un lado.

Por un momento me planteé contarle toda la historia, pero temí que pensara que éramos desequilibradas en vez de simples lamentables.

—Hemos venido en carro desde Nueva York y llevamos un rato esperando en la fila. Tienes que entenderlo. Estamos cansadas.

Hizo un gesto con la cabeza hacia un lado, confuso, como de ¿por qué alguien conduciría desde Nueva York para venir a este club?

—Vinimos con mi madre y su amiga, a las que dejaste entrar. Pero nosotras estábamos aquí antes de las diez, ¿recuerdas?

Por supuesto que se acordaba.

—Así es. Antes de las diez —repitió Nina, como si fuera mi hombre de apoyo—. Las diez en punto. —Señaló un reloj invisible en su muñeca.

El hombre se tiró del bigote y luego se encogió de hombros.

—Lo siento, señoritas. Yo no pongo las reglas. Solo trabajo aquí. —Señaló a dos chicas que se reían detrás de nosotras—. Si las dejo entrar gratis, tengo que dejarlas entrar gratis a ellas. —Levantó la mano y señaló la interminable fila de mujeres que temblaban a lo largo de la calle—. Y también a las que vienen detrás.

—De acuerdo —dije.

Empecé a buscar dinero en mi bolso, entre las tiras enmarañadas de recibos y los envoltorios vacíos de chicles, un bobo cubierto de pelusa. Pero lo único que encontré fue un trozo de chicle que se había desenvuelto y estaba manchado con trozos de un cigarrillo roto.

—Nina, ¿tienes veinte dólares? —pregunté.

¡Dios me libre!

Hizo ademán de sacudir la cabeza como si tuviera motivos para sentirse ofendida.

—¿Por qué iba a tener veinte dólares? Son como tres horas de trabajo.

—Por Dios —dije, y luego me detuve.

Hacía demasiado frío para discutir. Y sentí que un hilo de músculo en la nuca se me agarrotaba cada vez que temblaba en mi uniforme quirúrgico.

—Yo soy la que acaba de perder su trabajo por venir a esta pequeña excursión. ¿Lo has olvidado, Jess?

Mejor razonar con el guardia. Le pregunté:

—Entonces, ¿ahora tenemos que buscar un cajero, volver y esperar otros veinte minutos en la cola?

El guardia resopló y se ajustó la gorra.

—Está bien, entren —dijo, a todas luces exasperado por la idea de tener que lidiar con nuestros culos de nuevo.

—¡Gracias, gracias, muchas gracias! —Podría haberlo besado.

Apretó con fuerza el sello en nuestras manos, dos equis negras, y nos abrió la puerta con suavidad. Una ráfaga de música emanó de la oscuridad que zumbaba en el interior. Nina se adentró en el edificio y luego empujó la polvorienta cortina verde que colgaba detrás de la puerta.

CAPÍTULO 21

Nina

El club estaba en el sótano del edificio. Y apenas podíamos ver los escalones en la oscura escalera. Un par de chicas detrás de nosotras casi se caen cuando uno de sus tacones de aguja se saltó un escalón. Abajo, todo el espacio estaba abarrotado de cuerpos que se frotaban unos contra otros. Las luces fluorescentes rosadas y amarillas se deslizaban entre la multitud de rostros. Había algunos tipos, pero la mayoría eran mujeres jóvenes, chicas con las manos en alto, girando mientras sus amigas las rodeaban y animaban: «¡Vale, te veo!». Chicas con los ojos cerrados y la boca abierta como si quisieran tragarse la luz. Había chicas que no sabían bailar por su vida, pero estaban demasiado borrachas para que les importara y movían las caderas de un lado a otro al compás de un ritmo oculto que golpeaba dentro de sus cabezas. Luego estaban las chicas que se reían de las que no sabían bailar, mientras esperaban a que sus novios las llamaran. Y había chicas con tanto talento que cada uno de sus gestos parecía estar compuesto por una letanía de movimientos más pequeños, imperceptibles del siguiente, que sería imposible imitar o comprender jamás.

Cuando me movía, me sentía tan dolorosamente consciente de cada segundo que tardaba en imitar una sonrisa.

—No las veo —dijo Jess.

Seguimos escaneando el club hasta que vi a Irene abrazada a su gran bolso negro delante de ella, como si alguien fuera a arrebatárselo, mientras el DJ, oculto tras sus platos, ponía a Lil Wayne.

—Mira. Ahí están ma e Irene —dije.

Estaban arrimadas a una pared junto a un escenario con tres bailarinas gogó, a unas cincuenta personas sudorosas de nosotras. Una de las bailarinas parecía que iba a golpear accidentalmente a ma en la cabeza con el trasero.

Las luces se movían ahora entre la multitud, proyectando vibrantes cuadrados verdes de luz sobre el escenario. Irene se había encogido de hombros, abrazando aún más fuerte su bolso, como si tratara de desaparecer hacia dentro de sí misma.

—Parece uno de esos monos de *Ciegos, sordos y locos* —dijo Jessica.

En ese momento, una mujer semidesnuda con peluca violeta y botas blancas de tacón alto comenzó a girar al lado de Irene. Llevaba el tipo de bragas rosas de encaje con corte de chico que vendíamos en Mariposa's. Dos pares por $29,99.

—¿Sabes? —dije—, cambié de opinión. Me alegro de que Irene haya venido.

Mientras tanto, a nuestro lado una chica que había estado bailando «Low» de Flo Rida tuvo la mala suerte de desplomarse en el suelo porque su tacón había patinado sobre la bebida derramada de alguien. ¿O vómito?

Quién sabe. En ese momento era difícil saberlo; las luces que se deslizaban por la sala habían borrado el límite entre la pared y el suelo. Y ahora las amigas de la chica la levantaban por los codos mientras ella deslizaba las manos sobre su vestido mojado.

—No estoy borracha. Lo prometo. —Sus amigas se rieron y negaron con la cabeza—. No estoy borracha —insistió ella.

—No sé por qué Irene está haciendo pucheros por ahí. Ella y

mamá deberían sentirse como en casa —dijo Jess—. Esto es como un mal día en la iglesia. Todas las mujeres cayéndose al suelo volviéndose locas por Cristo.

Miré al escenario y le grité al oído.

—Ay caray, tenemos que ir para allá. Esa bailarina gogó está a punto de arrastrar a Irene al escenario.

Mientras nos abríamos paso entre la multitud, sonó una extraña canción tecno y las luces comenzaron a pulsar contra el techo y a girar por la sala, iluminando los rostros ebrios de la multitud antes de dejarlos de nuevo en la oscuridad. Durante un rato, no hubo forma de avanzar. Todo el mundo estaba de pie, hombro con hombro. Y yo estaba atrapada respirando las hebras quemadas de la fumada de alguien.

A nuestra derecha había una fila de mujeres esperando para ir al baño, y cada vez que se abría la puerta, un hedor a cloro y orina flotaba hacia nosotras mientras el bajo vibraba en mi pecho. Éramos dos chicas que no bailaban caminando como zombis entre una multitud que parecía palpitar al ritmo como si fuera un solo cuerpo con muchas manos.

En un momento dado perdimos de vista a mi madre y a Irene, pero seguimos avanzando en la misma dirección, arrastradas y ensordecidas por el ruido de los altavoces, con la esperanza de volver a ver sus caras. Jessica me apretó la mano. Al principio no le di importancia. Seguí avanzando hasta que ella tiró más bruscamente de la manga de mi sudadera.

Por encima de nuestras cabezas, el DJ gritó:

—¿Están listos?

La multitud, en su mayoría mujeres, respondió con gritos frenéticos. Una chica gritó tan fuerte que empezó a toser.

Jessica señaló el escenario delante de nosotros.

—Dios mío. Es Ruthy.

Las bailarinas gogó se habían marchado, y en su lugar estaba el reparto de *Catfight* posando en el escenario, de espaldas al público, con los brazos congelados en ángulos de noventa grados como maniquíes. La única forma de saber que eran las estrellas del programa de telerrealidad era que cada una de ellas llevaba una camiseta con el logotipo del programa en la espalda.

—¡No, no creo que estén listos! —dijo el DJ—. Porque no veo que estén prestando atención.

De repente, paró la música y se hizo silencio en el club, salvo por algunas mujeres del público que empezaron a silbar y a animar en la parte de atrás. Entonces oímos la voz de Nelly Furtado por los altavoces: «*Am I throwing you off?*». Y Timbaland respondiendo: «*Nope*».

Ahora todo el mundo volvió la cara hacia el escenario y comenzó a aclamar.

Furtado soltó una risita por el altavoz: «*Didn't think so*». Entonces el reparto de *Catfight* se dio la vuelta y empezó a mover las caderas al mismo tiempo, en la misma dirección, en una especie de baile coreografiado.

—Oh Dios, esto es insoportable —grité al oído de Jessica—. Por favor, haz que pare.

Jessica me cogió de la mano y tiró de mí hacia delante mientras intentábamos acercarnos al escenario. Tuvimos que empujar con fuerza a través de la multitud y a veces alguna chica se volvía hacia nosotras, dispuesta a saltar: «Perra, mira por dónde vas». Otras veces nos echaban hacia atrás por empujar demasiado fuerte sin querer mientras nos acercábamos a la parte delantera del club.

Pero ninguna de las dos prestó atención a eso.

No había tiempo para pelearse.

Teníamos que llegar al escenario antes que nuestra madre. Si no, quién sabe lo que haría en cuanto le pusiera las manos encima a Ruthy.

Por alguna razón, del techo estalló confeti y cayó sobre la multitud como nieve. Un pedazo cayó sobre la cabeza de Jessica y se le atascó en el pelo y en los párpados. En la nariz. Partículas de color metálico se adhirieron a sus oscuras cejas. ¡Toda esa escarcha! Parecía que su cara se derretía en la oscuridad.

—Deja de reírte de mí —dijo Jess.

—No me estoy riendo.

—Sí te estás riendo.

Entonces se pasó los dedos por el flequillo y se sacudió el confeti del pelo, de modo que una parte me llegó a la boca. La escarcha era como polvo, y comencé a toser cuando la canción cambió a «This Is Why I'm Hot». Había olvidado traerme el inhalador y las máquinas de humo estaban jodiendo con mi asma. A medida que nos acercábamos, los altavoces me hacían sentir que el corazón se me iba a salir del pecho.

Irene nos vio entre la multitud y nos hizo un gesto frenético con la mano, como pidiendo ayuda.

Jess sacudió la cabeza.

—Mira, ahora sí nos reconoce la vieja murciélaga.

Intenté gritarle a Irene por encima de la canción:

—¿Dónde está mamá?

Pero Irene seguía levantando las manos y gritando:

—¿Qué?

Ahora estábamos cerca de la parte delantera del escenario y podíamos ver con más claridad las caras del reparto de *Catfight*. Ruthy/Ruby estaba en el centro sonriendo, con el pelo recién teñido de rojo *Sirenita*, el piercing en el labio brillando mientras pronunciaba la letra de la canción. El lunar de su infancia se extendía bajo su ojo izquierdo.

Y por fin, encontramos a nuestra madre a la izquierda del escenario, inmóvil, con la mirada fija en Ruthy.

En el fondo, un equipo de cámaras permanecía detrás del reparto de *Catfight*. El humo hacía desaparecer sus pies y parecía que flotaban. Sonriendo, las chicas del escenario se arrancaron las camisetas que brillaban en la oscuridad para mostrar sostenes con pedrería. Una fina capa de escarcha brillaba sobre su piel desnuda. Parecían una extraña combinación de zorra y hada. De alguna manera, alguien les había dado boas y se las colocaban en el cuello mientras se inclinaban y sacudían los pechos para el público. Luego, en un momento totalmente confuso, enderezaron la espalda, alzaron sus barbillas al aire y patearon sus piernas como si fueran chicas cancán flexionándose sobre la letra de Mims.

Esperábamos que la cara de nuestra madre se torciera de angustia, que la política de respetabilidad le estallara en la cabeza. Pero en lugar de eso, entrecerró los ojos como si se esforzara por concentrarse en un problema matemático invisible, como si estuviera haciendo algún tipo de cálculo complicado.

Su rostro estaba por completo inmóvil, excepto su boca, que se abrió ligeramente con lo que parecía esperanza.

Entonces sucedió. Una de las chicas que bailaban en el escenario, Gem, se volvió hacia Ruthy, levantó la mano y le dio un golpe en la nuca. Con fuerza. Cuando Ruthy cerró la boca de golpe, debió de romperse un diente o morderse la lengua. Todo el público empezó a gritar a nuestro alrededor, silbando y riendo.

—Dale por el culo —gritó una zorra desde detrás de mí.

Ruthy/Ruby se acarició la mandíbula y se giró para luchar contra la chica que la había golpeado. Pero entonces McKayla se acercó sigilosamente por detrás de Ruthy y la empujó hacia el borde del escenario, hacia la multitud. Ruthy se tambaleó hacia delante, con los brazos levantados y agitados, como en señal de adoración.

Se cayó. Pero allí estaba mi madre, al pie del escenario, lista para agarrarla. Ruthy aterrizó en brazos de mi madre, y ma le apartó suavemente el pelo de la cara antes de volver a ponerla en pie.

—Soy yo, nena —dijo—, soy mami —mientras volvía a subir a Ruthy/Ruby al escenario.

Pero ahora todo el elenco se había vuelto contra Ruthy y se abalanzaban sobre ella. Una le abofeteaba la cara, la otra le tiraba del pelo largo y rizado. Ruthy cayó de espaldas y empezó a gritar:

—Paren. Por favor. Ayuda.

Aquello fue suficiente para mi madre e Irene.

Se subieron al escenario y comenzaron a revolear puñetazos. Pura locura. Mi madre daba rienda suelta a su Karate Jesús Cristo en las chicas *Catfight* como si fueran sus hijastras. E Irene estaba allí arriba golpeando a las zorras en la cabeza con su gran bolso negro. Parecía que incluso había colado un golpe bajo en la nuca.

Era todo *bum, pum, paf, crash*... como en los cómics.

—¡Oh, Dios mío! —Jess se precipitó hacia la pelea y yo intenté apartarme de la multitud, que se reía de la conmoción en el escenario, se tomaba fotos y selfies junto a esas mujeres que se mataban entre sí.

Mientras tanto, mi madre comenzó a golpear a la chica de la sororidad en la nuca. Las bailarinas gogó, sin ninguna razón explicable, también se unieron a la pelea. Y una de ellas, de pelo azul largo y liso, se había acercado por detrás de mi madre para atacarla, pero ahora Jess estaba allí arriba, con su uniforme, y enfrentaba a la bailarina.

El micrófono había captado su voz.

—Esa es mi *fucking* madre. —Jess le había quitado la peluca a la bailarina—. ¿Vas a tocar a mi madre, zorra?

La frágil bailarina sacudió la cabeza, aterrorizada. La vieja pesaba tal vez 105 libras, y Jess marcaba 165, por lo menos.

—Porque parecía que estabas a punto de tocar a mi madre —dijo Jess.

Entonces Jess empujó a la bailarina del escenario y esta se estrelló contra uno de los altavoces.

Pude oír a los de seguridad bajar las escaleras. Cuando cruzaron a toda velocidad la pista de baile, empezaron a gritar hacia el escenario:

—¡Sepárense, señoritas! Ya basta.

Arriba, el guardia probablemente estaba sacudiendo la cabeza, arrepintiéndose de habernos dejado entrar. Me lo imaginaba levantándose la gorra, sorprendido, para echarse el cabello ralo hacia atrás cuando los de seguridad le contaron lo de las dos mujeres mayores repartiendo puñetazos, y más tarde esa noche en la cama con su mujer bromeando: «Sabía que había algo extraño con esas dos. Nada de eso tenía sentido, esas mujeres que querían entrar a ese club».

Ahí estaba, toda mi familia peleándose en el escenario, nuestro desorden expuesto en público para que todo el mundo lo presenciara. Jess giraba para atrapar a alguien por la nuca. Mi madre repartía golpes feroces a cualquiera que se atreviera a tocar a sus hijas.

Me quité las gafas.

Las guardé en el bolso.

Subí al escenario para unirme a ellas.

Al final llegó también la policía, con sus radios silbándoles en la cintura. Cuando levanté la vista de la pelea, vi que los policías y los de seguridad habían formado un círculo a nuestro alrededor y se acercaban rápidamente, agarrando el codo de una, la pierna de la otra. Jessica y mi madre seguían en el centro de la trifulca, absortas con cualquier golpe que dieran o recibieran.

Cuando esta señora policía se acercó a mí, inmediatamente levanté las manos y dije:

—Nos vamos, vale. Lo siento. Mira, nos vamos ahora mismo.

Pero uno de los policías ya había sujetado a mi madre. Otro tenía a Irene. Y el último, el más grande de todos, acorraló a Ruthy, que por accidente le había dado un golpe en la mandíbula. La levantó mientras ella elevaba las piernas flacas y magulladas.

—Suéltame. Suéltame de una puta vez, imbécil.

Su larga melena pelirroja se agitaba alrededor de su cabeza mientras forcejeaba, y cuando volvió a levantar la cabeza, todas nos quedamos sin aliento. No fue la nariz ensangrentada ni el nudo que se le formaba en la frente, ni siquiera las lágrimas de niña lo que nos sorprendió. No fue el arañazo que alguien le había hecho sobre el labio superior, ni la forma en que, por la furia, comenzó a mezclar cómicamente sus palabrotas: «Tú, maldita madre, cabrona zorra».

No.

Yo, mi madre, mi hermana e Irene nos quedamos allí, congeladas, paralizadas, porque ya no había ningún lunar en la cara de Ruby.

Ningún lunar en absoluto.

Nada. Solo piel marrón pálida debajo de su ojo izquierdo.

Era falso. El lunar debía de pintárselo con lápiz todos los días frente al espejo antes de ponerse delante de la cámara. Debió de borrársele durante la pelea o difuminado con el sudor. Cojeando hacia mamá, Irene empezó a alisarse el pelo y la blusa, avergonzada. La expresión de Jessica era indescifrable. Inclinó la cabeza hacia un lado, miró fijamente a Ruby y parpadeó, como si se hubiera despertado de un sueño. Y el gran peso de nuestra equivocada esperanza se revolvió dentro de mi estómago.

Cuando mi madre vio de cerca a la mujer que ya no podía ser su hija, dejó de forcejear. Sacudió la cabeza, se tapó la boca y dijo:

—No, no, no, no, no, no, no.

Luego se quedó sin fuerzas en los brazos del policía y se deslizó hasta el suelo.

Por la mañana, tras una noche de encierro, en el trayecto en carro a casa, encontré la emisora Light FM para Jessica y subí el volumen. Estaba ahí, sentada, conduciendo, mirando fijamente el largo tramo de carretera que tenía delante mientras el locutor de radio hablaba de un trabajador de Wal-Mart que había sido pisoteado y asesinado el Viernes Negro por una turba de compradores idiotas en Long Island. Cuando Jess cambió de emisora, me callé y la dejé poner la canción que quisiera.

De vez en cuando miraba el espejo en busca de una señal de emoción en el rostro inexpresivo de mi madre. Sentada junto a mi madre, Irene no podía dejar de llorar.

De vuelta a casa, la semana siguiente, Jess y yo nos reímos viendo en la tele vídeos de una Jessica enloquecida que era separada de la falsa Ruthy.

—Mierda, hombre, estoy gorda —dijo Jess señalando su trasero televisado.

Habían difuminado todas nuestras caras, pero los camarógrafos se habían asegurado de acercar el *zoom* a los pantalones del uniforme de Jess para que se pudiera ver el contorno de su ropa interior azul oscuro. Sus lunares rosados y, bajo esa capa azul celeste de poliéster, una leve insinuación de celulitis.

A veces imitábamos la escena.

Yo fingía ser Jessica, y Jessica fingía ser la falsa Ruthy. Entonces yo corría con dramatismo por el pasillo hasta Jess, desde el cuarto de baño hasta su dormitorio, y le rodeaba la cintura con los brazos. Otras veces, nos sentábamos tranquilamente en el sofá mientras los anuncios repetían a mi madre gritándole a Ruby:

«Soy yo, cariño, soy mami», una y otra vez. «Ya voy». A veces, el camarógrafo enfocaba la cara de horror de mi madre cuando se daba cuenta de que esa Ruby a la que habíamos perseguido cientos de kilómetros desde Nueva York no era nuestra Ruthy, sino otra pobre mujer, explotada en televisión como otras tantas niñas y mujeres morenas y negras, pero no la nuestra. No una impostora, sino una hermana nuestra por derecho propio.

Compré unos *coolers* de vino, porque sabía que a Jessica le gustaba esa mierda con sabor a Froot Loops que vendían en paquetes de seis en el deli. A Jess le gustaba que todo su licor supiera a bolsas de aluminio de Capri Sun.

Mamá había logrado mágicamente que la bebé se durmiera temprano: «Tate quieta, mija», decía si Julie empezaba a quejarse. Mi madre le cantaba en español la misma canción que le había cantado la abuela a ella hacía más de cuarenta años. Y luego nada. Silencio. Mamá salió triunfante de la habitación de Julie.

Cuando Jessica expresó su asombro, ma simplemente levantó una ceja y nos hizo un gesto con la mano.

—Principiante.

Lou trabajaba hasta tarde, así que teníamos la casa para nosotras solas. Iba a haber una pelea entre Ruby y el resto de las chicas que vivían en el apartamento, porque el reparto sospechaba que ella les había mentido y robado dinero de sus bolsos mientras dormían como venganza por aquella pelea del Viernes Negro. Y la rubia McKayla y la chica punk llamada Gem tramaban un golpe de estado para quedarse con la casa. Iban a atacar a Ruby cuando llegara, porque querían echarla. Si perdía, tendría que hacer las maletas y abandonar el escenario inmediatamente. «Mírame», susurró la chica de la sororidad en la cabina del confesionario, fumando y levantando su bonita rodilla para rascársela, «cómo deporto a esa zorra». Todo esto lo habíamos visto en un avance que se emitió sin parar esa semana.

Me puse nerviosa por Ruby. Al verla en el club esa noche, no pude evitar sentirme mal por ella al recordar su cinta de audición y el pequeño y oscuro apartamento al que tendría que volver.

—Sube el volumen —dijo Jessica.

El episodio empezó con lo que habíamos visto en el avance: las chicas maquinando juntas en la cabina del confesionario mientras se pasaban una botella de Alizé entre ellas. Aunque habían fingido reconciliarse con Ruby, aún no habían superado la pelea. Iban a hacerla pagar, de una forma u otra.

Quince minutos después, McKayla y Gem se reían en un armario cercano, fingiendo que no estaban en casa.

—Qué viciosas son estas chicas —dijo mi madre.

Ahora las cámaras mostraban a Ruby salir del ascensor, abrir la puerta, caminar por el largo pasillo de mármol blanco, arrojar algunas bolsas de la compra en el sofá rosado y anunciar en voz alta: «Estoy en casa, zorras».

Nada. Ruby miró confundida el apartamento vacío y silencioso. «¿Hola?».

Ahora sonaba una música de suspenso que solo los espectadores podíamos oír. Inocentemente, Ruby recorrió el primer piso en busca de sus compañeras de apartamento, y luego se rio. «Sé que estas zorras no salieron de fiesta sin mí. Sé que no lo hicieron». Y por un momento creí detectar dolor genuino en su rostro. ¿Podría Ruby sentirse de verdad sola, o era todo parte de la actuación?

Entonces, por fin, mientras volvía al pasillo, las chicas saltaron de la oscuridad del rincón donde estaban escondidas y la agarraron. Las tres cayeron y se deslizaron por el suelo de mármol blanco.

Se oyó el golpe del metal del bolso de Ruby contra la pared. Un primer plano de sus agrietados labios anaranjados se retorció de dolor: *Maldita zorra.*

La vimos luchar para levantarse del suelo; el sonido de sus pulseras golpeaba contra el mármol.

—Levántate —dijo mi madre—. Levántate, tú puedes.

Y vimos cómo luchaba Ruby, cómo se movían los músculos de su espalda bajo el tirante de su camiseta de lentejuelas, cómo retorcía el brazo de una de las chicas detrás de su espalda. Y animamos a Ruby, sin importarnos si nuestras voces despertaban o no a la bebé.

—¡Wepa! —gritó Jessica.

La animamos cuando le destrozó la cara a Gem, cuando la arrastró por el suelo tirando de sus nuevas extensiones. Y a veces animábamos a Gem cuando empujaba a Ruby contra la pared.

—¡Ve por ella! —decíamos.

Porque estábamos enfadadas, enfadadas porque Ruthy se había ido, enfadadas por lo que podría haberle pasado o no a ella, o a nuestra madre, o a nuestro padre, o a nosotras, si en realidad Ruthy hubiera decidido quedarse o si no se la hubieran llevado.

Y queríamos ver a Ruby ser golpeada.

McKayla saltó ahora y golpeó la espalda de Ruby con sus puños. «Voy a golpear tu culo mexicano como una piñata».

«Pendeja, soy puertorriqueña», dijo Ruby, dándole una patada en las rodillas.

Y entonces nos reímos.

Aplaudimos a Ruby, nuestra doble de Ruthy. Nuestra Ruthy impostora. ¿Cuántas chicas había en el mundo que se parecieran a Ruthy, que hablaran como Ruthy? ¿Que se rieran como ella? ¿Cuántas de nosotras desaparecieron?

Al cabo de unos instantes, los camarógrafos interrumpieron la pelea y Ruby cayó de espaldas, con las piernas abiertas, de modo que su entrepierna se veía borrosa en la televisión.

«Estás [bliiiip] perdida», gritó Ruby desde el suelo, derribando un jarrón cuando se agarró a la pata de una mesa auxiliar para levantarse. El jarrón se volcó y todas las flores artificiales cayeron sobre su cabeza.

McKayla miraba ahora desde lo alto de la escalera mientras cantaba: «Lo siento. Habla en inglés».

Entonces la cámara mostró una imagen de Ruby escoltada por los productores hacia su habitación, donde hizo las maletas. Sin mirar, llenó frenéticamente su maleta con maquillaje y sostenes. La ropa interior se desparramó por los bordes de su equipaje y quedó atrapada en el cierre. Algunas se hicieron trizas. Entonces Ruby miró alrededor de la habitación, que compartía con McKayla, quien había utilizado cinta adhesiva para delimitar dónde terminaba el espacio de Ruby y empezaba el suyo.

Una música de fondo sonaba mientras en el rostro de Ruby crecía una expresión de picardía. Un acorde oscuro; la nota era tan siniestra que resultaba cómica. Ese tema parecía sugerir que todas esas mujeres eran dibujos animados. *Mira qué estúpidas y divertidas son. Su tonta rabia y sus deseos superficiales.* Ruby pasó de puntillas por encima de la cinta adhesiva hasta la mesilla de noche de McKayla. Abrió un cajón y se embolsó un collar de perlas. Luego, en un rincón, Ruby encontró un cubo de basura y vació su contenido sobre la cama de McKayla mientras uno de los camarógrafos se reía en el fondo. Ahora la cámara enfocaba el tampón usado de alguien que rodaba hacia la almohada, con el cordón manchado de sangre.

«Perra sucia», gritó Ruby a través de la puerta. «Todo el día estoy rodeada de mujeres sucias».

Y llegaron los productores, que entraron rápidamente de nuevo,

intentaron sujetarla, mientras ella preguntaba burlona y con inocencia: «¿Qué? ¿Qué he hecho ahora?».

La levantaron de la cama. Le dijeron que dejara de gritar. El
brazo de uno de los hombres le rodeó el estómago mientras sus
pies colgaban a tres pulgadas del suelo; las puntas de los dedos del
hombre terminaban de alguna manera debajo de la cintura de la
falda de Ruby.

«Cálmate, cariño», le dijo.

Ruby se las arregló para encogerse de hombros ante la cámara,
sonriendo como si no le importara, a pesar de que un chichón
rojo se formaba lentamente sobre una de sus cejas manchadas
donde la chica punk la había golpeado con un teléfono móvil.

«Me importa un [bliiiip]. ¿Creen que me importa? Nunca me
importará. ¿Me entienden?». Gritó Ruby.

—Señor —dijo Jess. La luz que emanaba de la pantalla del
televisor hacía que su cara pareciera esquelética.

Yo no podía parar de reír. Era como si alguien hubiera liberado
un puñado de globos dentro de mi pecho.

«Ya basta», dijo la productora, como si Ruby fuera una niña.

Otro recogió sus bolsas. Bajo su brazo grueso y peludo, un
secador de pelo colgaba del bolso dorado de Ruby.

Ruby arrastró una maleta a medio cerrar por las escaleras y
empezó a gritar por detrás del hombro a las dos chicas: «Les voy
a partir sus culos fuera de la tele, zorras. No habrá productores
después. Miren, desaparecerán».

Ahora había una nueva toma. Desde la ventana, McKayla
arrojó los restos de maquillaje de Ruby sobre el hormigón, donde
la cámara enfocaba mientras se hacía añicos; un tubo roto de pintalabios rodó por la acera.

«¡No, tú eres la que ha desaparecido!», gritó McKayla.

Y entonces el programa se desvaneció con su tema musical, un radiante éxito de salón de baile que triunfó a principios del milenio. Un anuncio publicitario siguió a la música; intentaba vendernos algún otro tipo de mierda nueva para arreglarnos la cara, para llegar a casa más rápido, para ponernos delgadas. Otra pastilla. Otro producto químico para reducir el tamaño de nuestros poros, para limpiar la encimera de la cocina, para hacernos felices (con la menor cantidad de efectos secundarios en nuestros hígados).

—Adiós, Ruby —dijo Jessica sarcásticamente, levantando su bebida de vino en el aire.

—Adiós —dije yo, intentando leer el tráfico de emociones que se entrecruzaban en la bellísima cara de Jessica.

Mi madre se levantó del sofá.

—Muy bien, chicas. Ya basta —dijo—. Pobrecita. Es triste lo que estos programas les hacen a estas mujeres.

Me levanté del sillón para apagar el televisor.

En el silencio, ahora, podíamos oír que Julie se había despertado. Y torcimos la cabeza para descifrar su alboroto. La voz de la bebé se arqueó sobre nosotros y luego tuvo hipo.

—Parece que se está riendo —dije.

—No. —Jessica se levantó del sofá y cojeó hacia las escaleras—. Está llorando.

Entonces las tres subimos y abrimos la puerta de la habitación de la bebé para susurrarle:

—No pasa nada. No tengas miedo.

No estás sola, pequeña.

Eres amada.

CAPÍTULO 22

Ruthy

La luz cae sobre la escuela mientras el sol se reacomoda en el cielo.

Hace mucho, mucho, mucho frío.

Mira, ahí está Ruthy Ramírez arrastrando su mochila llena de guías de estudio Regents sobre la acera hasta el patio de cemento que la escuela utiliza para el recreo.

El entrenador va a hacer que el equipo corra colina abajo en Castleton hacia Goodhue y use la pista de St. Peter's. Tenaja está allí con Yesenia y Ángela; trata de enseñarles el Tootsie Roll, cómo girar las rodillas hacia adentro y luego pivotar los pies hacia afuera en un movimiento suave y rápido. Ruthy pasa junto a ellas, se sienta en el cemento frente al entrenador y finge estar concentrada en estirarse. Lleva puestos sus pantalones cortos y una sudadera roja, pero ahora desearía haberse puesto medias, porque el aire frío hace que su cuerpo se encoja, se entumezca y tiemble. Puede sentir el falso diamante de su estómago engancharse en la piel cada vez que se agacha y estira los brazos para cerrar los dedos alrededor de cada pie. Lentamente, una hormiga trepa por su rodilla, deteniéndose a inspeccionar un pelo suelto que se escapó de la navaja de afeitar rosada de Ruthy esa mañana.

Ya sus pulmones se comportan de manera estúpida. Cuando las chicas empiezan a caminar por esa estrecha franja de Castleton —a un lado, un campo de árboles, al otro lado, automóviles— puede escuchar a Ángela susurrar detrás de ella y reír. Ruthy tararea la letra de «Siyahamba» e intenta recordar la música que tiene en la cabeza para ahogarla.

En St. Peter's comienza a dar vueltas alrededor de la pista circular. El inhalador se menea en sus pantalones cortos como si intentara recordarle que, en cualquier momento, la respiración aquí es opcional. ¿Y quién eres tú para decir que te pertenecía siquiera? Yesenia va detrás de ella, intentando alcanzarla. Ruthy puede sentir su sombra.

Pero olvídalo. Ella va a atravesar todo esto.

Cualquier tipo de dolor es solo ruido. Sin importancia. Todas esas chicas sentadas ahí de fondo, envidiosas.

Inhalar por la nariz.

Exhalar por la boca.

Ruthy es una corredora más fuerte que Yesenia. Ella lo sabe. Si tan solo pudiera controlar la respiración y concentrarse en lo que sigue. Primero, hay un muro de maleza pegado a una verja de alambre. *Solo tiene que alcanzar esa verja.* Luego está el muro rojo de la escuela católica de chicos. *Solo hay que alcanzar esos ladrillos.* Después, una *van* amarilla estacionada a un lado de la calle, en la que alguien ha acumulado pilas de cajas y papel. *Pasa corriendo por delante de ese carro.*

Cuando Ruthy repite la vuelta, no oye a nadie detrás de ella, pero ve al entrenador en el centro de la pista circular observándola correr.

—Eso es, Ramírez —sigue repitiendo mientras Ruthy bombea sus brazos y termina la milla.

Después, roja y sin aliento, Ruthy mira a las otras chicas que corren detrás de ella y descubre que Ángela Cruz se ha agachado para vomitar en la grama.

El entrenador las despide y, mientras Ruthy se seca el sudor de la cara, mira a Yesenia para detectar cualquier señal de que ha recibido la carta, la carta que Ruthy escribió y guardó en su casillero después del octavo período, antes de cambiarse para ir a la pista, pidiéndole si, por favor, podían hablar.

Ruthy no quiere que vean que le importa. Al menos, no las otras chicas. Pero tal vez sea demasiado tarde para eso y demasiado obvio que le importa. No hay forma de ocultarlo.

«Sé valiente, Ruthy», se dice a sí misma. «Espera a que vuelva a mirarte. No te preocupes de que las otras chicas te estén mirando».

Es casi imposible. Levantar la mano. Pero Ruthy lo hace y saluda con ella a Yesenia, esperando que le devuelva el saludo, que sonría, que se acerque a Ruthy y le pida disculpas. Pero Yesenia no lo hace.

Así que, en lugar de seguir a las chicas hasta la escuela IS 61 para coger el S48, Ruthy se queda en la escuela de chicos St. Peter's y camina en dirección contraria hasta la avenida Henderson para coger el S44.

Y aquí es donde llegamos al final de la historia de Ruthy Ramírez. No es un final feliz; odio decirlo, porque me gustan los finales felices. La mayoría de la gente no pensaría eso de mí, pero la mayoría de la gente es tonta. Y yo también me reservo el derecho a esperar un final feliz para mi historia.

Pero escuchen.

Jess. Nina. Ma.

¿Me están escuchando?

¿Pueden oírme?

Esta parte de la historia es para ustedes.

Aquí hay algo maravilloso sobre lo que Ruthy piensa mientras camina sola por la avenida Clinton, es decir, antes de que un hombre cualquiera se acerque, antes de que él se ofrezca a llevarla a casa, y ella mire su cara grasienta, la forma en que su piel parece tan fina y plástica, antes de decir que no, y él diga: «Vamos, no querrás esperar con esto». Que señale el frío y húmedo cielo, y Ruthy diga: «Déjame en paz, viejo cursi hijo de puta», con su boca de trece años crispada por las palabras que acababa de aprender de ti, Jess, la semana anterior.

«Viejo cursi», te habías reído en la cocina por teléfono, probablemente hablabas de algún pobre chico que te quería, que esperaba en Matemáticas mientras su corazón palpitaba esperanzado en su pecho adolescente a que entraras en el salón, Jessica.

Antes de que el hombre extraño abra la puerta, antes de que Ruthy se quede inmóvil, espantada por su forma, antes de que él la arrastre hasta el asiento trasero del coche y ella grite, pero no haya nadie que pueda oírla. Antes de que la deje inconsciente, cierre las puertas y se marche. Mucho antes de que una cuadrilla de obreros que construyen el nuevo centro comercial junto al transbordador de Staten Island encuentre por fin el cadáver de Ruthy con su identificación escolar colgando del cordón, casi veinte años después de su desaparición, antes de que llores al teléfono con el forense, ma, esto es lo que Ruthy piensa mientras espera al S44:

Sobre cómo esta vez, cuando el entrenador las hizo correr, el suelo parecía haberse ablandado bajo sus tenis. Podía oler la hierba, el sudor en su piel y el aire que se oscurecía. Libre, lo había descubierto. El ritmo, cómo resistir la demanda de aliento, incluso las molestias de su propio cuerpo. Ruthy lo había medido esta vez. Inhalar por la nariz. Exhalar por la boca. Y pudo sentir que su entrenador le sonreía mientras corría delante de todas las demás chicas, que eran demasiado lentas.

—Eso es, Ramírez —dijo el entrenador.

Y Ruthy estaba ansiosa por recorrer otro tramo del camino. El mundo que la rodeaba parecía diluirse, desaparecer.

Y durante un breve instante, solo un pequeño instante, nadie pudo tocarla.

Agradecimientos

Una página de agradecimientos siempre revela a las personas que, entre bastidores, escucharon, leyeron y criticaron la creación de un libro y, lo que es quizá más importante, a las personas que amaron y salvaron al autor de sí mismo.

He tardado casi una década en escribir esta novela.

Comenzó como un cuento en 2013, cuando era estudiante de maestría en la Universidad de Vanderbilt: una extraña historia sobre una hermana perdida hace mucho tiempo, un reality show de televisión atrevido, y la vida de trabajo de vendedora durante la recesión del 2008. Con el constante apoyo de mi directora de tesis, Lorraine López, la historia floreció y empezó a tomar forma. Le estoy agradecida por sus comentarios de entonces y de ahora y por creer siempre en mi trabajo, incluso cuando los primeros borradores de esta historia parecían inestables y fuera de control.

Después de graduarme en Vanderbilt, volví a Nueva York para trabajar como adjunta en el Centro Comunitario Gerard Carter y en el Consejo de las Artes de Staten Island. Durante todo ese tiempo, revisaba y enviaba el relato a distintas revistas literarias, pero nunca encontraba un lugar para él. Al final, dejé de trabajar como profesora adjunta y decidí volver a estudiar, esta vez un doctorado en la Universidad de Nebraska-Lincoln, donde el relato volvió al taller de Jonis Agee, quien me explicó que había una razón muy sencilla por la que mi relato no era seleccionado.

«Esto», me dijo, «es una novela. Ahora, escribe las siguientes ochenta páginas para el taller».

Me quedé horrorizada.

No sabía escribir una novela.

Pero, por suerte, algunos de mis compañeros sí sabían. Por eso estoy agradecida con mi grupo de ficción de la Universidad de Nebraska-Lincoln, que leyó algunos de mis primeros borradores, y en especial con David Henson, quien insistió en que la terminara, incluso cuando sentía que me había arrinconado y no le veía salida.

También he tenido la suerte de contar con una sólida comunidad de escritores fuera de las aulas, que me animaron en mi trabajo y me proporcionaron retroalimentación incisiva. Gracias a Xavier Navarro Aquino, por impulsarme a pensar críticamente sobre el impacto del colonialismo en nuestra literatura y el poder de nuestras historias. A Olufunke Ogundimu, que me dijo que ralentizara el final. Hemos pasado muchas cosas juntos en Nebraska; ahora, ¡celebramos! Gracias a Ángel García, Saddiq Dzukogi, Jill Schepmann, Linda García Merchant, Tenaja Jordan, Lee Conell, Christy Hyman, Cara Dees, Joshua Moore, Joshua Everett y Janet Thielke, cuya sabiduría de escritores y amistad me guiaron a través de mis propias dudas e incertidumbres.

Gracias a Nichelle Jolly, mi querida amiga desde 1998, en Staten Island Technical High School, por explicarme los pormenores de la enfermería. Los quiero mucho a ti y a la familia.

Gracias a mi cohorte de ficción de la Universidad de Vanderbilt, por leer los primeros borradores de la historia que acabaría convirtiéndose en esta novela.

Gracias a todos mis profesores de la Universidad de Nebraska-Lincoln y de la Universidad de Vanderbilt, que me han ayudado a crecer como escritora, y a mi comité de tesis, incluidos los profesores Joy Castro y Luis Othoniel Rosa, por sus atentas lecturas.

Gracias al brillante Dr. Kwame Dawes, quien me enseñó a escuchar. Cada día me siento tan afortunada por su tutoría y por las maneras en que me ha formado a través del ejemplo, no solo como escritora sino como persona. Gracias a la profesora Lorna Dawes por su amabilidad y sabiduría, por abrirme literalmente sus puertas mientras aprendía a ser madre.

Gracias a Timothy Schaffert, que, cuando tenía problemas con la estructura, me dijo que la escribiera sin rodeos, y por reunirse conmigo hace ya tantos años para tomar unas copas cuando terminar la novela parecía imposible.

A Susan Kenney, que fue mi primera profesora de escritura creativa y continúa enseñándome casi veinte años después. Y a mis profesores de ficción en la Universidad de Vanderbilt, Nancy Reisman y Tony Earley.

Gracias a Belinda Hinojas, por su gran maestría y su gracia. Escribo ficción, pero el colonialismo, el racismo y el feminicidio han sido fuerzas que, durante toda mi vida, han conformado mi realidad y la forma en que se me ve o no se me ve en este mundo. Representar estas fuerzas en la ficción a veces era doloroso, y tuve la suerte de encontrar a Belinda, quien me enseñó que no podía hacer el trabajo de escritora sin cuidar primero de mí misma.

Gracias a mi familia de Nueva York: Cindy Choung, Boris Rasin, Caitlin McGuire, Kadeen Rafael, Katherine Delfina Perez, Stephen Gargiulo, Douglas Macon, Francine Rivera, Ozzy Ramírez, Zen Glasser, Noemi y Ruthy Feliz, Debra Fredrick y a las familias Maradiaga y Ouaaz por estar pendientes de mí, por recordarme que volviera a casa.

Gracias a las parteras del CHI Health Birth Center y a los médicos y enfermeras del St. Elizabeth Hospital por su excelente atención mientras terminaba de escribir este libro y defendía mi tesis desde el hospital.

Gracias a mi genial agente Jane von Mehren, que leyó y criticó muchísimos borradores de esta novela y esperó pacientemente hasta que por fin le di forma, y cuyo entusiasmo por esta historia nunca decayó. Tú hiciste realidad mis sueños con este libro.

Gracias a la talentosa Maggie Cooper, cuya aguda y cuidadosa mirada hizo que la novela cobrara aún más sentido, y por su generoso espíritu y energía.

Gracias al talentoso equipo de Grand Central: Stacey Reid, Andy Dodds, Theresa DeLucci, Autumn Oliver, Lauren Bello, y a la superheroína correctora Laura Cherkas por captar todos los pequeños detalles que se me escapaban. Gracias especialmente a mi maravillosa editora Seema Mahanian, por no dejar que ni mis personajes ni yo nos saliéramos con la nuestra en momentos difíciles, y por empujar a los personajes a admitir en la página lo que sienten. Gracias por aceptar este libro. Trabajan duro por sus autores, y se nota.

Gracias, Damion Meyer, por cuidar de nosotros, por hacer la cena mientras terminaba de escribir un capítulo, por escucharme releer la misma frase en voz alta una y otra vez durante media hora, por ayudarme a concretar la trama, por pasear al perro y llevar al bebé a dar una vuelta a la manzana hasta que dejara de llorar, por cerrar las puertas y apagar las luces de abajo por la noche. Te amo.

Gracias a mi madre y a mi padre, que me llevaron a las bibliotecas y me regalaron una pasión por la lectura y la narración que me ha abierto el mundo para siempre. Ustedes fueron mis primeros maestros.

Y a mis hermanas, por patearme el culo y mantenerme honesta. Gracias por hacerme reír. Este libro es para ustedes.

SOBRE LA AUTORA

Claire Jiménez es una escritora puertorriqueña que creció en Brooklyn y Staten Island, Nueva York. Es autora de la colección de cuentos *Staten Island Stories* (Johns Hopkins Press, 2019), galardonada con el Hornblower Award de la New York Society Library en 2019. Fue finalista de los International Latino Book Awards, Libro Favorito de la Biblioteca Pública de Nueva York sobre Nueva York y Mejor Libro Latino de 2019 por NBC News. Cursó su maestría en la Universidad de Vanderbilt y obtuvo un Doctorado en Inglés, con especialización en Estudios Étnicos y Humanidades Digitales, en la Universidad de Nebraska-Lincoln. En 2019 cofundó el Proyecto de Literatura Puertorriqueña, un archivo digital que documenta la vida y el trabajo de cientos de escritores puertorriqueños. Es profesora adjunta de Inglés y Estudios Afroamericanos en la Universidad de Carolina del Sur. Sus ficciones, ensayos y reseñas han aparecido en *Remezcla, Afro-Hispanic Review, PANK, The Rumpus* y *Eater*, entre otras publicaciones. *¿Qué le pasó a Ruthy Ramírez?* es su primera novela.